# Ein Pferd im Kornfeld

Mit Rezepten
im Anhang

MARION GRIFFITHS-KARGER

# Ein Pferd im Kornfeld

LANDKRIMI

emons:

**Bibliografische Information der Deutschen Nationalbibliothek**
Die Deutsche Nationalbibliothek verzeichnet diese Publikation in der Deutschen Nationalbibliografie; detaillierte bibliografische Daten sind im Internet über http://dnb.d-nb.de abrufbar.

FSC www.fsc.org
MIX
Papier aus verantwortungsvollen Quellen
FSC® C083411


Umschlagmotive: fotolia.com/Marina Lohrbach, fotolia.com/moleskostudio, fotolia.com/blinkblink, sxc.hu/Billy Alexander
Klappeninnenseiten: iStockphoto.com/Mannisen
Umschlaggestaltung: Franziska Emons/Tobias Doetsch
Gestaltung Innenteil: César Satz & Grafik GmbH, Köln
Lektorat: Dr. Marion Heister
Druck und Bindung: CPI – Clausen & Bosse, Leck
Printed in Germany 2014
ISBN 978-3-95451-432-8
Landkrimi
Originalausgabe

*Es ist so still; die Heide liegt*
*Im warmen Mittagssonnenstrahle,*
*Ein rosenroter Schimmer fliegt*
*Um ihre alten Gräbermale;*
*Die Kräuter blühn, der Heideduft,*
*Steigt in die blaue Sommerluft …*
aus: Abseits, Theodor Storm

# eins

Die Pferdekoppel vor der Scheune des Landmeier-Hofes lag im nachmittäglichen Licht der späten Julisonne. Auf der nahen Dorfstraße hörte man das Hufgeklapper von schweren Zugpferden, die einen mit Touristen besetzten Kutschwagen durch das Dorf zogen. In der Ferne donnerte es, aber die dunklen Wolken, die sich am Horizont hinter dem noch blassen Purpur der Heidehügel auftürmten, schienen das kleine Linderwald nicht weiter zu beachten und regneten sich über der Stadt aus.

»Irgendwann schmieren sie den Pferden noch Nagellack auf die Hufe oder Creme auf den Hals, wegen der Falten«, gluckste Caspar Landmeier und kippte eine Schubkarre Mist auf den Misthaufen.

Seine Frau Helga, die gerade einen Eimer Wasser in den Pferdetrog entleert hatte, beschirmte die Augen mit der Hand und blickte zu den beiden Frauen hinüber, die sich auf der Koppel damit abmühten, einem widerspenstigen Rappen die Nüstern zu putzen. Sie zuckte mit den Schultern. »Kann uns doch egal sein, Hauptsache, sie zahlen pünktlich.«

»Tun sie ja nicht«, raunte Landmeier zurück, drehte sich um, umklammerte die Griffe der Schubkarre und zog sie hinter sich her zu den Boxen.

Drei hatte er heute geschafft, noch nicht mal die Hälfte. Und dabei tat ihm der Rücken jetzt schon weh. Er würde ja was drum geben, wenn die ehrenwerte Frau Simone von Freiwald-Osterlitz, die ihrem Gaul so hingebungsvoll die Nase putzte, mal eine Mistgabel in die Hand nehmen würde. Und das Fräulein Tochter auch. Aber die waren sich zu fein, obwohl sie doch kein Geld mehr hatten, das wusste jeder in Linderwald. Verarmter Adel nannte sich das.

War ihm aber ganz egal, wie man das nannte. Seine Familie war darauf angewiesen, dass die Pferdemuttis – so wurden auf dem Landmeier-Hof die Einsteller genannt, zumindest die weiblichen, die ihren Pferden Schlaflieder sangen, wenn's drau-

ankam – pünktlich ihre Miete bezahlten. Natürlich nahmen sie das Wort »Pferdemuttis« nur am Familientisch in den Mund und flüsterten es, damit es keiner hörte, sonst würde diese Schnepfe vom verarmten Adel noch ihre drei Pferde woanders unterbringen, womöglich beim Fuhrbacher.

Dabei würde es ihm im Grunde gar nichts ausmachen. Was nutzte ihm eine adlige Schnepfe, die zwar drei Boxen besetzte, aber die Rechnungen immer nur mit Verzögerung bezahlte. Wenn überhaupt. Aber das würde ihm Helga schwer verübeln, wenn er die Osterlitze vergraulte. Helga hatte eine Vorliebe für die Blaublütigen.

Caspar stapfte müde in die vierte Box und beförderte die erste volle Mistgabel mit geübtem Schwung in die Karre. Und außerdem streuten sie immer zu viel über. Der Mist stand ja fast einen Meter hoch in der Box. Das war ein ständiges Ärgernis, aber die Pferdemuttis machten es sich halt gerne bequem. Warum auch nicht? Würde er auch nicht anders machen, wenn andere Leute den Mist wieder raustragen mussten.

Das machte ihn wütend, jedes Mal, wenn er mistete. Aber wenn er mistete, war er sowieso wütend. Auf alles und jeden. Und eigentlich war das auch nicht seine Aufgabe, aber sein Herr Sohn musste sich ja den Zeh brechen. Das kam davon, wenn man nicht mit Pferden umgehen konnte und sich von ihnen auf die Füße treten ließ. Wieso allerdings ein gebrochener Zeh einen gesunden, starken Dreißigjährigen wochenlang davon abhalten konnte, die Pferdeboxen auszumisten, war ihm sowieso ein Rätsel.

Aber das war auch so eine Sache, in der Helga nicht mit sich reden ließ. »Der Junge ist depressiv und braucht eine Auszeit«, hatte sie gesagt und den Jungen in Urlaub geschickt. Dabei war der selbst schuld an seiner *Depression*. Falls es wirklich eine war. Für Caspar war es schlicht Faulheit.

Dabei war Arbeit doch das Beste, was einem wieder auf die Füße half, wenn einem die Frau weggelaufen war. Und daran war Matthis auch selbst schuld gewesen. Brachte ihnen da so eine Barbiepuppe auf den Hof. War doch klar, dass die das nicht lange aushalten würde auf dem Land. Caspar hatte sich ja sowieso gewundert, dass die den Matthis überhaupt genommen hatte.

Bestimmt bloß, weil sie eine Pferdenärrin war, aber das reichte eben nicht zum Überleben. Ab und zu musste man auch mal was arbeiten, und als Verkäuferin verdiente man ja wohl nicht die Welt. Eine Boutique hatte sie eröffnet. Meine Güte, da lachten ja die Hühner, was sollte man denn in einem Dreitausend-Seelen-Dorf wie Linderwald mit einer Boutique? Hatte er gleich gesagt.

Aber hatte einer auf ihn gehört? Nein. Das hatten sie jetzt davon. Die Boutique war pleitegegangen, Matthis hatte einen Haufen Schulden am Hals, und Barbie war abgehauen – mit einem Lehrer aus Lüneburg, dessen Stute bei ihnen auf der Sommerweide gestanden hatte.

Caspar warf die Gabel weg, stieg aus der Box und schob ächzend die Karre an. In der Box lag noch Mist für vier oder fünf weitere. So ging das nicht weiter, er würde streiken. Sollte Helga doch jemanden anstellen zum Misten oder es selber machen, wenn der Herr Sohn zu *depressiv* dazu war. Er, Caspar, war dann eben zu alt.

***

Luise zog die Zügel an. »Brrr«, kommandierte sie, und der mächtige Kaltblüter zuckelte gemächlich an den Wegrand, um die Touristen, die sie gerade durch die Heidelandschaft kutschiert hatte, aussteigen zu lassen. Die Heide blühte zwar noch nicht großflächig, aber die Landschaft lohnte allemal einen Ausflug, und die Touristen waren zufrieden. Jetzt am frühen Abend würden sie sich in die »Schnucken-Schenke« begeben, sich eine üppige Mahlzeit aus Heidschnuckenbraten mit Rosmarinkartoffeln einverleiben, sie mit einigen Gläsern Bier hinunterspülen und irgendwann müde ins Hotelbett sinken. Morgen würde man dann den gesundheitlichen Erfordernissen Genüge tun, sich die Wanderschuhe anziehen oder ein Fahrrad ausleihen und die Heidelandschaft mittels eigener Körperkraft erkunden.

Luise streichelte zärtlich die Mähne des alten Wallachs und

gab ihm eine Möhre. Sam war alles, was ihr geblieben war, nachdem Lilly, ihre Tochter, vor fast acht Jahren verschwunden war und ihr Mann Klaus sie zwei Jahre danach verlassen hatte. Verlassen musste, um sich wieder ein Leben aufzubauen, hatte er gesagt, ein Leben danach.

Aber Luise war aus ihrer Trauer nicht herausgekommen, bis heute nicht. Und was war das überhaupt? Ein Leben *danach*? Wonach? Lilly? Es gab kein Leben *nach* Lilly. Jedenfalls nicht für Luise. Für sie war Lilly immer noch da. Irgendwo. Wie konnte Klaus von *danach* reden? Sie waren doch mittendrin.

Luise hatte es nicht glauben können, als Lilly am Freitagnachmittag des sechsten September vor sieben Jahren und zehn Monaten, kurz vor ihrem siebten Geburtstag, von der Schule nicht nach Hause gekommen war. Bis heute nicht.

Es war ein heißer Sommer gewesen, damals. Auch der Frühling war so mild gewesen, dass die Eichen schon Ende April ein zartes Blattwerk getragen hatten. Wie oft war Luise den Schulweg gegangen, der zwischen den Maisfeldern ins etwa einen Kilometer entfernte Waldhof geführt hatte.

Normalerweise ging Lilly den Schulweg zusammen mit ihrer Freundin Madeleine, und Luise und Madeleines Mutter kamen ihnen bis zur Landstraße hinter den Feldern entgegen. Die enge Straße war zwar für den Durchgangsverkehr gesperrt, was aber sowohl die Eltern, die ihre Kinder mit dem Auto von der Schule abholten, als auch die meisten Touristen konsequent ignorierten.

Madeleine war an diesem Tag krank geworden. Sie hatte einen Asthmaanfall bekommen, und ihre Mutter hatte sie abgeholt und war sofort mit ihr ins Krankenhaus gefahren. Niemand hatte daran gedacht, Luise zu benachrichtigen, die an diesem Vormittag in die Stadt gefahren war. Also hatte Lilly sich allein auf den Heimweg gemacht.

Eintausend Meter, nicht mehr und nicht weniger. Eintausend Meter waren es, die fortan den Unterschied machten zwischen Alltag und Hölle, zwischen unbeschwerter Normalität und dem emotionalen Super-GAU.

Die Schule war fünf Jahre später geschlossen worden. Heute

wurden die Kinder mit dem Bus in die Stadt chauffiert. Wenn Lilly fünf Jahre jünger gewesen wäre, würde sie heute noch leben. Wenigstens war das Luises Überzeugung. Sie hätte auf Klaus hören sollen, der Kinder erst viel später eingeplant hatte.

Bei Lillys Geburt war sie sechsundzwanzig gewesen, hatte gerade ihr Studium beendet. Deutsch und Geografie hatte sie unterrichtet am Gymnasium in Lüneburg. Aber das war vorbei. Sie konnte nicht mehr zurück in ihren alten Beruf, den sie seit Lillys Geburt nur stundenweise ausgeübt hatte, weil sie ihre Tochter hatte aufwachsen sehen wollen. Sie konnte ihre Schüler danach einfach nicht mehr ertragen.

Immer wieder hatte sie Lillys Lehrerin damals befragt, ihre Mitschülerinnen, die Nachbarn. Bis heute stand sie mit Kommissar Werner, der die Suche nach ihrer Tochter geleitet hatte, in Kontakt. Er war mittlerweile pensioniert, aber er war der Einzige, der sie verstanden hatte. Bis heute verstand.

Er hatte selbst eine Tochter, die er seit seiner Scheidung vor fünfzehn Jahren nicht mehr gesehen hatte. Seine Exfrau hatte das Kind mit in die Staaten genommen. Damals war Meike sieben Jahre alt gewesen. Das hatte ihr Werner in einem schwachen Moment erzählt und dann nie wieder erwähnt. Aber Luise hatte es nicht vergessen.

Sie waren Verbündete, der Kommissar und sie. Er hatte die Akte Lilly Schönbrock nie geschlossen, obwohl mit den Wochen, Monaten und Jahren niemand mehr daran glaubte, das Mädchen lebend wiederzusehen, und alle zur Tagesordnung übergingen. Nur Luise nicht. Sie wartete immer noch. Nachdem Klaus gegangen war und sie später ihr Haus verlassen musste, hatte Lorenz, der Wirt der Schnucken-Schenke, sie eingestellt, als Mädchen für alles.

Morgens war sie Zimmermädchen und Kaltmamsell, mittags Kellnerin, und nachmittags kutschierte sie Touristen durch die Heide. Das alles erledigte sie mechanisch, ohne Lust, aber auch ohne Verbitterung. Mittlerweile war sie für Lorenz unentbehrlich, auch wenn seine Frau Anita das nicht so gerne sah. Sogar seine alte Kutsche hatte er ihr geschenkt und für Sam einen Platz in seiner Scheune gefunden. Dort leistete er nun Feuerspiel, einem unruhigen Hannoveraner, auf dem Lorenz gelegentlich ausritt, Gesellschaft.

Luise hatte einen Großteil ihrer Ersparnisse geopfert und das Pferd dem reichen Bauern Frenzel aus Waldhof abgekauft, der hatte es zum Schlachter geben wollen. »Frisst nur und bringt nichts ein«, hatte er gesagt.

Zugegeben, das Pferd hatte eine schwere Bronchitis gehabt und sich die Seele aus dem Hals gehustet. Und Bauer Frenzel hatte weder Zeit für die Pflege noch das Geld für teure Medikamente übrig gehabt – für ein nutzloses Pferd. Luise hatte beides. Zu viel Zeit zum Nachdenken und gerade genug Geld auf dem Sparkonto, um Frenzel, den Tierarzt und die Medikamente zu bezahlen.

Damit waren ihre finanziellen Mittel erschöpft. Klaus hatte ihr bei der Scheidung zwar großzügig die gemeinsamen Ersparnisse überlassen, aber die hatte sie im Laufe der Jahre aufgezehrt. Hatte ihre Tage damit verbracht, am Fenster ihres kleinen Landhauses zu sitzen und auf ihre Tochter zu warten. Das Landhaus hatte Klaus gehört, und der hatte es mittlerweile verkauft.

Die neuen Besitzer hatten ihr gekündigt und waren selbst dort eingezogen. Anfangs hatte Luise sich geweigert, das Haus zu verlassen. Was sollte Lilly denken, wenn sie nach Hause kam und niemand war da? Wohin sollte sie gehen? Die neuen Besitzer hatten sie nur mitleidig angesehen und ihr dann die Kündigung überreicht.

Luise hatte damals keine Ahnung gehabt, wohin sie gehen sollte. Bis zum Schluss hatte sie sich an die Vorstellung geklammert, im Haus zu bleiben. Es zu besetzen, das machten doch viele so. Aber ihr hatte die Kraft gefehlt, und Lorenz hatte ihr dann die kleine Einliegerwohnung seines Gasthauses angeboten und die Stelle als Zimmermädchen.

Die Schnucken-Schenke war ursprünglich ein Bauernhaus gewesen. Lorenz' Vater hatte es in den achtziger Jahren zum Gasthaus mit Hotel umgebaut. Die alte Scheune stand immer noch und war zu einer Art Bauernmuseum avanciert. Lorenz hatte dort die alten Ackergeräte ausgestellt. Ein Vier-Schar-Pflug mit Pferdedeichsel, eine Egge und sogar ein Kartoffelsortierer konnten dort von den Touristen bestaunt werden. Vor sechs Jahren hatte Lorenz die Schenke komplett renoviert und dem alten Fachwerkhaus ein neues Innenleben verpasst.

Glücklicherweise hatte der Innenarchitekt den bäuerlichen Charakter des Hauses bewahrt und seinen Modernisierungsdrang an den sanitären Anlagen und der Elektrik ausgelebt. Die Zimmer hatten immer noch die niedrigen Decken mit den Balken und das dunkle Eichenparkett. In ihrem ländlichen Charme waren sie gemütlich und komfortabel. Das Gasthaus war das größte im Umkreis und bei den Gästen beliebt, aber auch nicht billig.

Luise hatte damals zugestimmt. Natürlich. Sie war froh und dankbar gewesen, dass ihr jemand gesagt hatte, was zu tun war. Und jetzt hatte sie Sam. Sam brachte es fertig, hin und wieder ein Lächeln auf ihr Gesicht zu zaubern. Sie hatte viele Jahre nicht gelächelt. Aber jetzt ging es wieder, auch wenn sie sich jedes Mal wie eine Verräterin fühlte.

Sie schirrte das Pferd ab, striegelte es und führte es in seine Box in der Scheune, wo sein verdientes Abendbrot, bestehend aus einer Kelle Hafer und einer großzügigen Handvoll Heu, auf ihn wartete. Dann ging sie den Trampelpfad hinter dem alten, weitgehend unbenutzten Schuppen entlang hinüber zur Schenke, öffnete die Tür, die direkt in das Treppenhaus führte, und versuchte, sich an der Küche vorbeizumogeln, in der Filippo, der italienische Koch, ein hartes Regiment führte.

Wenn sie Pech hatte, war das Restaurant gut besucht, und dann wurde Fritzi, die Bedienung, noch nervöser, als sie ohnehin schon war, und Filippo würde ihr, Luise, ohne viel Federlesens die weiße Schürze in die Hand drücken und sie zum Dienst einteilen. Normalerweise machte ihr das nichts aus, denn in ihrem Zimmer wartete niemand auf sie, und die Gäste waren nett, meistens jedenfalls. Warum auch nicht, sie hatten ja Urlaub.

Aber heute hatte sie zwei anstrengende Touren mit drei noch anstrengenderen Kleinkindern gehabt. Dabei hatte eine Dreijährige das Pferd mit Steinen bewerfen wollen und hatte versehentlich ihren Zwillingsbruder mitten auf die Stirn getroffen. Das anschließende Geschrei hatte sie und die sechs anderen zahlenden Gäste während der knapp einstündigen Fahrt pausenlos begleitet.

Luise sehnte sich also nach Ruhe und huschte an der offenen Küchentür vorbei. Als sie die Holztreppe hinaufeilte, hörte sie Filippo in italienischer Manier zetern. Fritzi hatte wieder irgendwas fallen lassen. Nichts wie weg. Eine Minute später schloss sie ihre Zimmertür und seufzte erleichtert. Sie würde jetzt duschen, Tee kochen und es sich mit einem Käsebrot vor dem Fernseher bequem machen.

***

Helga Landmeier saß mit ihrem Mann am Frühstückstisch, in der Hand einen Becher Kaffee, vor sich auf dem Tisch die wöchentliche Ausgabe des Bauernblattes.

»Wir müssen Stroh zukaufen, mit dem, was wir haben, kommen wir nicht übern Winter«, sagte sie und strich die Zeitung glatt.

»Das werden wir wohl nicht, wenn die Osterlitze immer meterhoch überstreut, damit sie die Pferdeäppel nicht sehen muss«, murrte der und faltete die Zeitung zusammen, in der seiner Meinung nach auch immer das Gleiche stand.

»Sag nicht immer Osterlitze. Wenn die das hört!«, schimpfte die Bäuerin, und im selben Moment war von draußen Motorengeräusch zu hören.

»Siehst du, das ist sie. Man könnte fast meinen, die spürt das, wenn man über sie spricht.«

»Ach, die hat bloß nix zu tun und hängt den ganzen Tag hier rum und putzt ihren dämlichen Gäulen die Nase, statt sich mal nützlich zu machen.« Bauer Landmeier stand von der Küchenbank auf und quälte sich hinter dem Tisch hervor. »Und wie die sich so'n Protzerauto leisten kann, ist mir ein Rätsel.«

Helga schob die Spitzengardine ein paar Millimeter zur Seite und lugte vorsichtig auf den Hof. Sie wollte auf keinen Fall, dass ihre adlige Kundschaft glaubte, sie interessiere sich übermäßig für sie. Dennoch beobachtete sie genau, wie Frau Baronin von

Freiwald-Osterlitz mit ihrer Tochter ihrem schwarzen Riesengefährt entstieg.

»Wie die wohl in die Parkplätze reinkommt?«, murmelte sie. Sie selbst hatte ja schon mit ihrem kleinen Peugeot Probleme, in den Parkhäusern einzuparken.

»Na, die braucht immer zwei, aber bezahlen tut sie garantiert nur einen. Kannste Gift drauf nehmen.« Caspar Landmeier nahm den letzten Schluck aus seinem Kaffeebecher und stapfte dann auf seinen kurzen Beinen hinaus, um den Zaun am Paddock zu reparieren.

Helga stand ebenfalls auf. Ihr Rücken machte ihr in letzter Zeit immer mehr zu schaffen, aber sie wagte nicht, darüber zu sprechen. Caspar würde sich dann mit Freude sofort auf sein Lieblingsthema stürzen. Seinen faulen Sohn. Dabei war Matthis gar nicht faul, er war eben krank. Aber dafür hatte außer ihr niemand Verständnis. Nicht ihre Töchter, die beide in Lüneburg lebten, die eine verheiratet, die andere Single, und ihr Mann schon gar nicht.

Natürlich, Matthis war ein bisschen naiv, hatte sich auf diese junge Frau eingelassen, die ihn dann schändlich betrogen hatte. Und jetzt war er vier Wochen in dieser Klinik in Bayern gewesen. Auf sie hatte die Klinik ja eher wie ein Hotel gewirkt, aber das gehörte wohl zur Therapie. Jedenfalls hatte Matthis das gesagt. Immerhin sah er wieder viel besser aus, als er nach Hause gekommen war.

Zu dumm, dass dieses blöde Pferd ihn dann treten musste, jetzt humpelte er seit drei Wochen, und es wurde einfach nicht besser. Er hatte aber auch wirklich Pech.

Helga schraubte den Deckel auf das Honigglas und stellte das schmutzige Geschirr in den Spülautomaten. Sie wollte gerade in den Keller gehen, um die Kartoffeln fürs Mittagessen zu holen, als es klingelte. Nanu, dachte sie, wer konnte das sein? Vielleicht die Post. Sie wartete einen Moment, vielleicht war Matthis ja schon wach.

Aber es klingelte erneut, diesmal dringlicher. Helga schloss die Tür zum Keller wieder und ging die Haustür öffnen. Es war die Baronin.

Eine ungehaltene Baronin.

»Liebe Frau Landmeier, da steht ein Pferd im Kornfeld. Ein gesatteltes Pferd ohne Reiter. Und es blutet.«

Helga schluckte. »Oh, ich werde meinem Mann Bescheid sagen. Er kümmert sich drum.«

»Wenn Sie so freundlich wären.« Frau Baronin lächelte jetzt und drückte ihr dann dreihundert Euro in die Hand, als wäre es ein Trinkgeld. »Nehmen Sie das. Ich werde mal sehen, ob ich das Pferd einfangen kann.«

»Äh, danke«, stotterte Helga und sah der hochgewachsenen Frau verblüfft nach. Das war nicht mal die Hälfte der Miete, mit der sie noch in der Kreide stand.

Helga steckte das Geld in die alte Kaffeekanne in der Anrichte – kein Mensch benutzte heute noch eine Kaffeekanne aus Porzellan – und verließ das Haus, um ihren Mann ins Haferfeld zu schicken.

Caspar stand am Paddock und schwang einen großen Hammer, um einen Zaunpfahl in die Erde zu treiben.

»Caspar, komm doch mal, da ist irgendwo ein Pferd ausgebüxt.«

»Was ist mit Matthis?«, knurrte ihr Mann und platzierte schwungvoll einen gezielten Hammerschlag auf das Pfahlende.

»Der kann doch nicht laufen«, entgegnete Helga vorwurfsvoll.

Caspar seufzte, warf den schweren Hammer in den Sand und begab sich zum Haferfeld, wo das Pferd eifrig an den Getreidehalmen zupfte. Die Baronin war schon da. Sie erwischte den Zügel und strich dem Tier sachte über den Hals.

»Oje, was ist denn mit dir passiert, du armes Ding?«, jammerte sie. Mittlerweile war Caspar herangekommen und wunderte sich.

»Nanu, das ist ja die Stute von der Magda, was macht die denn hier?«

Und dann machte er eine merkwürdige Entdeckung. Im Steigbügel hing ein festgeklemmter Stiefel.

Was hatte das zu bedeuten? Wo war der Reiter? Caspar sah

sich um. Das Pferd musste jemanden abgeworfen haben. Aber wo? Es war niemand zu sehen.

»Du lieber Gott«, meinte die Baronin, die endlich aufhörte, dem Pferd die Ohren zu kraulen, als sie den Stiefel im Steigbügel zur Kenntnis nahm. »Ja, ist da etwa jemand vom Pferd gefallen? Und wo ist der? Muss ja wohl ein Mann gewesen sein, oder?« Sie wandte den Kopf Richtung Wald und schrie ohne jede Vorwarnung »Haaaaallooo!«, was zur Folge hatte, dass die Stute sich losriss und davongaloppierte.

Caspar blickte in stummer Verzweiflung zum Himmel.

»Was ist denn los?«, rief Helga, die ebenfalls angestapft kam.

Ja, komm du auch noch und trample den Hafer platt, dachte Caspar. Doch er sagte nichts, drehte sich um und folgte der Schneise, die das Pferd und die Baronin in das Haferfeld getreten hatten. Helga hinterher. Das Pferd war nicht zu sehen, aber Caspar hatte bemerkt, dass es lahmte. Es würde also hoffentlich nicht weit laufen.

Als die Baronin die knapp dreihundert Meter bis zum Wald zurückgelegt hatte, verschwand sie zwischen den Bäumen. Caspar hoffte, dass sie die Stute nicht noch mal verscheuchte. Aber merkwürdig war das Ganze schon. Wenn da jemand vom Pferd gefallen war, dann musste er doch irgendwo sein. Hoffentlich war nichts Schlimmes passiert.

Plötzlich gellte ein Schrei über das Feld und hallte in der stillen Landschaft nach. Caspar wäre beinahe gestolpert, und Helga stand stramm wie ein Soldat. Dann sah sie zu ihrem Mann hinüber, der sich langsam wieder in Bewegung setzte. Alles war still.

In diesem Moment brach ein Pferd aus dem Wald hervor und galoppierte mitsamt Reiterin, die sich nur mit Mühe im Sattel hielt und laut um Hilfe schrie, querfeldein auf die Dorfstraße zu, wo ein geistesgegenwärtiger Tourist sich dem Pferd in den Weg stellte, die Arme hochriss und das Tier dermaßen verschreckte, dass es die Vorderbeine in die Luft warf, und die Reiterin schreiend aus dem Sattel auf den weichen Sandboden fiel.

Caspar und Helga hatten das Ganze bewegungslos beobachtet. Die Frau stand wieder auf, fuchtelte mit den Armen und schrie und fluchte, was das Zeug hielt. Immerhin, sie schien nicht verletzt zu sein. Caspar und Helga setzten sich wieder in Bewegung. Noch bevor sie den Wald erreichten, kam ihnen die Baronin kreischend entgegengetaumelt. Dabei hielt sie ihre beiden Hände an die Ohren, als habe ihr gerade der Teufel die Schrecklichkeiten des Fegefeuers eingeflüstert. Caspar keuchte und hielt sich die Seite. Laufen war er nicht gewohnt.

Helga, die etwas besser zu Fuß war, rannte der Baronin entgegen, die immer nur »Hilfe!« schrie. Die ergriff ihre Schultern und schüttelte sie so heftig, dass Helgas Kopf wackelte. Helga entwand sich der Umklammerung, was ein Glück war, denn im nächsten Moment übergab sich Frau von Freiwald-Osterlitz heftig auf den Weg, der das Feld vom Wald trennte. Die Stute war mittlerweile stehen geblieben und tänzelte nervös hin und her. Die Zügel hatten sich im Gestrüpp verfangen.

Caspar ging langsam auf das Pferd zu. »Ruhig«, murmelte er und streckte die Hand aus. »Ganz ruhig.«

Die Stute wieherte leise und schüttelte die Mähne. Dann hatte Caspar die Zügel gefasst, zog sie aus dem Brombeerstrauch und tätschelte dem Tier den Hals. Und was er dann sah, wollte er möglichst schnell wieder vergessen. Er kniff die Augen zusammen und drehte den Kopf weg.

»Caspar, was ist los?«, rief Helga, die den Arm um die schluchzende Baronin gelegt hatte.

»Was ist denn los?«, schrie auch Matthis, der nun ebenfalls durch das Haferfeld auf sie zukam.

***

Luise hätte beinahe das Tablett fallen lassen. Gerade hatte sie den Tisch des Rentnerehepaares aus Düsseldorf abgeräumt, als sie das Geschrei und die schrecklichen Flüche hörte, die der laue Sommerwind zur Schnucken-Schenke auf die Terrasse getragen hatte.

»Oh«, sagte die Frau, legte die Fingerspitzen auf die Lippen und blickte Luise entsetzt an. »Haben Sie das gehört?«, fragte sie unsinnigerweise, denn die zwei jungen Frauen, die am Nebentisch saßen, waren vor Schreck aufgesprungen. Ein Stuhl war umgekippt

»Was ist?« Der Mann griff sich ans Ohr, und sein Hörgerät gab einen unangenehmen Pfeifton ab. Die Frau bedeutete ihm mit einem Handwedeln, still zu sein.

»Muss man nicht jemanden anrufen? Die Polizei oder so? Da scheint was passiert zu sein.« Die junge Frau vom Nebentisch hob den Stuhl wieder auf und sah Luise fragend an.

Die stellte das Tablett auf den Tisch und rannte los. Sie wusste selbst nicht, warum, aber da rief jemand um Hilfe. Sie lief über die Dorfstraße, wo eine Reiterin lauthals mit einem Rucksacktouristen stritt und mit ihrer Gerte herumfuchtelte. Das ganze Dorf schien auf den Beinen zu sein. Keiner wollte sich ein etwaiges Spektakel entgehen lassen.

Luise folgte der Meute, die sich in Richtung von Landmeiers Haferfeld bewegte, den Feldweg neben den Wirtschaftsgebäuden einschlug und sich am Waldrand sammelte. Atemlos blieb Luise stehen. Selbst Wolfram Herfeld hatte seinen Edeka-Laden im Stich gelassen und war dem Schreien gefolgt.

»Was ist denn los?«, keuchte er. »Hat da jemand um Hilfe geschrien? Ist was passiert?«

»Keine Ahnung«, sagte jemand. Am Waldrand hatte sich nun allerlei Volk versammelt.

Während an der Dorfstraße das Gezeter weiterging, blickten alle auf Bauer Landmeier und seinen Sohn, die mit aschfahlen Gesichtern auf dem Feldweg standen. Der Jungbauer hielt das nervös schnaubende Pferd fest, während Caspar sich auf einen Baumstumpf setzte und die Hand in die Magengegend legte. Einige Meter entfernt stand seine Frau und hatte den Arm um diese komische Adlige gelegt, die gottserbärmlich schluchzte.

Offensichtlich war das Pferd durchgegangen und hatte die Frau abgeworfen, warum sollte sie sonst so geschrien haben? Oder waren die beiden Frauen vielleicht sonst wie aneinandergeraten? Und wieso sahen Vater und Sohn Landmeier und die Baronin irgendwie grün im Gesicht aus?, fragte sich Luise. Oder waren sie nur zu schnell gelaufen, weil sie das Pferd einfangen mussten? Und wo kam das Blut an der Flanke des Tieres her? Hatte diese blöde Osterlitz es etwa geschlagen?

Die Dorfbewohner schüttelten die Köpfe, tuschelten und schickten sich an, den Schauplatz zu verlassen. Leider hatten sie wohl das Beste verpasst. Man hätte diese arrogante Frau gerne mal vom Pferd fallen sehen. Aber die Dorfbewohner sollten noch auf ihre Kosten kommen.

Caspar erholte sich langsam, taumelte ein paar Schritte und ergriff den Arm von Wolfgang Czernau, dem Hufschmied, der gerade sein zweites Frühstück in der Schnucken-Schenke hatte einnehmen wollen, als dieses Geschrei über die Felder gellte, und der dann herbeigeeilt war. Caspar hing an seinem Arm und gab seltsame Laute von sich. Luise meinte, die Worte Krankenwagen und Polizei herausgehört zu haben.

Ihr wurde schwindelig. Erinnerungen wurden wach. Die Dörfler bildeten einen Kreis um die beiden Männer. Czernau hielt den wankenden Caspar fest.

»Ich glaube, es ist … es ist der Seidel. Er ist tot.«

# zwei

Es war keine einfache Aufgabe gewesen, Kerstin Seidel vom Tod ihres Vaters in Kenntnis zu setzen. Luise hatte das übernommen. Im Laufe der Jahre hatten sich die beiden Frauen ein wenig miteinander angefreundet. Trafen sich gelegentlich zu Kaffee und Kuchen oder auf ein Bier in der Schenke.

Kerstin, eine üppige, hübsche Frau Anfang dreißig, arbeitete in der Stadt in einem Friseursalon und kümmerte sich um ihre demenzkranke Mutter Frieda. Willi, ihr Vater, Dachdecker im Ruhestand und Trunkenbold – eine unheilvolle Verbindung –, hatte seiner Frau während ihrer fast vierzigjährigen Ehe das Leben nicht gerade leicht gemacht. Er war ein schweigsamer Mann gewesen, der zu Wutausbrüchen neigte und seiner Frau gegenüber wohl mehr als einmal handgreiflich geworden war. Allerdings hatte Frieda ihrem Mann nach einer Attacke die Bratpfanne über den Schädel gezogen.

Seitdem waren tätliche Auseinandersetzungen wohl kein Thema mehr im Seidel'schen Haushalt gewesen. Das hatte Kerstin Luise einmal auf dem Heidefest erzählt. An manchen Tagen hatte der Vater dann kaum ein Wort mit seiner Familie gewechselt, sondern nur ernst vor sich hin gestarrt, als befände er sich in einer Parallelwelt, zu der seine Mitmenschen keinen Zutritt hatten. Und dann hatte man endlich bemerkt, warum der Seidel so schweigsam war und immer so weltentrückt in die Landschaft starrte. Er trank.

Niemand wusste genau, wann es begonnen hatte, aber es interessierte sich auch niemand dafür. Außer natürlich seine Familie, doch weder Frieda noch Kerstin hatten eine Vorstellung davon, was den Mann dazu getrieben hatte. Und dann passierte der Unfall. Vor zwölf Jahren stürzte Willi Seidel vom Dach eines Einfamilienhauses – zum Frühstück hatte er sich wohl den einen oder anderen Kräuterschnaps gegönnt. Die Folge waren mehrere Knochenbrüche, eine monatelange Therapie und ein Hinkebein, das ihn in den vorzeitigen Ruhestand versetzte.

Mittlerweile war er im Dorf zu einer Art Mädchen für alles avanciert. Man beschäftigte Willi, wenn es irgendwo im Haus oder im Garten etwas zu reparieren oder zu installieren galt. Seidel tat gewissenhaft und steuerfrei, was man ihm auftrug, und ging hin und wieder zum Stammtisch in die Schnucken-Schenke, wo er dann den ganzen Abend schweigend am Tisch saß, das Bierglas, das vor ihm stand, immer mit einer Hand festhielt und mit seltsamem Lächeln von einem zum anderen blickte.

Kerstin Seidel brach in Tränen aus, als Luise den Friseurladen in der Stadt betreten und sie beiseitegenommen hatte. Wenigstens für ihre Mutter würde der Tod des Gatten eine Angelegenheit sein, die man am besten gleich wieder vergaß, so wie man im Zustand einer freundlichen Demenz auch die unangenehmen Dinge schnell wieder vergaß.

Kerstin ließ sich von Luise in Lorenz' Mercedes nach Hause chauffieren.

Luise schwieg, sie war das Autofahren nicht mehr gewohnt und musste sich auf den Verkehr konzentrieren. Kerstin hatte sich wieder beruhigt.

»Und ... ihr seid sicher, dass es ... Vater ist?«, fragte sie unsicher.

»Ja«, Luise hatte das Lenkrad umklammert wie eine Ertrinkende den Rettungsring, »der Landmeier sagt zwar, es ... es ist nicht mehr viel von ... er ist nicht mehr richtig zu erkennen, aber er ist sich trotzdem sicher.« Luise warf Kerstin einen kurzen Seitenblick zu. »Meinst du, du kriegst das hin, mit der Identifizierung?«

»Nein«, hauchte Kerstin, »ich werde Onkel Leo anrufen, der muss das übernehmen. Ist immerhin sein Bruder.«

Luise nickte schweigend, gab ein wenig mehr Gas und öffnete das Fenster. Es war mittlerweile kurz nach Mittag, und die Sonne brannte vom Himmel, als wollte sie die trockenen Heideflächen, die sich jenseits der Straße erstreckten, in eine Gestrüppwüste verwandeln.

Fünfzehn Minuten später hielt sie vor dem Reihenendhaus der Seidels und stellte den Motor ab. Dann saßen die beiden

Frauen unschlüssig im Auto. Keine konnte sich entschließen, auszusteigen.

»Soll ich es Mutter überhaupt sagen? Was meinst du?«

»Weiß nicht«, meinte Luise. »Glaubst du … er wird ihr fehlen?«

»Eher nicht. Aber sagen muss ich es ihr wohl.«

»Ja, das denke ich auch.«

Die beiden stiegen aus. Dr. Wendlau, der praktische Arzt, der fast das ganze Dorf behandelte, trat mit seinem Köfferchen aus dem Haus.

»Mein Beileid«, sagte er und hielt Kerstin die Hand hin. »Ihre Mutter weiß es nicht. Ich dachte mir, es ist besser, wenn Sie es ihr sagen.«

Kerstin ergriff seine Hand. »Muss ich das überhaupt?«, fragte sie ein bisschen trotzig.

Der Arzt zuckte mit den Schultern. »Das müssen Sie selbst entscheiden.«

»Und, wo ist … mein Vater jetzt?«

»Man hat ihn in die Rechtsmedizin gebracht, um die genaue Todesursache zu klären. Fragen Sie mich nicht, warum. Für mich war es ganz klar ein Schädel-Hirn-Trauma. Wahrscheinlich ist er mit dem Kopf gegen einen Stein geprallt, was nicht weiter verwunderlich ist, wenn das Pferd durchgeht und man mit dem Fuß im Steigbügel festhängt. Von den Abschürfungen am Körper will ich gar nicht reden.«

Kerstin schluckte, und Luise wandte sich ab.

»Ich danke Ihnen jedenfalls«, sagte Kerstin dann, und der Arzt marschierte davon.

Die beiden Frauen begaben sich ins Haus. Die alte Frau Seidel saß wie immer in ihrem Rollstuhl vor dem Fernseher. Nach einem Schlaganfall vor einigen Jahren hatte sie wohl vergessen wie man die Beine benutzte. Mit dem Verstand war es das Gleiche. Vielleicht war sie deshalb so zufrieden und ausgeglichen, hatte Luise oft gedacht.

Jetzt lächelte sie ihrer Tochter entgegen.

»Agathe, schön dass du da bist.« Agathe war Friedas vor fünfzehn Jahren verstorbene Schwester.

Kerstin gab ihrer Mutter einen Kuss, die tätschelte ihr die Wange und wandte sich dann wieder dem Fernseher zu, in dem eine Gerichtssendung lief.

»Ich geh dann mal«, sagte Irmi Trebel, eine ältere Nachbarin, die sich mit Kerstin und der Gemeindeschwester die Pflege der alten Frau teilte. Sie legte ihre Häkelarbeit zusammen, erhob sich mühsam aus dem Sessel und reichte Kerstin die Hand.

»Tja, mein Beileid, Kind«, sagte sie und streichelte die Hand der jungen Frau. Die schüttelte den Kopf und schluchzte.

»Soll ich bleiben?«

»Nein, das wird nicht nötig sein. Luise, du bleibst doch noch, oder?«, fragte sie, als Luise das Wohnzimmer mit einem Tablett betrat.

»Natürlich.« Sie stellte vier gefüllte Kaffeebecher auf den Tisch. »Gehst du schon, Irmi?«

»Ja, meine Tochter kommt nachher mit Fritzchen, und ich wollte noch Haferflockenplätzchen backen. Die isst der Junge doch so gern.«

»Grüß schön«, sagte Luise, und Irmi Trebel schob ihren gewaltigen Körper, der wie immer in ein weites Hauskleid gehüllt war, zur Tür hinaus.

»Möchtest du Kaffee, Mama?«, fragte Kerstin, woraufhin sich Frieda den beiden Frauen zuwandte.

»Ja, ja, her damit«, sagte sie und streckte die faltigen Hände aus.

Kerstin gab ihr den halb vollen Becher in die Hand.

»Gut festhalten«, sagte sie leise.

»Ja, ja, ich bin ja nicht doof«, murrte Frieda, führte mit beiden Händen den Becher an ihre gespitzten Lippen und trank vorsichtig einen Schluck Kaffee. Dann hielt sie den Becher, immer noch sorgfältig mit den Händen umschlungen, eng an die Brust gedrückt. Auf ihrem Schoß lag ein Handtuch. Mit ihrem eingefallenen Mund – sie weigerte sich kategorisch, ihr Gebiss zu tragen – lächelte sie Luise erwartungsvoll an, als erwarte sie Lob für diese Leistung. Luise tat ihr den Gefallen, zwinkerte anerkennend und ließ sich dann neben Kerstin auf dem Ecksofa nieder.

»Ich sag es ihr später«, flüsterte Kerstin. »Ich weiß gar nicht, was ich jetzt machen muss.« Sie stellte ihren Becher ab.

»Ruhig, ich versteh die nicht«, meckerte Frieda.

»Vielleicht solltest du eine Bestattungsfirma anrufen«, schlug Luise leise vor, »und deinen Onkel Leo.«

»Ja, das sollte ich wohl. Kennst du ein Bestattungsinstitut?«

»Nein«, antwortete Luise leise. »Aber manchmal wünschte ich es fast.«

»Oh.« Kerstin stand etwas verlegen auf. »Onkel Leo wird Bescheid wissen, er hat ja vor zwei Jahren erst Tanta Martha begraben.«

Sie holte das Telefon und suchte im Speicher nach der Nummer ihres Onkels. Frieda saß in ihrem Stuhl, trank ihren Kaffee und starrte auf den Bildschirm, auf dem eine junge Frau jetzt kunstvoll Kornblumen mit Getreidehalmen zusammensteckte.

Luise leistete den beiden Frauen noch eine halbe Stunde Gesellschaft, dann brach sie auf. Sicher machte sich Lorenz schon Sorgen um sein Auto. Sein alter Mercedes war seine heilige Kuh. Vor allem seit ihm vor einigen Jahren sein wertvoller Oldtimer gestohlen worden war. Luise glaubte, es war ein Porsche oder so gewesen, aber genau wusste sie das nicht. Kurz darauf war ihre Tochter Lilly verschwunden, und sie hatte kein Verständnis für Leute, die ihrem Auto hinterhertrauerten. Schon gar nicht in dem Maße, wie Lorenz das getan hatte.

Luise steuerte den Wagen langsam über die Dorfstraße zurück zur Schenke, wo Anita bereits auf sie wartete. Die Hände vor der Brust verschränkt, die blonden Haare zu einem dünnen Pferdeschwanz zusammengebunden, stand sie wie eine strafende Nonne vor dem Jägerzaun, der die Terrasse der Schnucken-Schenke von der Straße trennte. Sie trug ihr hochgeschlossenes schwarzes Leinenkleid mit dem abenteuerlichen Rückenausschnitt. Für Luise ging es als Abendkleid durch, aber Anita war wohl der Meinung, dass es angesichts des tragischen Todesfalls eine angemessene Kleidung war.

Luise parkte den Wagen vorsichtig vor der Garage und schimpfte leise vor sich hin. Wieso nahmen sich manche Leute bloß so wichtig? Als ob Anita sich jemals was aus dem alten Seidel gemacht hätte. Luise war nicht mal sicher, ob sie ihn gekannt hatte. Und jetzt kramte sie ihre Beerdigungskleidung hervor oder das, was sie darunter verstand. Das Kleid hatte einen Seitenschlitz, der bis auf Schritthöhe reichte, aber den bemerkte man erst beim zweiten Hinsehen. Hatte sie wohl endlich einen Grund gefunden, das Kleid auszuführen und die Gäste mit Leidensmiene über den Trauerfall aufzuklären. Dass manche Gäste verschreckt reagierten, wenn sie in ihrem Urlaubsort mit einem hässlichen Tod konfrontiert wurden, das kam ihr nicht in den Sinn. Oder es war ihr egal.

»Meine Güte, wo bleibst du denn, Luise?«, empfing sie Anita und stöckelte ihr entgegen. »Ich brauch den Wagen, und das Haus ist voller Gäste, gib mir gleich die Schlüssel und geh dann in die Küche. Filippo ist schon völlig durchgedreht.«

Luise hatte aufgehört, sich zu fragen, wieso die Frau des Hauses sich immer dann aus dem Staub machte, wenn das Haus voller Gäste war, aber sie würde wohl ihre Gründe haben. Luise argwöhnte, dass einer der Gründe im Hotel »Lotus« in der Stadt auf sie wartete.

Sie gab der Frau ihres Chefs den Autoschlüssel und ging dann gleich in die Gaststube, wo Lorenz hinter der Theke an der funkelnagelneuen italienischen Espressomaschine stand und damit einen mörderischen Lärm produzierte.

»Oh, Luise, gut, dass du kommst!«, schrie er gegen das Pfeifen der Maschine an. »Dieses Monstrum funktioniert wieder nicht.«

»Ist wie beim Computer, der Fehler befindet sich meistens vor dem Gerät«, witzelte einer der jüngeren Gäste, während er seinen Rucksack über die Schulter schwang.

Lorenz warf ihm ein schales Lächeln hin und überließ Luise seinen Platz. »Zwei Espresso für Tisch zwölf. Ich geh mal in die Küche, Anita hat einen Termin beim Arzt, und Fritzi heult schon wieder.«

Luise brühte mit geübten Fingern die beiden Espressi. Lorenz würde nie den korrekten Plural von Espresso in seinen Schädel bekommen, dachte sie und brachte die Bestellung den beiden jungen Frauen, die auf der Terrasse saßen und ihr neugierig entgegensahen.

»Menschenskind, das war ja ein ziemlicher Aufruhr heute Morgen«, sagte die Pummelige mit den dunklen Haaren.

Die andere, ebenfalls dunkel, aber ausgesprochen zierlich, blickte Luise forschend an. »Was ist denn da genau passiert?«, wollte sie wissen. »Ihre Chefin ist ja ziemlich mitgenommen.«

»Tatsächlich?«, sagte Luise nicht sonderlich erstaunt.

»Ja, sie war ganz durcheinander. War es sehr schlimm?«, fragte die Pummelige eifrig.

»Ein älterer Mann ist vom Pferd gefallen«, antwortete Luise ausweichend. Sie wollte nicht unhöflich zu den Gästen sein, aber am liebsten hätte sie der neugierigen Pummeligen die Nase umgedreht und der Zierlichen auch. Sie kannte solche Typen zur Genüge. Sie weideten sich am Unglück anderer und heuchelten Mitgefühl. Wie sie das hasste.

Auf dem Weg in die Küche kam ihr Lorenz entgegen, der drei mit Schnuckenkoteletts und Kartoffeln beladene Teller jonglierte. Auf seiner Stirn perlte der Schweiß.

»Die beiden Wildschweinbraten sind für Tisch vier.«

Luise hatte eigentlich gehofft, sich vor ihrer nächsten Kutschfahrt eine Stunde auf ihr Zimmer zurückziehen zu können, aber das konnte sie wohl vergessen. Klar, wenn Anita einen Arzttermin hatte, wie sie es nannte, musste sie auf ihre Pause verzichten.

Seit einiger Zeit verspürte Luise in solchen Momenten einen Anflug von Zorn. Das war neu, Luise wusste kaum, wann es angefangen hatte. Eigentlich fühlte sie seit Lillys Verschwinden gar nichts mehr, außer dem dumpfen Schmerz des Verlustes und der nagenden Ungewissheit, dass ihre Tochter irgendwo auf sie wartete, irgendwo litt, und der Qual, dass sie, ihre Mutter, ihr nicht zu Hilfe kam. Ihr nicht helfen konnte.

Sie hatte sich oft gewünscht, tot zu sein, aber das ging doch nicht. Was, wenn Lilly wiederkam und ihre Mutter hatte sich davongemacht? Nein, Luise musste das Leben aushalten, so lange es ging. Wenn irgendwer beschloss, dass sie endlich den Löffel abgeben durfte, dann war es wenigstens nicht ihre Schuld, wenn sie Lilly allein lassen musste.

Doch neuerdings war sie wütend, selten zwar, aber immerhin. Und sie fragte sich, wie lange sie noch hierbleiben und sich von Anita, deren Wortschatz keinen Dativ einschloss, wie ein Dienstmädchen behandeln lassen sollte.

In diesem Moment preschte Fritzi schluchzend an ihr vorbei zur Toilette. Luise hätte beinahe die Teller mit Wildschweinbraten fallen lassen. Meine Güte, dachte sie kopfschüttelnd, was war bloß mit ihr los? Sie war zwar ein nervöses Huhn, aber in den letzten Tagen war es schlimmer als sonst. Lorenz würde das nicht mehr lange tolerieren. Und dann war sie selbst mit Lorenz allein für die Bedienung der Gäste zuständig. Anita zählte nicht.

Lächelnd stellte sie den Gästen ihren Wildschweinbraten hin und eilte zurück in die Küche. Zum ersten Mal seit acht Jahren fragte sie sich, wie es mit ihr weitergehen sollte.

***

Im Hause Landmeier saßen Bauer, Jungbauer und Bäuerin zusammen am Küchentisch und grübelten. Helga hatte die Osterlitze nach Hause gefahren und sich dann zu ihren beiden Männern in die Küche gesetzt. Die hatten sich zwischenzeitlich mit Hilfe von Zwetschgenwasser von dem morgendlichen Schock erholt. Caspar, dessen Wangen wieder etwas Farbe bekommen hatten, saß da, blickte schweigend auf seine im Schoß gefalteten Hände. Den Anblick des toten Seidel würde er sein Lebtag nicht mehr vergessen.

»So was Schreckliches hab ich noch nie gesehen«, würgte Matthis hervor und goss sich noch einen Schnaps ein. »Ich meine ... da fragt man sich doch, wo der draufgefallen ist, dass vom Gesicht nix mehr übrig bleibt.« Er kippte seinen Obstbrand hinunter und rümpfte die Nase.

»Und was war das für ein Spektakel mit diesem Frauenzimmer? Wieso ist die vom Pferd gefallen?«

»Na, weil die Osterlitze so geschrien hat, bei dem Anblick«, flüsterte Helga und knickte winzige Falten in die Tageszeitung. Sie hatte zwar nicht hingeguckt, aber ihre Phantasie ging auch ohne konkrete Bilder oft auf Wanderschaft. Und wie ein Mensch aussah, der kein Gesicht mehr hatte, das wollte sie sich lieber nicht vorstellen. »Aber …«, mittlerweile war aus dem Titelblatt eine Ziehharmonika entstanden, »… wie konnte denn das passieren? Er war doch ein guter Reiter.«

Die Männer guckten sie kurz an, sagten aber nichts. Ja, ein guter Reiter war der Willi wirklich gewesen. Das war schon komisch.

»Na wenigstens merkt die Frieda nicht mehr viel davon. Wird wahrscheinlich sowieso nicht groß auffallen, dass der nicht mehr da ist. Hat ja den Mund nie aufgekriegt, der Mann. Bloß für die Kerstin wird es jetzt hart, wo die Rente vom Vater wegfällt.«

Helga warf ihrem Sohn verstohlen einen Blick zu. Die Kerstin hatte schon seit Jahren ein Auge auf ihren Matthis geworfen, aber der hatte sich ja von diesem faulen Weibsbild einwickeln lassen. Und das war ja nun in die Hose gegangen. Das Dumme war nur, dass sie jetzt die Schulden von dem Weibsbild am Hals hatten. Aber Helga hatte ihren Sohn immer unterstützt, auch bei dieser verrückten Idee mit der Boutique, was sie schon bitter bereut hatte.

Man konnte nur hoffen, dass ihre zwei Hektar Sandboden, auf denen sie bisher nur Mais angepflanzt hatten, weil die Erde einfach nichts hergab, und die direkt an die Neubausiedlung angrenzten, bald ebenfalls von der Gemeinde zu Bauland erklärt würden. Bürgermeister Bilfert hatte das für diesen Sommer in Aussicht gestellt. Dann wären sie und die drei anderen Anwohner, deren Äcker dann ebenfalls zu Bauland werden sollten, ihre finanziellen Sorgen fürs Erste los.

Helga stand auf, um ein paar Eier aus der Vorratskammer zu holen. Keiner hatte seit dem Frühstück etwas gegessen, und es war schon später Nachmittag. Sie schlug sechs Eier in die Schüssel, gab etwas Milch und Salz dazu und verquirlte alles. Dann ließ sie durchwachsenen Speck in der Pfanne aus und gab die Eiermilch darüber. Die beiden Männer saßen die ganze Zeit schweigend am Tisch.

Caspar war wieder blass geworden. Plötzlich stand er auf und verließ eilig die Küche.

»Was hat er denn?«, fragte Helga.

»Keine Ahnung, wahrscheinlich ist ihm schlecht.«

Helga nickte erstaunt. Sie hatte gar nicht gewusst, dass ihr Caspar so ein Sensibelchen war. Matthis jedenfalls ließ sich das Rührei schmecken. Helga hatte keinen Hunger, stattdessen nahm sie sich Kaffee, setzte sich wieder an den Tisch und beobachtete ihren Sohn liebevoll. Der nahm sich gemächlich eine zweite Scheibe Brot, viertelte sie mit dem Messer und bereitete sich kleine Kanapees mit Rührei zu. Seine Hände waren schmal und weiß, und den Fingernägeln sah man die sorgfältige Maniküre an. Helga nahm einen Schluck Kaffee und seufzte.

Nein, diese Hände waren nicht dazu geschaffen, Pferdeboxen auszumisten, und die schmalen Schultern nicht dazu, das Holz zu spalten, das sie in ihrem Kachelofen verfeuerten. Es war zu schade, dass es mit dem Studium nicht geklappt hatte. Matthis wäre bestimmt ein guter Anwalt geworden, aber er hatte nach zwei Semestern aufgegeben, war dem Leistungsdruck einfach nicht gewachsen gewesen. Also hatten sie und Caspar sich auf die Pferdepension konzentriert, die sollte Matthis dann irgendwann übernehmen.

Aber Helga hatte mittlerweile Zweifel, dass daraus etwas werden würde. Matthis schien nicht wirklich Freude daran zu haben. Aber vielleicht würde ja doch noch alles gut werden, wenn der Junge sich bloß so ein bisschen mit der Kerstin anfreunden könnte. Das war eine fleißige junge Frau. Und sie hatte es wirklich nicht immer leicht gehabt. Vor allem in den letzten Jahren, wo der Vater so oft betrunken gewesen war und sie die Pflege ihrer Mutter übernommen hatte, die seit einem Schlaganfall vor vier Jahren im Rollstuhl saß.

Die Kerstin wäre schon die Richtige für Matthis, und jetzt war doch ein guter Zeitpunkt, sich mal ein bisschen um sie zu kümmern. Fand Helga. Sie wusste nur noch nicht recht, wie sie ihrem Sohn möglichst unauffällig auf die Sprünge helfen sollte, denn wenn er merkte, dass er beeinflusst werden sollte, konnte er ziemlich ärgerlich werden.

»Die arme Kerstin«, begann sie wie nebenbei. »Eigentlich müssten wir uns um sie kümmern. Sie hat es ja wirklich nicht leicht.«

Matthis schob sich sein letztes Kanapee in den Mund. »Ja, du könntest die Frieda ja mal ein bisschen spazieren fahren. Dann bräuchte Kerstin das nicht immer zu machen und hätte mehr Zeit für ihre Hausbesuche.«

Hoppla, das ging in die falsche Richtung. »Ich dachte eher, du könntest das machen, wo du doch im Moment auf dem Hof nicht richtig arbeiten kannst.«

Matthis hörte auf zu kauen und guckte verdutzt. »Ich? Wieso denn ich? Was hab ich denn mit der alten Frieda zu tun?«

»Na, du könntest dich ja mal ein bisschen nützlich machen, findest du nicht?« Helga war jetzt doch ein wenig ungehalten.

»Und da soll ich die Frieda rumkutschieren?«

Der Junge war aber wirklich begriffsstutzig! »Zum Beispiel. Oder du lädst die Kerstin mal zum Bier in die Schnucken-Schenke ein. Dann kommt sie wenigstens mal raus, und ihr könntet auch gleich die Luise besuchen, diese arme Frau.«

»Mama, du willst mich mit der Luise verkuppeln!« Matthis war aufgestanden.

Jetzt musste Helga kichern. »Nee, nee«, antwortete sie wahrheitsgemäß, »ich will hier keine Frau mehr auf dem Hof sehen.« Das war zwar nicht mehr so wahrheitsgemäß, aber der Zweck heiligte die Mittel, fand Helga. »Mir tun die beiden nur leid. Ich würde mich ja selbst mehr um sie kümmern, aber was wollen die mit 'ner alten Frau wie mir anfangen?«

»Von mir aus«, brummte Matthis und setzte sich wieder hin. »Gibt's noch Nachtisch?«

»Apfelkompott von gestern«, sagte Helga und verkniff sich den Hinweis, dass man sich zur Abwechslung auch mal um andere Menschen kümmern sollte anstatt nur um die eigenen Bedürfnisse. Ihr Sohn platzte mal wieder vor Unternehmungsgeist. »Ich gehe jetzt Magda besuchen.«

Sie stand auf, räumte den schmutzigen Teller vom Tisch und stellte ihn in die Spülmaschine. Bevor sie die Küche verließ, drehte sie sich noch mal um. »Du könntest mal gucken, ob dein Vater beim Zaun Hilfe braucht. Beim Hämmern musst du ja nicht laufen.« Sie schloss die Tür etwas heftiger als sonst hinter sich.

Der Fuhrbacher-Hof, oder vielmehr das Fuhrbacher-Gut, lag am Ende des Dorfes an der Landstraße Richtung Erlenbusch. Magdalene, die Bäuerin, war Caspars jüngere Schwester. Sie und ihr Mann Friedhelm hatten vor mehr als dreißig Jahren geheiratet, und sechs Monate nach ihrer prunkvollen Hochzeit wurde der Sohn Karl geboren. Magdalene war damals noch keine achtzehn Jahre alt gewesen. Aber Friedhelm, der mehr als zehn Jahre älter war als seine Frau, war eine gute Partie gewesen.

So gut, dass Helgas Schwiegereltern, Oma Gerti und Opa Fritz, großzügig über die Peinlichkeit einer minderjährigen, unverheirateten, schwangeren Tochter hinwegsahen, Magdalene nicht verdroschen und stattdessen Friedhelm, der damals schon der Besitzer des Gutes war, mit sanfter Gewalt zur Heirat drängten.

Helga hatte sich oft gefragt, wie Oma Gerti und Opa Fritz das hingekriegt hatten. Denn Friedhelm, das wussten alle, hatte sich damals in die Schwester vom Osterlitzen verguckt. Man heiratete eben gern die Leiter hinauf und nicht umgekehrt, was bei Magdalene zweifellos der Fall gewesen war. Ihre Schwägerin musste sich ihr Erbe mit vier Brüdern teilen, da blieb nicht viel übrig für die Frau des Herrn Gutsbesitzer, auch wenn der das Geld seiner Frau kaum nötig hatte.

Glücklicherweise lebten ihre drei Schwager mit ihren Familien über die ganze Republik verstreut, sodass sich die Geschwister mitsamt Anhang nur zu bestimmten Anlässen, wie Hochzeiten, Konfirmationen und Beerdigungen, trafen. Solche Zusammenkünfte kamen dann allerdings immer einem Marktschreier-Wettbewerb gleich, weil Opa Fritz stocktaub war und sich weigerte, sein Hörgerät zu benutzen. Das wäre ja nicht weiter schlimm, wenn er sich dann gemütlich zurücklehnen und die anderen in Ruhe ihre Gespräche führen lassen würde. Unglücklicherweise wollte Opa Fritz aber über alles und jedes immer genau Bescheid wissen, was dazu führte, dass alles, was in seiner Gegenwart gesagt wurde, mindestens einmal schreiend wiederholt werden musste.

Oma Gerti und Opa Fritz lebten – und Helga konnte dem lieben Gott für diese Tatsache nicht genug danken – bei Caspars jüngstem Bruder, Helmut, in der Nähe vom Bodensee. Das war weit genug weg, um die Schwiegereltern zu mögen.

Helga war die Dorfstraße entlanggegangen, hatte den Hufschmied und Kaufmann Herfeld gegrüßt, die schwatzend vor dem Edeka-Laden standen und sie neugierig anstarrten. Otto Söchtig, der in dem kleinen Souvenirladen, den er nur während der Saison öffnete, Frühstücksbrettchen mit Namen gravierte und seinen Honig verkaufte, kam vor die Tür gelaufen, um Genaueres über den Unfall am Morgen zu erfahren. Helga hatte gewinkt und war an allen vorbeigeeilt.

Es war schon alles seltsam, mehr als seltsam. Anscheinend war der alte Seidel ja schon sehr früh heute Morgen ausgeritten. Wieso war denn keinem was aufgefallen? Friedhelm nicht, dass das Pferd nicht da war, und Kerstin nicht, dass ihr Vater nicht da war. Wobei Letzteres vielleicht gar nicht so ungewöhnlich war.

Kerstin hatte schon seit Jahren nicht mehr mit ihrem Vater gesprochen. Sicher, alle wussten, dass der Seidel und Friedhelm schon als Schulkinder befreundet gewesen waren. Eine bizarre Freundschaft zwar, aber so war es nun einmal. Keiner hatte je begreifen können, was der Gutsbesitzer sich mit dem maulfaulen Seidel zu erzählen hatte. Zumindest wurde der Seidel am Stammtisch in der Schnucke toleriert, weil Friedhelm ihn tolerierte.

Ein Grund dafür mochte sein, dass Willi Seidel so eine Art Pferdeflüsterer gewesen war. Wann immer im Dorf ein Pferd – und es gab viele in Linderwald – erkrankte, wurde Willi Seidel gerufen. So wenig der Mann von menschlicher Kommunikation verstand, mit den Pferden konnte er reden. Zumindest hatte er immer eine Vorstellung davon, was den Tieren fehlte, wenn er sich eine Zeit lang mit ihnen *unterhalten* hatte. Und der Fuhrbacher hatte schon oft von Seidels Fähigkeiten profitiert. Der kümmerte sich um die Pferde aus Fuhrbachers Zucht, weil der Gutsbesitzer meistens zu beschäftigt damit war, sein Geld zu vermehren – so jedenfalls lautete der Konsens unter den übrigen Stammtischmitgliedern. Falls es noch etwas anderes gab, das die Männer verbunden hatte, so lag es im Dunkeln und würde wohl auch dort bleiben.

Helga schritt die lange Auffahrt zum Gutshaus hinauf. Es sah aus wie in einem Werbeprospekt. Sauber und adrett. Magdalene hielt es wirklich gut in Schuss. Natürlich, Karl war ihr eine große Hilfe. Er war ein folgsamer Junge, leider hatte Magda keine weiteren Kinder bekommen. Helga hatte nie herausgefunden, ob sie darunter litt. Wenigstens war sie zeitig Großmutter geworden. Greta war in diesem Sommer zur Schule gekommen. Karl und seine Familie bewohnten das obere Stockwerk des großen Hauses.

Therese, Magdas Schwiegertochter, war freiberufliche Fotografin und viel unterwegs. Sie hatte dankbar Magdas Angebot, sich um Greta zu kümmern, angenommen und die Erziehung und Fürsorge für ihr Kind weitgehend ihrem Mann und seiner noch jungen Mutter überlassen. Mit dieser Regelung schienen alle im Haus gut zurechtzukommen.

Friedhelm, der Herr des Hauses, war ein Mann, der in seiner eigenen Welt lebte, die weitgehend aus Aktiva und Passiva bestand, und der sich wenig um die Familie und die Landwirtschaft kümmerte. Das besorgten sein Sohn und seine Frau. Man sah ihn fast nie auf den Feldern, auf denen er hauptsächlich Mais und Raps zur Energiegewinnung anbaute. Wenn er nicht gerade mit einem seiner Pferde unterwegs war, die er mit einigem Erfolg züchtete, saß er in seinem Büro und verwaltete seine Mietshäuser in der Stadt.

Helga hätte zu gern gewusst, wie viele es wohl waren, aber Magda verriet nichts und Friedhelm erst recht nicht. Er war sowieso ein komischer Kerl, fand Helga. Sie war immer unsicher, wie sie mit ihm reden sollte. Er guckte immer so, als wüsste er Dinge, von denen die Normalsterblichen in Linderwald keine Ahnung hatten. Helga hatte bis heute nicht herausgefunden, ob das Arroganz war oder Entrücktheit.

Sie stieg die wenigen Stufen der Freitreppe hinauf und betätigte den Türklopfer. Ein vergoldeter Ring, der in einem Löwenmaul hing. Auch so ein Schnickschnack, dachte Helga. Sie wusste nie, ob das in dem weitläufigen Haus jemand hörte. Öffnen tat meistens Magda selbst. Personal leistete sich ihr Schwager komischerweise nicht. Nur eine Putzfrau kam dreimal in der Woche und jeden Nachmittag ein Mann aus der Anstalt. So nannten die Dorfbewohner die psychiatrische Klinik in Erlenbusch. Der Mann nannte sich Schimmi – was wohl Jimmy heißen sollte – und war geistig nicht ganz auf der Höhe. Aber zum Misten und Pferde Striegeln war er ganz gut zu gebrauchen, hatte Friedhelm in einem seiner kommunikativen Momente gesagt.

Helga betätigte erneut den Türklopfer, diesmal heftiger. Eine Sekunde später wurde langsam die Tür geöffnet. Sie quietschte, müsste mal wieder geölt werden, dachte Helga und war ziemlich erschrocken, als sie ihre zierliche Schwägerin, die ihr blass und verheult entgegenstarrte, in der Tür stehen sah.

»Du liebes bisschen«, entfuhr es Helga. »Was ist denn mit dir los?«

»Hallo, Helga«, sagte Magda mit dünner Stimme. »Komm rein.«

Helga trat ein, obwohl sie sich nicht willkommen fühlte.

Magda schloss die Tür hinter ihrer Schwägerin und führte sie durch die Eingangshalle in die moderne Küche.

»Was soll schon mit mir los sein? Glaubst du, es ist ein gutes Gefühl, wenn dein Pferd jemanden abgeworfen hat und der ist jetzt tot?«

Magda hörte sich trotz ihrer siebenundvierzig Jahre an wie ein kleines Mädchen. Und genauso sah sie auch aus. Klein, so klein, dass Helga, die selbst nur einen Meter zweiundsechzig maß, auf sie hinabblicken konnte, Kleidergröße sechsunddreißig, ein weizenblonder Pferdeschwanz und ein Puppengesicht. Helga fragte sich manchmal, wie ihre Schwägerin wohl als Achtzigjährige aussehen würde.

»Ist doch nicht deine Schuld.«

»Außerdem lahmt Suri. Dr. Alt meint, sie müsste zum Röntgen, aber wir warten noch.«

Während Magda die Kaffeemaschine anwarf, setzte sich Helga auf die Eckbank am Fenster, das den Blick auf den großen, mit Blumen übersäten Garten freigab. Von der Küche aus konnte man auch die weiträumige Terrasse betreten.

»Was macht Greta?«, fragte Helga, während ihre Schwägerin ihr eine Tasse Cappuccino hinstellte.

»Ich hab sie zu ihrer Freundin nach Lüneburg gebracht. Sie übernachtet da.«

Magda setzte sich ihrer Schwägerin gegenüber und schnäuzte sich. Einen Moment sagte keine etwas. Beide tranken schweigend von ihrem Cappuccino. Dann fing Magda wieder an zu heulen.

»Jetzt erzähl mir doch mal«, sagte Helga endlich, »was da mit dem Seidel passiert ist.«

Magda zuckte mit den Schultern und strich sich eine imaginäre Haarsträhne hinters Ohr. »Was weiß ich?« Sie zog die Nase hoch. »Er hat meine Suri gesattelt und ist losgeritten.«

»So früh am Morgen?«

»Muss wohl.« Magda rührte in ihrem Kaffee.

»Und wieso hat Suri so geblutet?«

»Wieso wohl?«, fuhr Magda auf. »Weil dieser ... Mensch sie geschlagen hat und sie durch Dornengebüsch getrieben hat. Kein Wunder, dass sie ihn abgeworfen hat.«

»Aber ... wieso hat er sie denn geschlagen? Die ist doch sanft wie ein Lamm.«

Magda sprang auf, öffnete die Terrassentür und atmete hörbar ein. »Wahrscheinlich war er betrunken.«

»Das arme Pferd«, murmelte Helga, »aber sie hat es ihm heimgezahlt. Nun ist er tot, und keiner wird ihm eine Träne nachweinen. Es sei denn ...«, sie blickte ihre Schwägerin fragend an, »was sagt Friedhelm denn dazu?«

»Friedhelm ...«, Magda wischte sich mit dem Handballen eine Träne von der Wange, »Friedhelm ist das doch egal.«

»Aber habt ihr denn das Pferd gar nicht vermisst? Es war doch den ganzen Morgen nicht da.«

»Nein, haben wir nicht.« Magda schloss heftig die Tür und stellte ihre Tasse in die Spüle.

Helga fühlte sich unwohl. »Nun nimm dir das nicht so zu Herzen. Das Pferd wird schon wieder.« Kaum hatte sie es ausgesprochen, fühlte sie sich noch unwohler. Meine Güte, was sind wir bloß für Menschen?, dachte sie. Da war ein Mann vom Pferd gefallen und gestorben, und sie machten sich Sorgen um das Pferd. Helga stand auf.

»Na ja, ich geh dann mal. Caspar ist immer noch ganz mitgenommen von dem Ganzen. Hat seit dem Morgen nichts gegessen. Das kennt man gar nicht von ihm.«

Ihre Schwägerin begleitete sie zur Tür.

»Kannst mich ja morgen mal anrufen, wie's der Stute geht«, sagte Helga, als sie aus dem Haus trat.

»Mach ich«, antwortete Magda und schloss die Tür, noch bevor Helga die Treppe hinabgestiegen war.

Junge, Junge, dachte die. Magda hing sehr an dem Pferd, das wusste sie, aber man konnte es mit der Tierliebe auch übertreiben. Helga fragte sich auch, wieso der blöde Seidel nicht wie sonst den Haflinger für seinen Ausritt genommen hatte. Suri war Magdas Pferd und wurde oft genug bewegt. Wie auch immer, diese Programmänderung hatte ihn sein verlottertes Leben gekostet.

***

Der Stammtisch war heute frühzeitig und vollzählig versammelt. Ausgenommen natürlich Seidel, der war ja tot. Sogar Friedhelm Fuhrbacher hatte sich eingefunden, obwohl der eher zu den seltenen Gästen gehörte. Musste meistens abends das Geld zählen, das er tagsüber verdient hatte. Jedenfalls sagten das – nicht ohne Neid – die Stammtischgenossen. Caspar Landmeier und Wolfgang Czernau, der Hufschmied, waren die fleißigsten Besucher. Dr. Alt, der Tierarzt, war ebenfalls fast immer zur Stelle, es sei denn, er hatte einen Notfall, den er aber an seinem Stammtischabend gewöhnlich an einen Praktikanten delegierte

Dr. Alt war verwitwet und Vater von drei erwachsenen Söhnen. Die älteren wohnten mit ihren Familien in Hamburg und der jüngste in Kiel. Sebastian Alt war ein stiller, ernster Mittfünfziger, der seine Frau, die wegen eines Autounfalls zwei Jahre im Wachkoma gelegen hatte, vor etwas mehr als einem Jahr zu Grabe getragen hatte. Dr. Alt hatte sich schon vor seiner Witwerschaft seine Gedanken über die schöne Luise gemacht, die offensichtlich seit Jahren wie eine Nonne lebte und so ganz ohne männlichen Schutz durchs Leben ging. Lorenz zählte nicht, der hatte ja seine Anita, auch wenn diese Ehe mehr als brüchig war. Das wussten natürlich alle außer Lorenz. Zumindest ließ er sich nichts anmerken.

Unglücklicherweise reagierte die schöne Luise nicht auf seine zarten Hinweise, worauf sich Dr. Alt keinen Reim machen konnte. Er war doch eine gute Partie, fand er. Gebildet, finanziell unabhängig, umgänglich, höflich … Na gut, das mit der Figur war ein Minuspunkt. Ein kleiner. Er war nicht besonders groß und nicht besonders dünn, aber Karin hatte das doch auch nie gestört. Dafür hatte er noch volles Haar … relativ. Die Geheimratsecken waren für einen Mann in seinem Alter doch fast selbstverständlich. Aber Luise ignorierte konsequent seine Annäherungsversuche.

Na gut, als seine Frau noch lebte – oder besser, als ihr Körper noch oberhalb der Erdkruste weilte –, da konnte er ihre Skrupel ja noch verstehen. Aber jetzt war er Witwer, und eine Frau in Luises Situation sollte sich doch freuen, wenn sich ein gebildeter Mann wie er für sie interessierte. Sie war ja schließlich Lehrerin, zumindest früher mal. Und mittlerweile waren die Akademiker in ihrer Umgebung doch ziemlich rar geworden.

Oder gab es da etwas, das er nicht wusste? Ob Lorenz sich Hoffnungen machte? Nein, er hatte die beiden immer sehr genau beobachtet, und Luise interessierte sich nicht für den Schnuckenwirt. Wie die Sachlage im umgekehrten Fall war, das wusste er allerdings nicht genau. Lorenz hatte viel für Luise getan, und es gab so manche Seele in Linderwald, die sich fragte, was er wohl dafür bekommen hatte.

Natürlich, Luise war ihm eine große Hilfe in der Schenke, aber die Gegenleistung war beachtlich. Sie bewohnte ein Apartment in seinem Hotel, ihr Pferd hatte in seiner Scheune einen Platz, und die alte Familienkutsche hatte er ihr auch geschenkt. Außerdem bezahlte er sie, wenn auch nicht gerade großzügig, aber immerhin war sie sozialversichert.

Keiner konnte sich vorstellen, dass er das alles aus reiner Nächstenliebe tat. Es war schon irgendwo kein Wunder, dass Anita Luise ständig drangsalierte. Das musste Luise doch belasten. Dass die beiden Frauen sich nicht besonders grün waren, war ein offenes Geheimnis. Vielleicht sollte er selbst mal ein bisschen forscher vorgehen. Manche Frauen liebten das ja. Er konnte sich zwar nicht vorstellen, dass Luise zu dieser Sorte gehörte, sie wirkte auf ihn immer wie ein zerbrechliches Reh, das man nicht zu laut ansprechen durfte, aber wer kannte sich schon mit den Weibern aus?

In diesem Moment kam Luise an den Tisch und stellte jedem einen halben Liter Hefeweizen vor die Nase. Sie lächelte zwar wie immer, schaute aber niemanden an, wirkte irgendwie abwesend heute, fand Dr. Alt. Doch das war wohl nicht weiter verwunderlich, nach dem, was am Morgen passiert war. Der Landmeier wirkte auch noch ganz mitgenommen.

»Na, Caspar«, sagte Dr. Alt und prostete seinem Stammtischkollegen zu, »geht's wieder?«

Er hatte am Morgen die Stute untersucht. Das Tier war schlimm zugerichtet gewesen. Magdalene war völlig außer sich gewesen. Die Striemen auf der Flanke des Pferdes deuteten darauf hin, dass es durch Gestrüpp gelaufen sein musste, und womöglich hatte der blöde Seidel es auch geschlagen. Wieso der allerdings das Pferd schlagen sollte, das konnte sich Dr. Alt auch nicht so recht erklären, Suri war ein lammfrommes Tier. Und wenn der im Rausch auf das Tier eingeschlagen hatte und dieses ihn dann abwarf, dann war er selbst schuld. Kein Verlust, der Mann.

Caspar Landmeier hatte die Hälfte seines Hefeweizens hinuntergespült und blickte gemessen in die Runde.

»Ich will nicht darüber sprechen«, sagte er trocken. »Aber«, er sah seinen Schwager an, »erklär mir mal, was der Seidel auf der Stute von deiner Frau zu suchen hatte.«

Friedhelm Fuhrbacher schürzte die Lippen und drehte sein noch volles Bierglas. »Das weiß ich auch nicht. Er soll eigentlich nur den Haflinger bewegen. Ich habe Schimmi schon ausgefragt, aber der hat nur geheult und gesagt, dass der Haflinger lahmt und er's nicht war. Mehr hab ich nicht aus ihm rausgekriegt.«

»Und da sattelt sich der Seidel einfach die Stute von der Magda? Ja, der spinnt ja völlig. Ich meine … hat … gesponnen!«

Wolfgang Czernau schüttelte den Kopf, hob sein Bierglas an die Lippen und trank.

»Was sagt denn Magda?«, wollte Landmeier wissen. Immerhin war sie seine Schwester.

»Die ist völlig fertig«, antwortete Fuhrbacher und warf Dr. Alt einen fragenden Blick zu. »Was meinst du denn? Kriegen wir das Tier wieder hin?«

Sebastian Alt wollte sich – wie es oft bei Medizinern der Fall war – auf keine handfeste Prognose festlegen. »Das wird sich zeigen. Wir müssen abwarten. Sie ist wahrscheinlich eine Weile mit dem kaputten Bein gelaufen.«

»Aber«, Otto Söchtig, der Besitzer des Souvenirladens, blickte fragend in die Runde, »vermissen werden wir ihn ja wohl nicht übermäßig, den Seidel, oder seht ihr das anders?«

Das sahen alle anderen bestimmt genauso, obwohl niemand antwortete. Allerdings hegte Otto Söchtig auch einen besonderen Groll gegen seinen Nachbarn. Er hatte kein Wort mehr mit Seidel gesprochen, seit der vor drei Jahren seine Bienenkörbe mit Schnaps übergossen hatte, weil er wissen wollte, wie Bienen besoffen fliegen. Dabei waren Söchtig einige Völker eingegangen, und das hatte er dem Seidel nie verziehen. Aber der hatte wenigstens bei dieser Unternehmung mehr als einen Bienenstich davongetragen. Außerdem hatte sich der Seidel einmal einen Spaß daraus gemacht, seine Gänse in Aufruhr zu versetzen und »versehentlich« das Gatter offen zu lassen, als er den Maschendrahtzaun durch einen Holzzaun ersetzen sollte.

Die Gänse waren laut schnatternd über die Dorfstraße gewatschelt, und Söchtig hatte seine liebe Mühe gehabt, die Tiere wieder in ihr Gehege zu bekommen. Die Anwohner hatten sich eifrig bemüht, ihm zu helfen, sich dabei aber trotz demonstrativem Kopfschütteln köstlich über das Spektakel amüsiert. Wenigstens hatten die Gänse ordentlich zugebissen und dem Seidel seine Abreibung und Söchtig seine Genugtuung verpasst.

In diesem Moment betrat Bürgermeister Alwin Bilfert die Schenke. Der Stammtisch rückte zusammen, und Bilfert setzte sich zu den anderen. Der Bürgermeister war ein alteingesessener

Bauer, der über etwa dreißig Hektar Acker und Wald verfügte und dessen Hof ein wenig außerhalb auf einer kleinen Anhöhe lag. Er war der Inbegriff dessen, was Städter sich unter einem Landwirt vorstellten. Trug mit Vorliebe karierte Hemden, Gummistiefel und eine fransige braune Schirmmütze.

Manchmal ging er in diesem Aufzug, die Mistgabel geschultert, die Dorfstraße entlang, zum Entzücken der Touristen. Und genau das war wohl auch seine Absicht. Er wollte aus dem kleinen Linderwald ein blühendes Feriendorf machen. Auf seiner Internetseite bewarb er sein Heimatdorf mit nimmermüdem Eifer und inflationärem Einsatz von Superlativen.

Seine Wiederwahl war seit fünfzehn Jahren obligatorisch, denn er organisierte das in der zweiten Augustwoche stattfindende Heidefest, das Jahr für Jahr einige tausend Besucher anlockte und für die Bauern, die dann ihre Erzeugnisse feilboten, eine sichere Einnahmequelle bedeutete. Außerdem war er Mitglied im Schützenverein, im Kaninchenzüchterverein, im Verein zur Erhaltung der Heidelandschaft und im evangelischen Kirchenchor. Er war ein begnadeter Netzwerker, kannte jeden, und alle kannten ihn. Außerdem spendierte er großzügig, aber wohldosiert – meistens im Winter – Lokalrunden in den drei größeren Kneipen von Linderwald.

Dass er die Zeit dafür hatte, verdankte er einer begüterten Ehefrau, die einige Jahre älter war als er und sich den jugendlichen Ehegatten – Alwin war achtundvierzig, seine Frau Waltraud siebenundsechzig – etwas kosten ließ. Sie ließ ihren Gatten so, wie er war, und er dankte es ihr mit bedingungsloser, ewiger Treue – so ungefähr drückte er selbst sich aus.

Nachdem auch der Bürgermeister im Todesfall Seidel auf den neuesten Stand gebracht worden war, machte er ein nachdenkliches Gesicht.

»Was ist los?«, fragte Caspar. »Du guckst, als müsstest du die Wurzel aus neunzehn im Kopf ziehen.«

»So was ist nicht gut fürs Geschäft, mitten in der Hochsaison. Und in zwei Wochen fängt das Heidefest an.«

»Ach was«, meinte Czernau, »Unfälle passieren überall mal.«

»Wann ist die Beerdigung?«

»Keine Ahnung. Kerstin hat zu Helga gesagt, sie haben ihn in die Rechtsmedizin gebracht.«

»Wieso denn das?«

»Keine Ahnung. Ist wohl so üblich.«

»Ach ja?«

»Na ja, in zwei Wochen denkt wahrscheinlich keiner mehr dran.«

Alwin trank von seinem Lüneburger Pils, das hier liebevoll Lüpi genannt wurde, und wandte sich positiveren Themen zu. Er hatte gute Neuigkeiten. Der Gemeinderat hatte nämlich beschlossen, das noch verbliebene Ackerland hinter dem Neubaugebiet ebenfalls als Bauland auszuweisen. Diese Nachricht wurde mit großem Hallo aufgenommen. Zur Feier des Tages spendierte Bauer Landmeier eine Runde Pflaumenwasser, einerseits, um die gute Nachricht gebührend zu begehen, andererseits, um das Bild des toten Seidel etwas zu verwässern.

# drei

Luise sah ihn als Erste. Die Gäste, die sich nach dem Mittagessen für eine Weile zurückgezogen hatten, waren mittlerweile zu ihren Nachmittagsaktivitäten aufgebrochen, und die Neuankömmlinge richteten sich in ihren Zimmern ein. Lorenz war in seinem Büro, Fritzi spülte in der Küche, Filippo schnitt Gemüse für das Abendessen, und Anita war sonst wo.

Luise räumte gerade den letzten Tisch ab, als er mit festen Schritten, eine Hand in seiner Jeanstasche vergraben, die Terrasse heraufkam. Groß und dunkel war er, und er trug eine dunkle Anzugjacke zur Jeans. Luise schätzte ihn auf Anfang vierzig, aus seinem gebräunten Gesicht musterten dunkle Augen die noch spärlich besetzten Tische, bis sie auf Luises Gesicht verharrten.

Sie stand stocksteif da, war unfähig, sich dem hypnotisierenden Blick aus diesen tiefen Seen, an die seine Augen erinnerten, zu entziehen. Er kam auf sie zu, gemächlich und ohne den Blick von ihrem Gesicht zu nehmen. Hastig stellte sie das Tablett mit dem schmutzigen Geschirr wieder auf den Tisch. Es schepperte. Der Mann stand vor ihr und lächelte leicht.

»Sagen Sie, ist bei Ihnen ein Zimmer frei, für etwa drei Nächte?«

Seine Stimme war genauso dunkel wie seine Augen.

»Ähm, Einzel- oder Doppelzimmer?«

Das Lächeln vertiefte sich. »Einzel.«

Luise räusperte sich und reckte die Schultern. Was war denn mit ihr los? Der Mann wollte ein Einzelzimmer, was stotterte sie hier rum?

»Ja, Einzelzimmer haben wir noch frei, soweit ich weiß. Kommen Sie bitte mit.«

Sie nahm das Tablett und schritt emsig voran, ohne sich umzudrehen. Wenn sie sich umdrehte, würde sie garantiert stolpern oder sonst was Blödes würde passieren. Ihr passierte immer irgendwas Blödes, wenn sie nervös war. Und dieser exotische Mann machte sie zweifellos nervös. Warum bloß?

Sie gingen zur Rezeption, sie gab Namen und Adresse in den Computer ein und reichte ihm den Schlüssel. »Hier, Sie bekommen das Zimmer mit Blick auf die Heide.«

»Haben Sie auch eins mit Blick auf die Straße?«

Luise sah ihn verdutzt an. Zur Straße. Wer wollte denn freiwillig ein Zimmer, das zur Straße ging?

»Ja … da ist die Aussicht zwar nicht so schön, aber wenn Sie wollen.« Sie legte den Schlüssel für Nummer elf auf den Tresen. Das war direkt neben ihrem Apartment, dachte sie und wusste nicht, wieso ihr Herz jetzt schneller schlug. Hatte sie etwa Angst?

»Die Einfahrt zum Parkplatz ist übrigens direkt neben der Terrasse.«

»Ja, ich weiß«, der Mann nickte ihr zu. »Bis gleich«, sagte er im Weggehen.

»Bis gleich«, antwortete Luise leise und starrte auf die Buchstaben im Computer.

Pedro Villa. Er hatte es mit Betonung auf dem A ausgesprochen. War das Spanisch? Ein Spanier, der akzentfreies Deutsch sprach. Dann war er wohl hier aufgewachsen. Außerdem war er ziemlich groß. Luise hatte die Spanier, die sie kannte, kleiner in Erinnerung. Oder waren das Italiener gewesen? Nein, Mallorca gehörte doch zu Spanien. Und La Gomera auch. Das war die letzte Reise gewesen, die sie unternommen hatte. Damals gab es ihre Familie noch.

Seitdem hatte sie Linderwald nicht mehr verlassen. Jedenfalls nicht länger als einen Tag. Merkwürdig, das war ihr gar nicht bewusst gewesen. Bis heute nicht. Und ihr Gehirn degenerierte wohl schon, wenn sie nicht mehr wusste, dass Mallorca eine spanische Insel war. Womöglich war sie schon auf dem Weg zu verblöden und merkte es nicht mal. Wie konnte sie sich da über Anita lustig machen?

»Hallo.« Luise schrak zusammen. Anita stand vor ihr und verdrehte die Augen. »Was ist denn los? Lorenz will was von dir.« Sie wies mit dem Daumen über ihre Schulter in Richtung Büro, und Luise setzte sich in Bewegung.

»Hallo, Luise«, empfing sie Lorenz, der hinter seinem Laptop saß und seinen zerknirschten Gesichtsausdruck aufgesetzt hatte. Das bedeutete nichts Gutes.

Er nahm seine Brille ab und legte die Hände vors Gesicht. Er sollte ihr doch nicht etwa leidtun?

»Ich hab keine Zeit«, sagte sie prophylaktisch und wollte gleich wieder gehen.

»Ach Luise, du weißt doch noch gar nicht, was ich von dir will, und außerdem ... was solltest du schon vorhaben?«

Luise blieb stehen und drehte sich um, wobei die Sohlen ihrer Turnschuhe auf dem Parkett quietschten. Sie öffnete den Mund, wollte ihm eine heftige Antwort entgegenschmettern ... aber ihr fiel keine ein. Egal, wann Lorenz sie brauchte, sie würde Zeit haben. Hatte immer Zeit gehabt.

»Ich kann heute nicht. Muss mich um Kerstin kümmern.«

»Wunderbar, dann mach das doch. Und morgen hilfst du mir bei der Reisegruppe aus Bottrop.«

»Aber ... was ist mit Anita?«

»Anita muss heute noch nach Lübeck. Ihre Mutter ist krank.« Lorenz setzte seine Brille wieder auf und legte den Kopf schräg. »Also?«

Luise kniff die Augen zusammen. »Aber nur morgen«, zischte sie. »Übermorgen ist Samstag, und da ... geh ich ins Kino.«

»Ach«, sagte Lorenz verblüfft, »in welchen Film?« Aber Luise war schon wieder draußen.

Eigentlich wollte sie gleich in ihr Apartment gehen, um herauszufinden, was mit ihr los war, aber als sie an der Rezeption vorbeiging, stand der Spanier da, mit einem kleinen Koffer in der Hand. Und Anita stand auch da.

»Aber wieso hat Ihnen Luise denn das Zimmer, das zur Straße geht, gegeben? Wir haben doch ein viel größeres, mit wunderschöner Aussicht auf die Heidelandschaft«, fragte sie mit zuckersüßem Lächeln.

»Das geht schon in Ordnung so«, sagte der Spanier und wollte an Anita vorbei zur Treppe, aber sie baute sich vor ihm auf. »Wir machen für die Gäste immer so einen kleinen Begrüßungscocktail. Kommen Sie doch heute Abend an die Bar.«

Das war interessant, dachte Luise. Dass den Gästen hier ein Begrüßungscocktail serviert wurde, war ihr neu.

»Ist deine Mutter wieder gesund?«, fragte sie von der Tür aus, und Anita warf ihr sofort einen vernichtenden Blick zu. Der Spanier drehte sich um und musterte Luise kurz.

»Entschuldigung«, sagte er dann, manövrierte sich und sein Köfferchen an der Wirtin vorbei und ging, ohne sich umzudrehen, die schmale Treppe hinauf.

»Du hast wohl nichts mehr zu tun, was?«, herrschte Anita Luise an.

»Genau.« Luise folgte dem Spanier die Treppe hinauf. Irgendwie fühlte sie sich wohl. Dass Anita mit offenem Mund hinter ihr herstarrte, sah sie nicht.

Am nächsten Morgen, als Luise das Frühstücksbuffet kontrollierte – Fritzi tat sich immer schwer mit den Kaffeeportionen –, war der Spanier der erste Gast, der den Frühstücksraum betrat. Er grüßte freundlich, wenn auch ernst, nahm sich Kaffee vom Büfett und setzte sich an einen Zweiertisch. Dort vertiefte er sich sofort in sein Notebook und schien die Welt um sich herum vergessen zu haben.

Luise rührte im Rührei und sortierte die Brötchen. Das war zwar alles überflüssig, aber sie musste sich eingestehen, dass dieser Fremde sie faszinierte. Was machte ein Spanier in der Heide? Und wieso schien er sich überhaupt nicht für die Landschaft zu interessieren?

Wie ein Wanderer sah er auch nicht aus. Jedenfalls trug er schwarze Halbschuhe zu seiner Jeans und ein T-Shirt. Luise starrte auf die braun gebrannten, muskulösen Arme und schluckte. Da regte sich irgendwas, das sie seit Jahren nicht mehr gespürt hatte. Und es machte ihr Angst. Es war falsch, durfte nicht sein.

Sie hörte auf, die Brötchen zu sortieren, und ging in die Küche, wo Fritzi Joghurt in eine Glasschale füllte.

»Hier«, sagte sie und hielt Luise die Schale entgegen, »kannst du mit reinnehmen.«

Luise nahm die Schale in Empfang. »Wo ist Lorenz?«, fragte sie.

»Im Büro«, antwortete Fritzi knapp und putzte mit dem Spültuch über die Arbeitsplatte.

»Sag mal, ist irgendwas?«, fragte sie, weil Fritzis Augen verdächtig rot und geschwollen waren. So, als hätte sie die ganze Nacht geweint.

»Nein«, antwortete sie trotzig, »was soll schon sein?«

Luise argwöhnte, dass Fritzis Freund, Lutz, mal wieder eine Tournee mit seinem Shanty-Chor unternahm und Fritzi allein daheimbleiben musste. Lutz und sein Chor waren für Fritzi ein ständiges Ärgernis, weil sie der Meinung war, Lutz sollte lieber endlich eine Familie gründen, anstatt ständig mit irgendwelchen Kerlen durch die Weltgeschichte zu ziehen und »My Bonny Is Over The Ocean« zu singen.

Aber Luise konnte ihr da nicht helfen und ging zurück in den Frühstücksraum, wo sich mittlerweile weitere Gäste eingefunden hatten. Der Spanier saß immer noch am Platz und studierte den Bildschirm seines Notebooks. Meine Güte, dachte Luise, warum fuhr man in Urlaub, wenn man doch nur mit dem blöden Computer kommunizierte?

Als hätte der Spanier ihre Gedanken gehört, klappte er in diesem Moment das Gerät zu und warf einen Blick in die Runde. Dann trank er seinen Kaffee aus, stand auf und verließ den Frühstücksraum. Die Pummelige und die Zierliche sahen ihm nach.

***

Das Dorf war genau so, wie er es sich vorgestellt hatte. Fachwerkhäuschen mit Reetdächern und üppigen Geranien vor weißen Sprossenfenstern säumten die Dorfstraße, und gepflegte Vorgärten verwöhnten das Auge mit Sonnenblumen und üppigen Hortensien- und Hibiskushecken. Dazwischen blühte Heide. Er lächelte spöttisch. Als ob es hier nicht genug Heidekraut gäbe. Die Dörfler mussten es auch noch in die Vorgärten pflanzen. Er selbst mochte kein Heidekraut. Es erinnerte ihn an die Gräber auf winterlichen Friedhöfen. Wenn er auch zugeben musste, dass die blühende Heidelandschaft ihn immer wieder faszinierte

Es gab einen Kiosk, einen Edeka-Laden, eine kleine Bankfiliale, damit die Touristen das Geld, das sie hier ausgeben wollten, auch abheben konnten, einen Metzger und eine Bäckerei mit Stehcafé. Eigentlich genau das, was er brauchte, Ruhe und zumindest den Eindruck von Frieden und Ordnung. Nun, was die Ordnung anbetraf, da gab es hier kaum etwas zu bemängeln.

Aber der Friede, der hier aus jedem Winkel plätscherte, war trügerisch. Das war ihm schon bei seiner Ankunft aufgefallen. Er dachte an die beiden Frauen aus der Schnucken-Schenke. Beide waren hübsch, und sie konnten sich nicht ausstehen. Die eine war aufdringlich und verlogen, die andere schüchtern und … Was war es, das er in ihren Augen gesehen hatte? Verzweiflung? Resignation? Oder einfach nur Desinteresse? Vielleicht würde er es herausfinden.

Er schritt die Dorfstraße entlang und bog ab in die kleine Seitenstraße, die zum Landmeier-Hof führte. Nach weiteren drei Minuten stand er vor einem großen Fachwerkbau mit angrenzenden Gebäuden. Das Dach war mit roten Pfannen gedeckt, ebenso die Nebengebäude, soweit er das sehen konnte. Ansonsten sah das Haus aus wie alle Häuser im Dorf. Vielleicht blühten die Geranien nicht ganz so üppig, und der Vorgarten war nicht so sauber geharkt wie bei den Nachbarn. Heidekraut blühte hier auch keins, stellte Pedro Villa mit Genugtuung fest, also keine Grabstätte im Garten. Er drückte auf den unteren der beiden Klingelknöpfe. »Landmeier« stand auf einer hölzernen Tafel daneben, der obere Knopf war namenlos. Villa fragte sich, wer dort wohl wohnte.

Es dauerte eine Weile, bis ein junger Mann die Tür öffnete. Villa schätzte ihn auf Mitte dreißig. Er hatte schütteres Haar, einen mürrischen Mund unter einem gepflegten Oberlippenbart und einen Bauchansatz.

»Ja, bitte?«, sagte der Mann und ließ seine Augen unauffällig über die exotische Erscheinung des Besuchers wandern.

»Mein Name ist Villa«, sagte Villa und zückte seinen Ausweis. »Kripo Lüneburg. Ich hätte ein paar Fragen an Sie und Ihre Eltern.«

»Wie bitte? Was?«, stotterte Matthis, blickte über seine Schulter ins Haus und rief nach seiner Mutter.

»Ja, was ist denn?« Helga Landmeier kam mit bemehlten Händen zur Tür und musterte verwundert den Fremden, der da vor ihrer Haustür stand. Unwillkürlich musste sie lächeln. Wenn der hier ein Pferd unterstellen wollte! Das würde einen Aufruhr geben bei den Pferdemuttis!

Villa zückte erneut seinen Ausweis, woraufhin Helgas Lächeln erstarb.

»Die Polizei? Was ist denn los? Ist einer unserer Töchter was zugestoßen?«

»Nein, nein, es geht um den Unfall mit dem Pferd. Könnte ich kurz reinkommen?«

Helga stieß hörbar die Luft aus. »Gott sei Dank, ja natürlich. Kommen Sie bitte.«

Dabei wies sie mit ihren bemehlten Händen in Richtung Wohnzimmer. »Ich hole schnell meinen Mann, der ist im Stall.«

Villa ging, gefolgt von Matthis, ins Wohnzimmer und setzte sich.

»Sie waren dabei, als der Tote gefunden wurde?«, fragte er, als Matthis sich ihm gegenüber niedergelassen hatte.

»Ja, aber gefunden hat ihn eigentlich mein Vater oder vielmehr die Osterlitze. Verzeihung, ich meine die Baronin von Freiwald-Osterlitz. Ich … hab den Seidel eigentlich gar nicht richtig gesehen. Nur mein Vater, und der ist ganz krank davon.«

»Aha. Was, glauben Sie, ist da passiert?«

Matthis hob die Brauen. »Also, das weiß ich natürlich nicht, aber der blöde Seidel … Verzeihung, aber der Tote hat das Pferd wohl geschlagen, da ist es mit ihm durchgegangen, und er ist runtergefallen, auf einen Stein … oder so was. Jedenfalls konnte man ihn kaum noch erkennen.«

»Hat er das öfter gemacht? Ich meine, Pferde misshandelt?«

»Nö, das heißt, nicht dass ich wüsste. Im Gegenteil, der war hier so eine Art Pferdedoktor. Alle haben gesagt, er kann mit den Tieren reden.«

In diesem Moment betraten Caspar und Helga Landmeier das Zimmer. Caspar, in Socken und Blaumann, umwehte ein strenger Geruch nach Ammoniak.

»Sie untersuchen den Tod vom Seidel?«, fragte er, noch bevor er sich auf den Küchenstuhl fallen ließ, den Helga ihm hinstellte. »Aber warum denn bloß? Da war doch alles klar. Oder nicht?«

Caspar sah sich hilflos um. Helga, die sich auf die Sofalehne klemmte, zuckte mit den Schultern.

»Natürlich«, sagte Villa lächelnd, »wir müssen nur noch einige offene Fragen klären.«

»Was denn für offene Fragen?«, wollte Helga wissen.

»Alles Routine. Schildern Sie mir doch einfach mal, wie Sie den Toten gefunden haben.«

»Ja du liebes bisschen, da wird mir ja wieder schlecht. Der sah nämlich ganz schrecklich aus, müssen Sie wissen. Möchte bloß mal wissen, wo der draufgefallen ist.«

»Sie haben keinen Stein oder Ähnliches gefunden, das dafür in Frage käme?«

»Nö«, meinte Caspar und schien etwas verwirrt zu sein. Offensichtlich hatte er sich darüber noch keine Gedanken gemacht.

»Aber das Pferd hat ja eigentlich die Frau von Freiwald-Osterlitz zuerst gesehen«, mischte Helga sich ein, »die kam morgens zur Tür und hat gesagt, dass ein gesatteltes, blutendes Pferd im Kornfeld steht. Und ich hab meinem Mann Bescheid gegeben, während die Frau von Osterlitz das Pferd einfangen wollte, was ihr ja auch gelungen war. Das ist dann aber leider noch mal ausgebüxt, und dann hat sie den Seidel gefunden und geschrien wie am Spieß. Und mein Mann und mein Sohn«, sie wies mit ihrer immer noch weißen Hand auf Matthis, »haben das Pferd eingefangen und dann gesehen, dass der Seidel da lag. Schrecklich zugerichtet.«

»Und wie genau haben Sie den Toten vorgefunden?«, fragte Villa.

»Na ja, erst mal haben wir gesehen, dass da noch ein Stiefel im Steigbügel hing, und uns schon gedacht, dass da irgendwas passiert sein musste. Aber das … na ja, jedenfalls lag der Seidel einfach da, … mit seinem kaputten Gesicht und nur einem Stiefel.« Caspar schluckte.

»Welcher?«

»Wie meinen Sie, welcher?«

»Welcher war stecken geblieben? Der rechte oder der linke?«

Jetzt guckte Caspar ein bisschen erstaunt. »Äh, der rechte, glaub ich.«

»Ja«, sagte Helga, »es war der rechte. Wieso ist das wichtig?«

»Glauben Sie, dass das Pferd den Toten noch eine Weile mitgeschleift hat?«

Caspar räusperte sich und sah sich hilfesuchend nach Matthis um, aber der kräuselte nur angewidert die Nase. »Also, so wie der ausgesehen hat … gut möglich. Ich meine, man fragt sich ja schon, wie er sich da im Steigbügel verheddern konnte, der wusste doch, was da alles passieren kann.«

»Und wie ist das Ganze passiert? Was glauben Sie?«

»Na, das war doch klar. Er hat das Pferd geschlagen, und da ist der Gaul mit ihm durchgegangen und hat ihn abgeworfen. Hätt ich auch gemacht«, fügte er leise hinzu.

Helga stieß ihn mit dem Ellbogen in die Seite.

»Hat der Tote oft Pferde misshandelt?«

Die drei Landmeiers sahen sich fragend an. »Also eigentlich nicht. Wenn, dann hätte ihm der Friedhelm … das ist mein Schwager, doch nie erlaubt, seine Pferde zu bewegen. Außerdem konnte der gut mit Pferden.«

»Und wieso glauben Sie, hat er es in diesem Fall getan?«

»Wahrscheinlich, weil er besoffen war«, sagte Helga.

»Können Sie mir sonst noch etwas zu dem Vorfall sagen? Kam Ihnen irgendwas seltsam vor?«

»Seltsam, Sie sind gut«, Caspar kicherte. »Das war das Seltsamste, was ich je erlebt habe.«

Villa stand auf. »Ich danke Ihnen.« Er legte seine Karte auf den Tisch. »Ich lass Ihnen mal meine Karte hier, für alle Fälle.«

»Wenn Sie meinen«, sagte Helga. Sie erhoben sich ebenfalls und geleiteten den Gast hinaus.

Als sich die Tür hinter ihm geschlossen hatte, sprach Helga als Erste. »Denkt ihr auch, was ich denke?«

Die anderen nickten.

Nachhaltig und dumpf hallte es wenig später über den stillen Fuhrbacher-Hof, als Villa den Türklopfer an der Haustür betätigte. Merkwürdig, dachte er und betrachtete das Löwenmaul mit dem Ring. So etwas sah er hier in Deutschland zum ersten Mal. Als sich nichts rührte, klopfte er erneut und wartete. Es schien niemand da zu sein. Kaum vorstellbar bei der Größe des Anwesens. Er ging die Treppe hinunter und marschierte um das Wohnhaus herum.

»Hallo! Ist jemand zu Hause?«

Er betrat einen Innenhof, der von Wirtschaftsgebäuden und Pferdeboxen umgeben war. Aus einigen Boxen lugten neugierige Pferdeköpfe. Dann trat ein junges Mädchen aus einer der Türen. Sie trug helle Reithosen, Turnschuhe und eine dunkelgrüne Weste über einem schwarzen T-Shirt. In den Händen hielt sie ein Halfter.

»Ja?«, sagte das Mädchen, und er revidierte sein Urteil. Das war kein Mädchen, sondern eine Frau. Je näher er auf sie zukam, desto älter wurde sie. Sie musste ein weiblicher Jockey sein. Er hielt ihr seinen Ausweis hin.

»Villa, mein Name, Kripo Lüneburg. Könnte ich Sie einen Moment sprechen?«

Die Frau erbleichte. »Ist was mit Greta?«

Villa lächelte. »Nicht dass ich wüsste. Ich komme wegen des Unfalls mit dem Pferd. Könnte ich mir das Tier mal ansehen?«

Die Frau sank in sich zusammen. »Ja, schauen Sie sich an, was er mit meiner Stute gemacht hat.« Tränen traten ihr in die Augen, während sie mit der Hand in den Stall wies.

Das Pferd stand mit gesenktem Kopf in seiner Box, das linke, hintere Bein angehoben. Kaum verheilte Striemen zogen sich über die rechte Flanke.

»Das Bein ist zwar nicht gebrochen«, sagte die Frau, »aber es ist nicht sicher, ob sie je wieder als Reitpferd zu gebrauchen sein wird.«

»Tut mir leid«, sagte Villa, der sich hauptsächlich für die Striemen interessierte. »Können Sie sich erklären, warum der Reiter das getan hat?«

»Nein«, sagte Magda mit bebender Unterlippe, »er muss das Pferd durch Dornengestrüpp gejagt haben. Warum auch immer. Und das kann ich Ihnen sagen, wenn mein Pferd ihn nicht getötet hätte, dann hätte ich's getan!«

»Mama, was redest du denn da?« Die beiden fuhren herum und sahen sich einem jungen Mann in Jeans und kariertem Hemd gegenüber. Unverkennbar der Sohn des Hauses, genauso zierlich wie seine Mutter.

»Karl«, sagte Magda und wies auf Villa, »das ist Herr Villa von der Kriminalpolizei.«

»Kriminalpolizei?«, wiederholte Karl. »Warum beschäftigt sich die Kripo mit unserem Pferd?«

»Reine Routine in so einem Fall«, sagte Villa. »Könnten Sie mir etwas über den Morgen erzählen, an dem sich der Tote das Pferd geholt hat? Haben Sie ihn gesehen oder mit ihm gesprochen?«

»Nein«, antwortete Karl und wuchtete den Sattel, den er die ganze Zeit getragen hatte, auf einen Halter an der Wand. »Ich hab den Seidel gar nicht gesehen, der kam sonst immer nachmittags und kümmerte sich um die Haflinger und die Ponys, die halten wir für die Kinder. Die sind ganz wild aufs Ponyreiten.«

»Ist er oft ausgeritten?«

»Ja, fast jeden Tag. Er war zwar ein Armleuchter, aber reiten konnte er, und mit Pferden umgehen auch. Hat auch das Ponyreiten für die Kinder überwacht.« Karl betrachtete mitleidig das kranke Pferd und dann seine Mutter. »Allerdings frage ich mich jetzt wirklich, wieso Vater ihm das erlaubt hat.«

»Hat er Ihr Pferd auch des Öfteren geritten?«

»Nein, das hätte ich ihm nie gestattet«, sagte Magda, »mit Recht ja wohl, wie man sieht.«

»Und wieso hat er es dann doch getan?«

»Wenn ich das nur wüsste«, sagte Magda mit leichtem Zittern in der Stimme. »Wahrscheinlich hat Schimmi – das ist unser Stallbursche, er ist ein bisschen zurückgeblieben – sich einfach vertan.«

»Schimmi schwört Stein und Bein, dass er den Seidel gar nicht gesehen hat an dem Morgen«, mischte Karl sich ein. »Aber man weiß nicht genau, ob er die Wahrheit sagt.«

»Könnte ich mit diesem Schimmi reden?«

»Er kommt erst morgen wieder. Hat heute irgendeine Therapie.«

»Was ist seine Aufgabe?« Die Frage war an Magda gerichtet, die den Hals ihres Pferdes umschlungen hielt. »Alles und nichts. Er tut, was man ihm sagt, mistet aus, striegelt die Pferde, sorgt dafür, dass alles sauber ist.«

»Wann kommt er gewöhnlich?«

»Unterschiedlich«, sagte Karl, »manchmal erst um neun, manchmal auch schon um sechs Uhr morgens. Dann hatte er gewöhnlich eine schlechte Nacht, meint seine Therapeutin. Auf jeden Fall ist er harmlos. Der läuft vor sich selber weg.«

Villa ließ sich die Adresse der Einrichtung geben, in der Schimmi lebte, und den Namen der Therapeutin. Dann warf er einen letzten Blick auf das Pferd, das trotz seiner Verletzung nicht wirklich leidend wirkte und geräuschvoll seinen Hafer zermahlte.

»Kann ich jetzt bitte noch mit Ihrem Mann sprechen?«

»Friedhelm ist heute Morgen nach Lüneburg gefahren. Er kommt erst gegen Abend zurück.«

»Aber wieso ermitteln Sie denn überhaupt?«, hakte Karl nach. »Das Ganze war doch ein Unfall, oder nicht?«

Villa musterte den jungen Gutserben einen Moment. Etwas Lauerndes lag in seinem Blick. Aber wieso sollte er ihm nicht einen Brocken hinwerfen?

»Es gibt Umstände, die … sagen wir, nicht ganz zum Hergang eines Unfalls passen wollen.«

Mutter und Sohn blickten wie erstarrt. »Was meinen Sie damit?«, fragte Karl.

»Genau das, was ich gesagt habe«, antwortete Villa. »Könnten Sie uns jetzt noch sagen, wo Sie am Dienstagmorgen zwischen fünf und acht Uhr gewesen sind? Fürs Protokoll.«

Karl Fuhrbacher legte den Kopf schräg. »Sie machen wohl Witze.«

»Leider nicht.«

Mutter und Sohn sahen sich an. »Also ich war im Bett, wo soll man auch sonst um fünf Uhr morgens sein?«, sagte Magda schnippisch. »Gegen halb acht bin ich aufgestanden. Glaube ich jedenfalls, hab nicht auf die Uhr geguckt. Aber gewöhnlich stehe ich um diese Zeit auf.«

»Ich war auch im Bett«, ergänzte Karl. »Bin allerdings erst gegen acht aufgestanden.«

»Zeugen?«

»Nein, mein Mann und ich haben getrennte Schlafzimmer. Er schnarcht.« Magda drehte sich um und ging.

»Mit Zeugen kann ich auch nicht dienen. Meine Frau war von Montag bis Mittwoch in Hamburg.«

Villa schürzte die Lippen und hob zum Abschied die Hand. »Ich komme wieder.«

Er ging zurück zur Schenke. Es war zwar erst kurz vor zwölf und noch recht früh fürs Mittagessen, aber er hatte das Frühstück ja ausfallen lassen. Außerdem müsste Wiebke bald da sein. Eigentlich hätte sie heute Morgen schon kommen sollen, aber sie hatte einen wichtigen familiären Termin wahrnehmen müssen. Er seufzte unwillkürlich.

Kommissarin Wiebke Barsch machte ihrem Namen alle Ehre. Ganz davon abgesehen war sie von dem Ehrgeiz beseelt, aus dieser Welt eine bessere zu machen. Und dabei war sie der Überzeugung, dass der Zweck die Mittel heilige, und ihr Eifer überstieg bisweilen ihre Kompetenzen. Villa hatte erst einen Fall mit ihr zusammen bearbeitet, und sie konnte sich glücklich schätzen, dass er es gewesen war, der sie davon abgehalten hatte, einem Vergewaltiger seine Genitalien zu zertrümmern. Er hatte sogar für sie gelogen. Einerseits, weil er ebenfalls fand, dass der Kerl es verdient hätte, wenn er für den Rest seiner Zeit auf seine Lieblingsspielzeuge verzichten musste, und andererseits brauchte Wiebke ihren Job.

Sie sorgte für ihren großen Bruder, der in einer teuren Einrichtung lebte. Er war auf der Straße von einer Bande Jugendlicher zusammengeschlagen worden, was eine ausgedehnte Hirnblutung und daraus resultierend eine geistige Behinderung zur Folge gehabt hatte. Das war für seine kleine Schwester der Anlass gewesen, zur Polizei zu gehen. Sie war klug, eifrig und furchtbar anstrengend.

Er setzte sich an einen der Vierertische auf der Terrasse. Draußen gab es nur Vierer- und Sechsertische. Das war in seiner

Heimat Spanien, die er nur aus den Erzählungen seiner Großeltern und von den jährlichen Urlauben kannte, anders. Da gab es überall Zweiertische, die bei Bedarf eben zusammengestellt wurden. Er fand das viel ökonomischer. Außerdem fühlte er sich jedes Mal unwohl, wenn er allein einen großen Tisch blockierte. Wenn es Anna noch gäbe, würde es ihm weniger ausmachen …

Aber Anna war fort und würde nie wieder bei ihm sein. Er schloss für einen Moment die Augen, legte die flache Hand auf das schwarze Loch, das sich unter seinem Herzen auftat, und atmete ruhig in den Bauch. Das Rauschen in seinem Kopf ließ langsam nach. Er öffnete die Augen und blickte in ein blasses, ängstliches Gesicht.

»Geht es Ihnen gut?« Luise war an den Tisch getreten und hatte ihm die Hand auf den Arm gelegt.

»Natürlich«, beruhigte er sie und griff zur Karte, die sie ihm hinhielt. »Können Sie etwas empfehlen?«

»Äh, ja, Tomatensuppe mit Basilikumpesto und als Hauptspeise warmen Kartoffelsalat mit Kräuteromelett.«

Er klappte die Karte wieder zu. »Hört sich schön europäisch an. Das nehme ich.«

»Gern«, sagte Luise, die jetzt auch lächelte. »Unser Koch ist Italiener, und mein Chef hat seine liebe Not damit, darauf zu achten, dass Filippo auch der heimischen Küche ein wenig Raum auf dem Speiseplan lässt. Aber egal, was er kocht, es schmeckt wunderbar, was er ganz genau weiß. Er ist eine echte Diva.«

»Sie machen mich neugierig.« Einen Augenblick sahen sie sich an, und Villa hatte das absurde Gefühl, dass sie ihn verstand. Dabei wussten sie doch gar nichts voneinander. Luise drehte sich langsam um und marschierte los. »Ach ja, und ein kleines Bier bitte«, rief er ihr nach.

Das Essen war in der Tat vorzüglich. Er hatte eben sein Bierglas geleert, als es hinter ihm polterte. Irgendwer hatte einen Stuhl umgeworfen. Im nächsten Moment fiel jemand auf den freien Platz neben ihm. Wiebke.

»Tut mir leid, dass ich zu spät bin«, stöhnte sie und rieb sich das Schienbein.

Villa stellte sein Glas ab und sah auf die Uhr. »Ist ja nur ein halber Tag«, sagte er. »Wie geht's deinem Bruder?«

»Wie soll's ihm schon gehen? Er selbst glaubt, dass er glücklich ist.«

»Was gibt's dagegen einzuwenden?«

Wiebke Barsch schaute ihren Chef verständnislos an. »Darauf muss ich nicht antworten, oder?«

»Nein«, sagte Villa und winkte Luise heran, die sich am Nebentisch zu schaffen machte. »Haben Sie noch das Einzelzimmer mit der schönen Aussicht?«, fragte er, als sie zögerlich an den Tisch getreten war.

»Ich denke schon, ich hab's jedenfalls nicht vermietet, und außer mir ist heute Morgen keiner da.«

»Wunderbar, wo ist dein Gepäck?«, fragte er an Wiebke gewandt.

»Im Auto. Kann ich nicht erst mal was essen?«

Luises Blick wanderte von ihm zu ihr. »Äh, ist das Ihr Wagen da vorn auf dem Bürgersteig?«, fragte sie dann.

»Ja, wieso?«, erwiderte Wiebke.

»Dann sollten Sie ihn schnellstmöglich auf unseren Parkplatz fahren. Unser Dorf-Null-Null-Sieben ist nämlich ganz erpicht auf Parksünder. Er macht alle zwei Stunden die Runde. Und ich wette, dass er in den nächsten zehn Minuten wieder vorbeikommt.«

»Hat der nichts Besseres zu tun?«, fauchte Wiebke Barsch und traf damit haargenau ins Schwarze.

»Das fragen sich hier alle«, sagte Luise und lächelte, »obwohl ...«, ihr Lächeln erstarb. Sie wandte sich ab und ging schnellen Schrittes davon.

Villa und Barsch blickten ihr verdutzt nach.

»Was hat die denn?«, wunderte sich Wiebke.

»Nun mach schon«, sagte Villa, »du hast einiges nachzuholen, und wir müssen hier endlich weiterkommen.«

Wenig später hatte Wiebke eingecheckt und ihr Auto gerade noch rechtzeitig auf dem Parkplatz der Schenke abgestellt, bevor besagter Dorf-Null-Null-Sieben die Terrasse betrat, wo er großspurig seine Uniform vorführte, als würde er einen Laufsteg entlangschreiten. Zwei junge Frauen an einem Ecktisch, eine pummelig, die andere zierlich, machten große Augen. Villa winkte ihn heran und bat ihn, Platz zu nehmen.

»Heininger«, stellte er sich vor und erfuhr seinerseits die Namen der beiden Kripobeamten.

»Möchten Sie was trinken? Kaffee?«, fragte Villa, während Wiebke die Speisekarte studierte.

»Was ist das denn? Tomatensuppe und Rührei? Gibt's hier kein Schnitzel mit Pommes?«

»Klar«, sagte Heininger, »weiter hinten. Das da ist die Tageskarte. Der Koch spinnt hier ab und zu. Kommt aus Italien.« Null-Null-Sieben verdrehte die Augen. »Ich würd Ihnen das Schnuckenragout mit Rosmarinkartoffeln empfehlen. Echt 'ne Wucht. Kaum zu glauben, dass ein Auswärtiger so was hinkriegt.«

»Das Omelett ist auch hervorragend«, mischte Villa sich ein. »Und Sie erzählen uns bitte kurz, was sich vor zwei Tagen zugetragen hat.«

»Steht zwar alles ausführlich im Bericht«, Null-Null-Sieben konnte sich diesen Hinweis nicht verkneifen, »aber bitte.«

Unterdessen war Luise wieder an den Tisch getreten und blickte lauernd auf die drei Gäste. Wahrscheinlich fragte sie sich, wie alle anderen Gäste, die das Trio nicht aus den Augen ließen, was der Dorfbulle mit diesen beiden Touristen zu bereden hatte.

Die Männer bestellten Kaffee und Wiebke das Omelett.

Dann ließen sich die beiden Kriminaler von dem äußerst umständlichen jungen Mann den Hergang des Leichenfundes schildern und obendrein noch ein bisschen Dorfklatsch, der aber außer, dass das Todesopfer nicht besonders beliebt gewesen war, nichts Bedeutsames lieferte. Villa musste Heininger mehrfach ermahnen, leiser zu sprechen. Der liebte es offenbar, sich wichtigzumachen.

Villa nippte an seinem Filterkaffee, er zog Filterkaffee dem südeuropäischen Kaffee vor, obwohl seine Oma das bis zu ihrem Tod nicht hatte einsehen wollen. Wiebke schaufelte ihr Omelett in sich hinein, als stünden ihr zwei Monate Nulldiät bevor, die beiden Männer beobachteten sie fasziniert.

»Was ist aus der Reiterin geworden, die vom Pferd gefallen ist?«, wollte Villa wissen.

»Tja«, Heininger krempelte seine Hemdsärmel auf, »das war sozusagen ein *Kollateralschaden.*«

Es war offensichtlich, dass Heininger sehr stolz war auf seinen elaborierten Sprachschatz.

»Wieso das?«, hakte Villa nach.

»Na, die Frau war zum ersten Mal in der Heide«, er gluckste, »wahrscheinlich auch zum letzten. Kommt aus Hamburg, ich hab ihre Adresse notiert. Sie will klagen. Gegen die Baronin, weil die ihr Pferd durch ihr – ich zitiere – ›Geplärre so erschreckt hat, dass es durchgegangen ist‹. Und gegen den Touristen, der ihr Pferd aufgehalten, und …«, Heininger hob den rechten Zeigefinger, »sie deswegen und *nur* deswegen zu Fall gebracht hat, will sie auch klagen.«

»Na fein«, sagte Villa, »kennt sie den Toten? Oder hat sie irgendwas gesehen?«

»Nein, ich hab sie befragt, echt 'ne Zicke. Sie ist am Tag zuvor hier angekommen und wollte am Morgen ausreiten, und dann so was … Sie reitet gemütlich durch Wald und Feld, und plötzlich geht das Geplärre los, und ihr Pferd geht durch und … den Rest kennen Sie.«

»War die Frau in Begleitung hier?«

»Ja, sie war in Erlenbusch im ›Goldenen Hirschen‹ einquartiert, mit ihrem Mann, so ein kleiner Dicker. Der will auch klagen. Gegen alle und jeden.«

»Aha, ist der Mann mit ihr ausgeritten?«

Jetzt grinste Heininger. »Oh ja, die beiden sind um acht Uhr los, und dann ging in Linderwald richtig die Post ab.«

Wiebke schnaubte.

»Und die beiden haben nichts Auffälliges gesehen?«

»Nein … bis auf das Geschrei.« Heininger kicherte. »Jedenfalls«, fuhr er fort, »war das mit dem Seidel offensichtlich ein Unfall. Ich wette, der war betrunken. War er meistens.«

Villa schob seine leere Tasse auf den Tisch und schlug die Beine übereinander.

»Wahrscheinlich haben Sie recht. Ich danke Ihnen für Ihre

Einschätzung«, sagte er. »Ich habe im Moment keine Fragen mehr. Du?«

Wiebke hätte sich beinahe verschluckt. Sie ließ die Gabel, die sie wie ein dreijähriges Kind benutzte, scheppernd auf den abgegessenen Teller fallen und machte große Augen. »Nee, was soll ich noch für Fragen haben, wenn du keine mehr hast?«

»Na wunderbar«, frohlockte Villa, »dann können wir ja gleich los.«

Heininger sollte die beiden Kripobeamten nämlich zum Fundort der Leiche begleiten.

»Sollen wir mit dem Auto fahren oder gehen wir zu Fuß?«

»Von hier aus ist es nicht weit bis zum Fundort, da können wir laufen.« Heininger musterte kritisch Wiebkes Schuhwerk, fand aber – wohl zu seinem Bedauern – nichts an ihren Sportschuhen auszusetzen.

Heininger stand auf. »Äh, was ist mit dem Kaffee?«

»Übernehme ich«, murmelte Villa und hielt sich das Handy ans Ohr.

Während Villa telefonierte und Wiebke mit der Serviette in ihrem Gesicht herumwischte, setzte Heininger seine Sonnenbrille auf, legte den linken Fuß auf sein rechtes Knie, steckte die Hände in die Hosentaschen und warf einen forschenden Blick in die Runde.

Unter den weiblichen Gästen der Schnucken-Schenke hatte er mindestens zwei Fans gewonnen.

***

Luise stand hinter der Theke und fragte sich, was diese drei seltsamen Gäste da zu bereden hatten. Aber seltsam waren ja eigentlich nur der Spanier und dieser Poltergeist von Frau. Sie war nicht besonders groß und furchtbar tollpatschig. Jede ihrer Bewegungen wurde von einem Geräusch begleitet. Sogar das Kauen war so heftig, dass man das Gefühl hatte, zwischen ihren Zähnen wurde mehr als nur die Nahrung zermahlen. Sie musste furchtbar wütend sein. Und was der Heininger, dieser Angeber, bei den beiden zu suchen hatte, fragte sie sich auch.

Sie hatten über den Unfall mit dem Seidel gesprochen. So viel hatte sie mitbekommen, aber der Spanier hatte Heininger jedes Mal unterbrochen, wenn sie an den Tisch gekommen war. Ob da irgendwas nicht stimmte? Vielleicht wusste Kerstin etwas. Sie wollten sich morgen Abend auf ein Bier in der Schenke treffen. Helga hatte das arrangiert. Damit ihr Sohn mal unter die Leute kam, hatte sie gesagt.

Luise seufzte und fragte sich, wann Matthis, diese Schlafmütze, endlich mitkriegte, dass Kerstin wie geschaffen für ihn war. Seine Mutter hatte das längst bemerkt und versuchte immer wieder, ihrem Sohn auf die Sprünge zu helfen. Vielleicht sollte Kerstin mal die Initiative ergreifen, aber im Moment schien nicht gerade der günstigste Zeitpunkt für Eroberungen zu sein. Luise war allerdings froh, dass Kerstin sich hatte überreden lassen, ihre Mutter mal am Abend für zwei Stunden in Irmis Obhut zu lassen und aus dem Haus zu gehen. Warum sie selbst allerdings als Anstandsdame fungieren sollte, war Luise ein Rätsel. Wahrscheinlich war das Tarnung, obwohl das bei dem Deppen von Matthis völlig überflüssig war.

In der Küche wurden Stimmen laut. Gut. Fritzi war gekommen, um sie abzulösen. Dann konnte sie Sam anspannen und die Kegelgruppe aus Potsdam durch die Heide kutschieren. In diesem Moment fiel etwas klirrend zu Boden. Luise erschrak und wich unwillkürlich einen Schritt zurück. Fritzi stand hinter ihr, die Hände vor den Mund geschlagen, den Blick starr auf den Dorfpolizisten gerichtet. Lorenz kam herein und deutete kopfschüttelnd auf die Scherben.

»Wie ist das jetzt wieder passiert? Könntest du aufhören, unseren Geschirrbestand zu dezimieren? Das geht nämlich langsam ins Geld.«

Lorenz hatte leise gesprochen. Es kam bei den Gästen nicht gut an, wenn man das Personal anmeckerte, aber Fritzi drehte sich um und lief schluchzend hinaus. Luise und Lorenz sahen sich verblüfft an.

»Was hat die denn bloß?«, meinte Lorenz.

»Bestimmt Ärger mit Lutz.«

»Red doch mal mit ihr. So geht das echt nicht weiter.«

Luise zuckte mit den Schultern. »Ich muss jetzt los.«

»Doch nicht jetzt, Fritzi kann ich doch so nicht auf die Gäste loslassen«, raunte Lorenz ihr zu.

»Wo ist eigentlich Anita?«

»Die musste weg.«

»Ich auch. Die Kegelgruppe wartet auf die Kutsche. Oder soll ich die warten lassen?«

Lorenz wand sich. Das waren Stammgäste, die kamen jedes Jahr und brachten jede Menge Hunger und Durst mit, wobei sie beides größtenteils in der Schnucke stillten.

Lorenz antwortete nicht und machte sich auf die Suche nach seiner hysterischen Bedienung. Luise ging nachdenklich auf ihr Zimmer.

***

Sie gingen schweigend den schmalen Weg entlang, der zwischen den Feldern und dem Wald verlief. Der Fundort der Leiche befand sich kaum fünfhundert Meter von der Dorfstraße entfernt, an einem schmalen Trampelpfad, der weiter in den Wald hineinführte. Davor erstreckten sich ein Maisfeld und das Haferfeld vom Landmeier-Hof.

»Hier hat er gelegen«, sagte Heininger und schob die Ärmel seines Uniformhemdes weiter hoch, denn die Sonne brannte heiß aus einem wolkenlosen Himmel.

Villa steckte die Hände in die Hosentaschen und sah sich um. Hier gab es nichts Besonderes zu sehen: Waldboden, Gestrüpp, ein umgefallener Baumstamm. Keine Felsen oder Steinbrocken oder sonstiges, das bei einem Sturz vom Pferd solche Verletzungen hätte hervorufen können.

»Wahrscheinlich ist er knapp hundert Meter von hier entfernt auf einen der Steinbrocken gefallen, und das Pferd hat ihn eine Weile mitgeschleift.«

»Sind Blutspuren gefunden worden?«

»Nein.« Heininger wand sich ein bisschen. »Na ja, wir haben auch nicht weiter gesucht. Die Sache war ja eigentlich klar. Und dann hat es ja auch gewittert, letzte Nacht, und wenn da irgendwo Blut war, wird nach dem Regen wohl nicht mehr viel davon übrig sein.«

Villa verzog den Mund. »Zeigen Sie mir die Steinbrocken«, kommandierte er ein bisschen unwirsch. Leider kam es häufiger vor, dass Beamte vor Ort sich vorschnell ein Urteil bildeten und sich die Sache zu leicht machten.

Wiebke erkundete mit gesenktem Kopf den Waldboden. »Also Spuren finde ich hier nicht. Die Grasnarbe ist zu fest. Dabei sollte man doch meinen, dass Pferde den Boden aufwühlen.«

Sie gingen den Pfad entlang weiter in den Wald hinein. Nach ein paar Minuten kamen sie auf eine Lichtung, wo ein Wanderweg mit Kopfsteinpflaster den Pfad kreuzte. In der Ferne klapperten Pferdehufe, ein Planwagen kam langsam den Weg herauf. An der Kreuzung stand ein Felsbrocken, der als Wegweiser diente. Villa untersuchte den spitz zulaufenden Brocken, konnte aber mit bloßem Auge kein Blut entdecken, was eigentlich zu erwarten wäre, wenn jemand mit dem Kopf daraufgestürzt war.

»Also, ich seh da jetzt auf Anhieb nichts.« Wiebkes Kopf schob sich in sein Blickfeld.

»Nein, da muss die Spusi noch mal ran. Ruf Möhring an, der soll sofort mit der Mannschaft herkommen. Und sie sollen einen Spürhund mitbringen.«

Wiebke zückte ihr Handy, und Heininger stapfte verlegen von einem Fuß auf den anderen.

Villa ärgerte sich über sich selbst. Wie hatte er voraussetzen können, dass die Polizei vor Ort den Vorfall wie ein Verbrechen behandeln würde? Das hätte er zuallererst kontrollieren müssen. Auch er hatte es sich hier zu leicht gemacht. Solche Fehler wären ihm früher nicht unterlaufen. Aber früher war auch alles anders gewesen. Er musste sich zusammenreißen.

Sie suchten weiter und mussten feststellen, dass es jenseits des gepflasterten Weges jede Menge Pferdespuren gab, denn der Trampelpfad wurde breiter und sandiger.

»Wohin führt der Weg?«, wollte Villa wissen.

»Das ist ein Wanderweg, der den Hügel hinauf zum Feldbach führt. Da oben gibt's dann einen schönen Aussichtspunkt.«

»Und der andere?«

»Der führt hinter dem Wald entlang bis zum Fuhrbacher-Gut. Und von da muss er ja gekommen sein. Gibt aber jede Menge Abzweigungen auf der Strecke.«

Villa setzte seine Sonnenbrille auf und betrachtete die Landschaft. Sie war wirklich reizvoll. Wie oft hatten er und Anna sich vorgenommen, hier wandern zu gehen. Es hatte nicht sein sollen.

»Gehen wir«, sagte er dann.

***

Als Villa und seine junge Kollegin bei den Seidels klingelten, war Kerstin gerade dabei, mit ihrem Onkel Leo eine Todesanzeige zu formulieren, was ein schwieriges Unterfangen war, denn weder Kerstin noch Seidels Bruder Leo konnten besonders freundliche Worte für den Verstorbenen finden.

Kerstin, die sich angesichts des Ausnahmezustandes schon die vierte Zigarette gönnte und damit gleichzeitig ihrem Onkel erlaubte, in der Wohnung zu rauchen, schaute verwundert auf, als es klingelte.

»Wer kann das sein? Waren doch schon alle hier, um mich auszufragen.«

»Mach auf, dann weißt du's«, sagte ihr Onkel und zerdrückte seine Kippe im übervollen Aschenbecher.

Kerstin tat es ihm gleich und ging öffnen.

Vor der Tür standen ein exotischer Mann mit vollem schwarzem Haar und dunklen Augen, den sie nicht kannte, und eine kleine blonde Frau mit stacheligem Kurzhaarschnitt, die sie auch nicht kannte.

»Ja, bitte?«, sagte sie und versank in den dunklen Augen des gut aussehenden Mannes.

Der zückte einen Ausweis, hielt ihn ihr unter die Nase und stellte sich und seine Begleiterin vor. »Villa, Kripo Lüneburg, das ist meine Kollegin Barsch. Könnten wir einen Moment mit Ihnen sprechen?«

Kerstin schluckte. »Kripo? Wieso denn Kripo? Was gibt's

denn?« Sie blickte über ihre Schulter. »Leo, kommst du mal?«, rief sie, ohne die beiden Beamten hereinzubitten.

Onkel Leo schlurfte neugierig heran und gesellte sich zu seiner Nichte. »Was gibt's denn?«

»Die ... die sind von der Kripo«, stotterte Kerstin.

Onkel Leo guckte erstaunt von einem zur anderen. »Wieso denn Kripo? Aber bitte, kommen Sie doch rein«, sagte er und ging voran ins Wohnzimmer. Die verrauchte Luft war Kerstin peinlich, und sie öffnete ein Fenster.

»Setzen Sie sich doch«, sagte sie. Aus dem Nebenraum drang freundliches Gemurmel und dann ein Schrei.

»Was machen Sie da, das tut weh!«

»Meine Mutter hat Physiotherapie«, sagte Kerstin und setzte sich auf die Sessellehne neben ihren Onkel, der nach einer Zigarette griff, aber Kerstin nahm ihm wortlos die Schachtel aus der Hand und hielt sie fest.

»Wir haben ein paar Fragen zum Unfallhergang, bei dem Ihr Vater gestorben ist«, begann Villa.

Kerstin mochte seine Stimme. Sie war weich und dunkel. Die Frau hatte sich auf Onkel Leos Lesebrille gesetzt und kramte sie grade unter ihrer Sitzfläche hervor. »'tschuldigung«, sagte sie und legte die Brille auf den Tisch.

»Wieso hat denn die Kripo Fragen zum Unfallhergang?«, wollte Onkel Leo wissen. »Außerdem können wir Ihnen dazu auch gar nichts sagen, nicht wahr, Kerstin?«

»Nein, wir haben ja nichts davon mitgekriegt. Ich hab es erst durch Luise erfahren, die zum Salon gekommen ist, um mich abzuholen und Onkel Leo ...«

»Ich weiß es von Kerstin, sie hat mich angerufen. Ich musste ... ihn ja auch identifizieren. Werd ich mein Leben lang nicht vergessen. Das können Sie mir glauben.« Der Mann fuhr suchend mit den Augen über den Tisch. Er brauchte wohl eine Zigarette, aber seine Nichte rückte die Schachtel nicht heraus

»Ging Ihr Vater oft zu den Fuhrbachers?«, fragte Villa an Kerstin gewandt.

»Natürlich, fast jeden Tag. Er hatte ein Händchen für Pferde. Für Menschen weniger.«

»Wie meinen Sie das?«, unterbrach Wiebke Barsch sie.
»Genau, wie ich's sage«, erwiderte Kerstin kühl.
Villa räusperte sich und warf Barsch einen warnenden Blick zu. »Können Sie das näher erläutern?«
»Natürlich«, erwiderte Kerstin, »er trank und hat sich nie um uns gekümmert. Nicht mal geredet. Manchmal neigte er zu Wutausbrüchen. Dann zerschlug er schon mal was. Einmal hat er es auch bei meiner Mutter versucht«, Kerstin lächelte, »aber sie hat ihm mit der Bratpfanne gezeigt, wo's langgeht. Das hat er sich gemerkt und sich dann lieber am Mobiliar vergriffen. Außerdem hat er unsere gesamten Ersparnisse beim Pferderennen verspielt. Wollen Sie noch mehr wissen?«
»Ist das oft vorgekommen?« Wiebke Barsch sah Kerstin forschend, aber auch verständnisvoll an.
»Was meinen Sie, dass er Möbel zertrümmert hat?«
»Ja.«
»Eher nicht. Ich kann mich an zwei Mal erinnern.«
»Wissen Sie, ob es dafür einen bestimmten Grund gab?«
Kerstin guckte Wiebke ein bisschen amüsiert an. »Nee, hat er mir nicht verraten. War eben wütend, warum auch immer. Würden Sie uns jetzt bitte erklären, wieso sich die Kriminalpolizei für den Tod meines Vaters interessiert?«
Villa faltete die Hände und legte die Unterarme auf die Oberschenkel. »Wir haben bei der Obduktion Hinweise darauf gefunden, dass Ihr Vater einige Verletzungen hat, die nicht zum Unfallhergang passen.«
»Was meinen Sie genau?«, fragte Kerstin gespannt.
»Nun, es deutet einiges darauf hin, dass Ihr Vater kurz vor seinem Tod verprügelt worden ist.« Das war noch nicht alles, aber Villa fand, man sollte vorsichtig mit seinem Wissen umgehen.
Auf diese Aussage folgte staunendes Schweigen.
»Das heißt … der Unfall war kein Unfall.«
Villa nickte.
Kerstin schien in sich zusammenzufallen. »Das wundert mich nicht«, entfuhr es ihr.
Sie fingerte zitternd eine Zigarette aus der Schachtel und bot sowohl ihrem dankbaren Onkel als auch Villa und Wiebke

Barsch eine an. Villa lehnte ab, während Wiebke sich bediente, was ihr einen verwunderten Blick ihres Chefs eintrug.

Ein paar Sekunden vergingen, bis alle Zigaretten angezündet waren und die ersten Rauchwolken den Raum durchzogen. Villa stand auf und ging zum Fenster.

»Haben Sie eine Idee …«, Villa zögerte, wusste nicht, wie er sich ausdrücken sollte, »mit wem sich Ihr Vater angelegt haben könnte?«, fragte er und steckte die Hände in die Hosentaschen.

»Ha«, erwiderte Kerstin, »fragen Sie mal lieber umgekehrt, ob ich mir jemanden vorstellen könnte, mit dem er sich *nicht* angelegt hat. Dann wird die Liste nicht so lang.« Sie inhalierte tief und musterte Villa bewundernd, was dieser aber entweder nicht bemerkte oder ignorierte.

»Könnten Sie trotzdem etwas konkreter werden? Für den Anfang?«

»Also«, Kerstin verzog den Mund, »wenn Sie mich so fragen … ob er Freunde hatte, weiß ich nicht. Glaube es kaum, allerdings mit dem Fuhrbacher hat er sich ganz gut verstanden. Lag vielleicht daran, dass beide Pferdenarren sind … waren. Aber die hatten sich schon als Schulkinder gut verstanden. Hat meine Mutter jedenfalls immer gesagt. Sonst wüsste ich keinen, der ihn mochte, aber ob ihn nun jemand umbringen würde? Herrgott, da wäre ja meine Mutter die aussichtsreichste Verdächtige. Mein Vater ist … war schuld, dass sie im Rollstuhl sitzt.« Kerstin stocherte im Aschenbecher herum, während Wiebke ihre Asche auf den Teppichboden fallen ließ.

»Inwiefern?«, fragte Villa.

»Sie lag in der Küche auf dem Boden. Er hat sie einfach liegen lassen. Wenn sie schneller ins Krankenhaus gekommen wäre, hätte man vielleicht noch etwas für sie tun können. Jetzt ist sie … na jedenfalls nicht mehr die Alte.«

Wie zur Bestätigung drang ein wütender Schrei aus dem Nachbarzimmer zu ihnen herein. »Du dumme Kuh! Das tut weh!«

»Woher wissen Sie, dass er sie gesehen hat?«, hakte Villa nach und verkniff sich ein Grinsen.

»Weil er auf dem Sofa lag und die Glotze lief, als ich sie fand.« Kerstin rieb sich die Stirn.

»Wieso haben Sie ihn dann nicht angezeigt?«, fragte Wiebke ungehalten.

»Und?«, fuhr Kerstin auf. »Was hätte das gebracht? Meiner Mutter hätte es nicht mehr geholfen. Außerdem ... sie hätte nicht gewollt, dass ich meinen Vater anzeige. Er ... war nun mal mein Vater.«

Wiebke zog eine Grimasse und warf ihre Zigarette in den Ascher. Sie kullerte von dem Kippenberg herunter und landete auf dem kleinen Tischläufer, wo sie ein Brandloch hinterließ. Kerstin warf Wiebke einen irritierten Blick zu und die Kippe in den Aschenbecher.

»Sie können uns also nicht weiterhelfen«, stellte Villa fest. »Was ist mit Ihnen?« Er wandte sich Leo Seidel zu, der die ganze Zeit schweigend seine Zigarette zwischen Daumen und Zeigefinger gedreht hatte und hin und wieder mit zusammengekniffenen Augen einen tiefen Zug nahm.

»Nee, mit Namen kann ich Ihnen wirklich nicht dienen. Freunde hatte er keine ... soweit ich weiß, und wer ihn nun hätte umbringen sollen ... da hab ich auch keine Ahnung.«

»Wann haben Sie Ihren Bruder zum letzten Mal gesehen?«

Leo Seidel kratzte sich am Kopf. »Da muss ich jetzt schwer überlegen, das ist schon ein paar Wochen her.«

»Das war am elften Juni, als Mutter Geburtstag hatte«, mischte sich Kerstin ein.

»Genau«, stimmte Leo zu. »Am elften Juni. Seitdem hab ich ihn nicht mehr gesehen und auch nicht mit ihm gesprochen.«

»Und Sie?«, fragte Villa Kerstin.

»Ich glaube am Montagabend, als ich von der Arbeit gekommen bin. Wir arbeiten auch montags«, fügte sie mit schiefem Lächeln hinzu. »Da hab ich ihn zuletzt gesehen. Lag auf dem Sofa und schlief. Gesprochen hab ich schon seit Jahren nicht mehr mit ihm. Seit meine Mutter im Rollstuhl sitzt.«

Villa betrachtete die beiden forschend.

»Vielleicht sagen Sie uns nur noch, wo Sie am Dienstagmorgen zwischen fünf und acht Uhr gewesen sind.«

»Wie bitte?« Kerstin riss die Augen auf. »Sie glauben doch nicht ernsthaft, dass ...«

»Wir glauben gar nichts. Wir brauchen diese Angaben für den Bericht«, sagte Wiebke, die sich mittlerweile Notizen machte.

»Ja, also«, stotterte Kerstin, »ich war hier bei meiner Mutter, wie immer. Ich stehe um sechs auf und muss meine Mutter anziehen. Und um acht bin ich zur Arbeit, auch wie immer.«

»War sonst noch jemand hier?«

»Nein.«

»Ich nehme nicht an, dass Ihre Mutter das bestätigen kann?«, meinte Wiebke.

»Fragen Sie sie doch«, erwiderte Kerstin wütend.

Wiebke kicherte und warf dann Villa einen fragenden Blick zu. Der grinste nur.

»Und was ist mit Ihnen?«, fragte er Leo Seidel.

»Ich bin Rentner und war zu Hause, wohne in Waldhof.«

»Allein?«

»Ja, ich bin meistens allein. Meine Frau ist vor zwei Jahren gestorben, und die Kinder sind aus dem Haus.«

Villa gab Wiebke – die sich gerade notiert hatte, dass die beiden nächsten Verwandten des Ermordeten kein Alibi hatten und zumindest die Tochter ein handfestes Motiv und die Gelegenheit zur Tat hatte – das Zeichen zum Aufbruch. Sie steckte umständlich Notizblock und Bleistift weg und erhob sich. Kerstin begleitete die beiden zur Haustür.

»Sprechen Sie mit dem alten Fuhrbacher, wenn Sie mehr über meinen Vater wissen wollen. Mit dem hat er sich noch am besten verstanden. Warum auch immer«, sagte sie, bevor sie die beiden verabschiedete.

»Danke, das werden wir«, antwortete Villa und lächelte ihr freundlich zu, bevor er Wiebke den gepflasterten Gartenweg hinunter zur Straße folgte.

Kerstin blickte den beiden nachdenklich hinterher.

***

Friedhelm Fuhrbacher empfing sie in seinem Arbeitszimmer, obwohl man es auch durchaus Bibliothek hätte nennen können.

Drei Wände – an der Fensterwand standen zwei große Aktenschränke – waren bis zur Decke mit Bücherregalen zugestellt. Die Einbände ließen auf Belletristik schließen.

Villa sah sich fasziniert um. Er hatte keine Ahnung gehabt, dass Menschen in den Zeiten von E-Book, Internet und Heimkino noch solche Bücherberge horteten. Und sie sogar noch derart exponiert lagerten, statt sie in irgendwelchen Kisten auf dem Dachboden verschwinden zu lassen. Das Arbeitszimmer maß bestimmt dreißig Quadratmeter. Das Prunkstück war ein antiker Schreibtisch aus dunklem Holz, der vor einem Sprossenfenster mit Spitzengardine stand. Hier würde ihm das Arbeiten Spaß machen, dachte Villa, wenn er schon an einem Schreibtisch sitzen musste, was sich hin und wieder nicht vermeiden ließ. Am liebsten delegierte er Schreibarbeiten aber an seine Assistentin, die sich damit allerdings mindestens ebenso schwertat wie er.

Fuhrbacher schloss die Tür, ging um den Schreibtisch – auf dem ein zugeklapptes Notebook stand – herum und wies auf die beiden Besucherstühle. Villa fühlte sich wie ein Bittsteller, was ihm nicht gefiel. Wiebke rückte ihren Stuhl etwas zurecht, was ein unangenehmes Kratzen auf dem Parkett zur Folge hatte. Villa schloss für einen Moment die Augen. Er wünschte wirklich, Wiebke würde sich ein wenig in Lautlosigkeit üben.

»Wir ermitteln im Todesfall Seidel. Ich nehme an, das hat Ihnen Ihre Frau bereits mitgeteilt«, begann Villa.

»Allerdings«, erwiderte Fuhrbacher, der sein Notebook zur Seite stellte und mit der flachen Hand über seine lederne Schreibtischunterlage fuhr. »Ich kann mir jedoch nicht erklären, was es da noch zu ermitteln gibt.«

»Herr Seidel kümmerte sich um Ihre Pferde, ist das richtig?«, fragte Villa, ohne auf Fuhrbachers Äußerung einzugehen.

»Ja, das stimmt. Er war zwar ein … sagen wir etwas schräger Typ, aber ich hatte nie Probleme mit ihm. Er quatschte einen wenigstens nicht voll, und er konnte sehr gut mit Pferden umgehen. Er hat sie eingeritten.«

»Auch das Ihrer Frau?«

Fuhrbacher, dessen kleine helle Augen Villa lauernd musterten, lehnte sich in seinem Hightech-Schreibtischstuhl zurück.

»Nein, mit dem Pferd meiner Frau hatte er eigentlich nichts zu tun. Keine Ahnung, wieso er auf Suri ausgeritten ist.«

»Hat er die Tiere auch geschlagen?«

Fuhrbacher zögerte mit der Antwort, sah einen Moment zur Seite und griff dann nach einem Bleistift, den er gedankenverloren in den Händen drehte.

»Wie soll ich Ihnen das erklären?«, begann er, und räusperte sich. »Nein, er schlug nicht generell, aber manchmal, da rutschte ihm schon die Gerte aus. Allerdings nicht oft.« Fuhrbacher schwieg einen Moment. »Wissen Sie, Pferde können sehr störrisch sein. Dann muss man ihnen schon mal zeigen, wer das Sagen hat. Und da wirkt so ein gezielter Hieb wie ein Wunder. Sie können mit den Rössern nun mal nicht diskutieren, und wenn die merken, dass sie Oberwasser haben, machen die mit Ihnen, was sie wollen.«

»Er hat sie also geschlagen?«, schnaubte Wiebke und fing sich damit einen mahnenden Blick von Villa ein.

»Manchmal«, antwortete Fuhrbacher von oben herab.

»Stimmt es, dass Sie sich gut mit ihm verstanden haben?«, fragte Villa.

Fuhrbachers kleine Augen wurden rund. »Wer sagt das?«

»Stimmt es nicht?«

Fuhrbacher warf den Bleistift auf die Unterlage. »Was heißt gut verstanden? Wir kannten uns schon seit der ersten Klasse und hatten eine geschäftliche Abmachung. Er hat gute Arbeit geleistet, ich habe ihn gut bezahlt. Das war alles.«

»Wann haben Sie Herrn Seidel zuletzt gesehen?«

Fuhrbacher lachte kurz auf. »Also, das weiß ich wirklich nicht mehr so genau. Ist schon mehrere Tage her.«

Villa wartete schweigend.

»Na, also, ich glaube, das war vor einer Woche in der Schnucken-Schenke. Da war Stammtisch, Willi ist … war da zwar nicht so gern gesehen, aber wegschicken konnten wir ihn ja wohl nicht.«

»Wieso war er dort nicht gern gesehen und von wem besonders?«, hakte Villa nach.

»Du meine Güte, von keinem besonders. Er war eben ein

bisschen komisch, hatte keine Manieren, aber wenn ihn einer rausschmeißen konnte, dann ja wohl nur Lorenz, der Wirt. Und der wird sich hüten, seinen treuesten Stammgast vor die Tür zu setzen. Ist ja schließlich nicht immer Saison, und dann ist man auf die heimischen Gäste angewiesen.«

»Wissen Sie, ob Seidel kürzlich Streit mit jemandem hatte? Ist in der letzten Zeit etwas Besonderes vorgefallen, das uns einen Hinweis geben könnte?«

Fuhrbacher schürzte die Lippen und schüttelte nachdenklich den Kopf. »Also, beim besten Willen, da kann ich Ihnen nicht weiterhelfen.«

Die beiden Polizisten erhoben sich. »Ich denke, das wäre vorerst alles«, sagte Villa. »Sagen Sie uns nur noch, wo Sie am frühen Dienstagmorgen waren. Für den Bericht.«

»Was?«, Fuhrbacher fuhr sich über das schüttere grau melierte Haar. »Wieso wollen Sie das wissen?«

»Wie ich schon sagte«, entgegnete Villa seufzend, »für den Bericht.«

Fuhrbacher, der ebenfalls aufgestanden war, verschränkte die Arme. »Also, am Dienstagmorgen war ich in Lüneburg. Hatte einen Termin.«

»Wo?«

»Bei der Bank.«

»Die Telefonnummer und Gesprächspartner bitte«, mischte sich Wiebke ein, die mit gezücktem Bleistift neben Villa stand.

»Muss das sein?«, wandte sich Fuhrbacher an Villa.

»Wir können natürlich auch die Banken in Lüneburg abklappern«, sagte Villa.

Fuhrbacher biss sich auf die Lippen. »Nun machen Sie mal nicht so'n Aufstand, bloß weil der Seidel vom Pferd gefallen ist. Dem weint keiner hier eine Träne nach«, sagte er verärgert.

Villa lächelte vage.

»Um welche Zeit sind Sie losgefahren?«

»Um halb acht.«

»Und vorher?«

»Was vorher? Da war ich im Bett und im Bad, und dann hab ich gefrühstückt. Was glauben Sie denn?«

»Alleine?«

»Ja, meine Frau und ich ... schlafen in getrennten Zimmern. Sie sagt, ich schnarche.«

Wiebke notierte noch Namen und Adresse der Bank, und dann verließen die beiden Polizisten das Gut.

Sie brauchten etwa zwanzig Minuten bis zur Schnucken-Schenke, wo beide sich auf ihre Zimmer zurückzogen. Wiebke hatte die Aufgabe, den Computerspezialisten der Kripo in Lüneburg auf Linderwald und seine Bewohner anzusetzen und im Polizeiarchiv und im Netz ein bisschen in der Vergangenheit des Dorfes und seiner Bewohner herumzuwühlen. Villa wollte sich mit dem Wirt unterhalten.

Er fand Lorenz in seinem Büro, wo er mit verkniffenem Gesicht auf den Bildschirm seines Computers starrte. Als er Villa eintreten sah, sprang er auf.

»Diese Räume hier sind privat«, sagte er nicht unfreundlich, aber doch mit gereiztem Unterton. »Oder gibt es ein Problem?«, fragte er, plötzlich misstrauisch geworden.

»Wie man's nimmt«, sagte Villa, stellte sich vor und zückte seinen Ausweis.

Lorenz sperrte den Mund auf und ließ sich wieder auf seinen Stuhl fallen.

»Kripo? Was ... was wollen Sie denn von mir?«

Villa, der daran gewöhnt war, in seiner Funktion als Polizist bei den meisten Menschen nicht gerade mit offenen Armen empfangen zu werden, lächelte still.

»Ihre Steuererklärung interessiert mich nicht, falls es das ist, was Sie wissen wollen.«

Lorenz schluckte. »Nein, wieso denn«, stammelte er, »aber ... ist irgendwas passiert?«

»Ich möchte mich gern ein bisschen mit Ihnen unterhalten, das ist alles«, erwiderte Villa und zog sich unaufgefordert einen Stuhl heran.

»Aha«, sagte Lorenz lauernd, schob die Tastatur zur Seite und legte die Unterarme auf den Schreibtisch.

»Wie gut kannten Sie Willi Seidel?«

Lorenz zog die Brauen hoch. »Ach, darum geht's also. Wieso interessiert sich die Kripo denn dafür, wenn einer vom Pferd fällt?«

Lorenz wartete. Als Villa nicht antwortete, räusperte er sich.

»Wie gut ich den kannte? Er war hier Gast. Zwar kein besonders gern gesehener, aber einer, der gern konsumierte. Und … man muss sehen, wo man bleibt.«

»Wieso war er nicht gern gesehen?«

»Na«, Lorenz lehnte sich zurück und verschränkte die Arme, »er war ein Grobian, der sich öfter mal im Ton vergriff, vor allem wenn er zu viel getrunken hatte, was öfter vorkam.«

»Hat er sich auch geprügelt?«

»Nicht in meinem Gasthof. Das hat er sich verkniffen. Wusste genau, dass ich ihm dann Hausverbot erteilt hätte. Kann ja schließlich nicht die anderen Gäste vergraulen. Und was er sonst so getrieben hat, das hat mich ehrlich gesagt nie interessiert. Von dem wollte ich so wenig wie möglich wissen. Allerdings«, Lorenz betrachtete seine Fingernägel, »seine Frau hat's nicht gerade leicht bei ihm gehabt, und die Tochter auch nicht. Das weiß hier jeder.«

»Stimmt es, dass er zum Stammtisch gehörte?«

»Pff«, schnaubte Lorenz, »*dazugehörte* wäre übertrieben. Die haben ihn geduldet. Was soll man in so einem Dorf auch sonst machen? Da kann man sich schlecht aus dem Weg gehen.«

Villa blickte gedankenverloren an Lorenz' Kopf vorbei aus dem Fenster und beobachtete Luise, wie sie Sam in die Scheune führte.

»Wer gehört noch zum Stammtisch?«, fragte er dann.

Lorenz zögerte. Er wusste wohl nicht, ob er diesem Polizisten seine Gästeliste anvertrauen konnte. »Muss das sein? Ich meine … wie stehe ich denn da … als Wirt?«

»Ich kann natürlich auch Ihre Angestellten fragen«, sagte Villa und sah Lorenz erwartungsvoll an.

Der wand sich. »Na ja, ist ja schließlich kein Geheimnis. Also, der Fuhrbacher gehört dazu, Bauer Landmeier, der Hufschmied Czernau, Otto Söchtig, das ist der Besitzer vom Kiosk die Straße runter, dann Wolfram Herfeld, dem gehört der Edeka-Laden, Dr. Alt, unser Tierarzt, und natürlich der Bürgermeister.«

Villa, der sich alles notierte, klappte seinen Notizblock zu und stand auf.

»Wo waren Sie übrigens am Dienstagmorgen zwischen fünf und acht Uhr? Das fragen wir jeden im Dorf«, fügte er schnell hinzu.

»Tz«, meinte Lorenz irritiert, »verstehe ich zwar nicht, aber bitte. Ich war hier, im Gasthof, da bin ich nämlich immer.«

»War jemand bei Ihnen?«

»Du meine Güte ... also, warten Sie mal. Ja klar, unser Lehrling kommt normalerweise um sieben, um acht gibt's ja Frühstück. Oder Fritzi ist da, wenn sie am Abend vorher nicht arbeitet. Und meine Frau natürlich. Aber ... Sie wollen doch nicht wirklich den Lehrling nach meinem Alibi fragen?«

»Aber ja doch.«

»Also ...«, Lorenz war einen Moment sprachlos, »... wie sieht das denn aus? Als ob Sie mich verdächtigen.«

Villa nickte ihm freundlich zu und verließ das Büro. Auf dem Flur blieb er einen Moment stehen und lauschte den Geräuschen der Wirtschaft. In der Küche klapperte Geschirr, eine männliche Stimme schimpfte melodiös. Aha, dachte Villa, das muss der italienische Koch sein. Aus der Gaststube drang gedämpftes Gelächter. Die Küche hatte zwei Türen, an jedem Flurende eine. Durch eine Schwingtür nahe der Gaststube kam man in den Gastraum, und durch die andere Tür betrat man den Flur, von wo aus eine geöffnete Tür direkt auf den Hof führte. Villa beschloss, ein paar Worte mit der netten, hübschen Bedienung zu wechseln, die er vorhin in die Scheune hatte gehen sehen. Soviel er wusste, war sie eine Freundin der Tochter des Toten.

Er ging die paar Schritte über den Hof und betrat die Scheune, wo sie dem schweren Gaul gerade einen Ballen Heu hinwarf. Als sie Villa erblickte, zuckte sie zusammen. »Meine Güte, haben Sie mich erschreckt. Haben Sie sich verlaufen? Die Toiletten sind am Eingang zur Gaststube.«

Villa lächelte leicht. »Nein, ich würde mich gern ein bisschen mit Ihnen unterhalten. Ich bin Hauptkommissar bei der Kripo Lüneburg.«

»Oh Gott«, Luise schloss die Augen. Sie fühlte sich plötzlich schwach. Sie wollte nicht mit ihm reden. Sie wollte mit niemandem mehr reden, der etwas mit der Polizei zu tun hatte. Es sei denn, er würde ihr Lilly zurückbringen.

Villa betrachtete sie verblüfft. Diese Reaktion hatte er nicht erwartet.

Erstaunen ja, Neugier, vielleicht Angst. Aber dieses ›Oh Gott‹ bedeutete nichts von all dem. Es war eher so etwas wie Widerwille.

»Was wollen Sie?«, fragte sie ruppig.

»Ich möchte mich mit Ihnen über Willi Seidel unterhalten«, antwortete Villa ruhig.

Sie atmete schwer aus und musterte ihn einige Sekunden. »Wieso, stimmt was nicht mit seinem Tod?«

»Würde es Sie wundern?«

Sie zögerte nur kurz. »Nein, um ehrlich zu sein, nicht. Heißt das, er ist gar nicht vom Pferd gefallen?«

»Sagen wir mal so, es gibt gewisse Ungereimtheiten.«

»Und … woher wissen Sie das?«

»Bei einem nicht natürlichen Tod ist eine Obduktion obligatorisch.«

»Aha.«

Villa ging auf das Pferd zu, das ungerührt sein Heu fraß, und tätschelte ihm den Hals.

Der Wallach, der in der zweiten Box stand, wieherte und trat mit dem Huf gegen die Stalltür.

Luise gab ihm etwas Heu und streichelte seine Nase.

»Kannten Sie den Toten gut?«, fragte Villa.

»Nein, wollte ich auch nicht. Er war der Vater meiner Freundin, die ihn auch nicht mochte. Ich denke, das kann ich so sagen.«

Villa wusste nicht, wieso, aber er glaubte ihr nicht so recht.

»Sie bekommen doch sicher einiges mit, wenn Sie in der Schenke bedienen. Hatte er in letzter Zeit mit jemandem Streit? Oder können Sie sich vorstellen, wer so weit gehen würde, den Mann umzubringen?«

Luise blickte Villa lange forschend an. »Nein, das kann ich nicht, und wenn ich's könnte, würde ich's Ihnen nicht sagen.«

Villa grinste. »Soso. Wie ich sehe, stehe ich vor einer schweren Aufgabe. Da ist ein Mann ermordet worden, und alle sympathisieren mit dem Mörder.«

»Was kann ich dafür?« Luise drehte sich um und ging zu einem Holzbehälter an der Wand. Als sie zurückkam, trug sie eine mit Getreide gefüllte Kelle, das sie in Sams Trog kippte, woraufhin sich der Wallach wieder wiehernd in Erinnerung brachte und Luise ihm sein Futter gab. »Haben Sie sonst noch Fragen?«

»Nur eine. Was haben Sie gegen die Polizei?«

Luise schoss das Blut in den Kopf. »Wie kommen Sie darauf?«, fragte sie leise.

»Haben Sie nun?«

»Nein, natürlich nicht«, sagte sie, drehte sich um und brachte die Kelle zurück. Dann ergriff sie einen Besen und begann, das Heu, das aus dem Ballen gerieselt war, zusammenzukehren. »Ist das dann alles?«, fragte sie und hielt den Blick stur zu Boden gerichtet.

Erst nach einer Weile bemerkte sie, dass Villa ohne ein weiteres Wort verschwunden war.

***

Luise hatte sich früh zurückgezogen. Anita war unverhofft in der Gaststube aufgetaucht und hatte sich hinter dem Tresen aufgebaut. Ihre Mutter schien schnell genesen – von was auch immer. Aber Luise glaubte Anita sowieso kein Wort, vor allem dann nicht, wenn Anita alle glauben machen wollte, sie kümmere sich um ihre kranke Mutter. Anita war kein Typ, der sich um irgendwen außer sich selbst kümmerte, auch nicht um ihre Mutter, und schon gar nicht, wenn die krank war.

Nein, Luise argwöhnte, dass die Wirtin sich etwas intensiver um den neuen exotischen Gast kümmern wollte. Jedenfalls ließ ihr Ausschnitt, der fast bis zum Bauchnabel ging, das vermuten. Aber das war Luise egal, wenn den Kerlen ein ausladendes Dekolleté so wichtig war, bitte.

Sobald das Essen serviert war, ergriff sie die Chance, Anita und Fritzi mit der Reisegruppe aus Bottrop allein zu lassen und sich auf ihr Zimmer zurückzuziehen. Wenigstens musste sie den Mann von der Kripo nicht bedienen. Das hatte Anita übernommen, auch wenn sie die Frau, die bei ihm am Tisch saß, zunächst misstrauisch beäugt hatte. Aber ihr spöttisches Lächeln hatte deutlich gezeigt, was sie von der jungen Frau hielt. Die war keine Konkurrenz für sie, so, wie sie aussah. Klein, stämmig, ohne weibliche Rundungen und mit einer schrecklichen Stachelfrisur. Außerdem hatte die nur Augen für ihren Computer, während der Exot in irgendwelchen Akten herumblätterte. Die beiden waren bestimmt Arbeitskollegen.

Luise lag im Dunkeln, das Fenster, das zum Parkplatz ging, war geöffnet. Das Gemurmel und Gelächter der Gäste auf der Terrasse plätscherte zu ihr ins Zimmer. Es war ein lauer Abend, und die Blätter der riesigen Linde vor ihrem Fenster raschelten sachte im Wind. Die Sonne war bereits untergegangen, aber das Licht der Straßenlaterne warf einen warmen Strahl in ihre einsame Höhle. Luise fand keine Ruhe. Nicht, dass das für sie etwas Neues war, nein, sie war daran gewöhnt, wach zu liegen und zu grübeln.

Aber bisher waren ihre Gedanken fast immer um das kleine Linderwald gekreist, wo sie lebte. Nein, wo sie eingesperrt war, das traf es besser. Allerdings hatte sie sich bisher nie wie eine Gefangene gefühlt. Oder es war ihr zumindest egal gewesen.

Heute Abend war das anders. Sie fragte sich plötzlich, was sich wohl da draußen in der Welt alles abspielte, ohne sie. Kerstin hatte ihr oft geraten, doch mal eine Reise zu machen. »Von mir aus geh pilgern auf dem Jakobsweg, das machen doch jetzt alle«, hatte sie gesagt. »Damit du mal wieder was anderes zu sehen kriegst als Linderwald und immer dieselben Gesichter.«

Sie müsse mit der Vergangenheit abschließen und sich der Zukunft zuwenden. Und eine Pilgerreise wäre doch ein guter Anfang. So hatte Kerstin sich ausgedrückt. Luise wusste, dass es gut gemeint war, aber ihr half es kein bisschen. Was interessierte sie der Jakobsweg? Und andere Gesichter? Wozu? Es war ihr vollkommen gleichgültig, welche Gesichter sie zu sehen bekam. Oder?

Luise warf sich auf die andere Seite. Eigentlich war sie wütend. An allem war nur dieser Mann von der Kripo schuld. Er hatte ihre Ruhe gestört. Dabei hatte sie sich mittlerweile gut in ihrem Kokon eingerichtet. Ein Tag verging wie der andere, und sie atmete tapfer weiter.

Mittlerweile konnte sie das Leben ertragen. Das Essen schmeckte sogar wieder, und sie hatte zugenommen, war aber immer noch sehr schlank, und die begehrlichen Blicke mancher Gäste waren ihr zwar immer bewusst gewesen, aber wie alles andere völlig egal. Wenn sie nur ein bisschen Interesse am anderen Geschlecht gehabt hätte, sie wäre längst nicht mehr allein. Aber sie hatte kein Interesse. An nichts und niemandem.

Das hatte sie auch dem Tierarzt klargemacht. Obwohl der an ihrem Korb schwer zu schleppen hatte. Er wollte es einfach nicht einsehen. Und jetzt kam dieser dunkle, geheimnisvolle Mann daher, bei dem sie das Gefühl hatte, dass sie beide etwas verband, dass ihn ein tiefer Kummer quälte, genau wie sie. Der Gedanke beunruhigte sie. Er hatte etwas aus ihrem Innern hervorgekramt, ein Gefühl, das sie vergessen hatte, das sie für immer vergessen wollte, solange sie nicht wusste, was aus ihrer Tochter geworden war.

Die anfängliche Verzweiflung war mit den Jahren einer Lethargie gewichen, und an die Trauer hatte sie sich gewöhnt, wenn man sich überhaupt daran gewöhnen konnte. Der Schmerz brannte nicht mehr, er war stumpf geworden und verborgen in ihrer Erinnerung. Aber er war immer da, und manchmal bahnte er sich seinen Weg aus den Tiefen der Vergangenheit hervor, und dann brannte er wieder.

An Lillys Geburtstag war es am schlimmsten. Und immer, wenn sich der Tag ihres Verschwindens jährte. Nichts von beidem traf auf den heutigen Tag zu. Also, wieso brannte der Schmerz wieder? Lag es daran, dass er von der Kripo war? Konnte es sein, dass sie ihre Hoffnungen auf ihn projizierte? Und was für Hoffnungen? Er würde ihr Lilly nicht zurückbringen. Das erwartete sie gar nicht.

Aber sie wollte auch Frieden finden. Loslassen. Keine Angst mehr haben müssen, dass, wenn sie nicht mehr wartete, Lilly für immer verloren war. Keine Angst mehr haben, dass sie ihre Tochter verriet und im Stich ließ.

Luise warf die Bettdecke zur Seite, ging ans Fenster und blickte hinaus in den lauen Sommerabend. Unter ihr lag der Parkplatz und rechts von ihrem Fenster die Straße. Sie sog tief die Luft ein. Es roch schwach nach Lavendel, der üppig rund um den Stamm der Linde blühte.

Ob Anita wohl Erfolg hatte, bei ihm? Und was hatte diese Geschichte mit dem Seidel zu bedeuten? Aber im Grunde interessierte es sie nicht, woran der Seidel gestorben war. Wenn den einer absichtlich ins Jenseits befördert hatte, dann hatte der bestimmt seine Gründe gehabt. Sie war immer misstrauisch gewesen und hatte dem alten Nichtsnutz alles Mögliche zugetraut.

Damals, als Lilly verschwunden war, hatte sie ihn im Verdacht gehabt, mehr zu wissen, als er zugab. Und das hatte sie der Polizei auch gesagt. Man hatte ihn befragt, aber damals wurden sie alle befragt, das ganze Dorf und das Nachbardorf. Und alle hatten mitgeholfen und nach Lilly gesucht, doch sie hatten nicht mal ihren Ranzen gefunden. Manche hatten mit ihr geweint und gebangt.

Kerstin war eine von ihnen gewesen, obwohl sie doch keine Kinder hatte und den Verlust nur erahnen konnte. Und Helga. Helga hat ihr zugehört, auch, als niemand ihr mehr zugehört hatte. Als alle sie nur noch mitleidig ansahen, nickten und dann schnell an ihr vorbeigingen, als wäre das Unglück ansteckend.

Und irgendwann hatte die Kripo sich verabschiedet, hatte sie alleingelassen mit ihrer Suche und ihrem Warten, ebenso wie Klaus. Nur Kommissar Werner hatte sich immer wieder bei ihr gemeldet, ihr Mut gemacht, dass die Wahrheit eines Tages ans Licht kommen würde. Ob er das wirklich glaubte?

Luise, jedenfalls, hielt sich daran fest, weil es sonst nichts gab, woran sie sich festhalten konnte. Und jetzt kam wieder jemand von der Kripo daher. Alles war plötzlich wieder da.

# vier

Es war noch sehr früh am Morgen, als Luise durch ein Geräusch geweckt wurde. Es war ein schlimmes Geräusch, das wurde ihr noch im Dämmerzustand klar. Sie schlug die Augen auf und lauschte. Ja, da war es. Ganz deutlich. Eine Polizeisirene. Oder Krankenwagen. Oder Feuerwehr. Was hatte das schon wieder zu bedeuten? Wahrscheinlich irgendein Herzinfarkt oder Schlaganfall oder sonst was Akutes.

Hoffentlich nicht Frieda, dachte sie noch, das würde Kerstin im Moment nicht verkraften. Man konnte nicht innerhalb von vier Tagen beide Eltern verlieren, auch, wenn einen der Tod des Vaters kaltließ. Sie sah auf die Uhr. Halb sieben. Sie stellte den Wecker aus, um sieben würde er ohnehin piepsen, und stand auf. Ihre Morgentoilette dauerte heute etwas länger. Sie wusch sich die Haare, verzichtete auf den obligatorischen Pferdeschwanz und gönnte sich stattdessen eine Föhnfrisur.

In ihrem weizenblonden Haar fand sich kein einziges graues, was eigentlich ein Wunder war, denn das Schicksal war mit Gründen für graues Haar bei ihr wirklich nicht sparsam gewesen. Sie betrachtete ihr Spiegelbild. Große graublaue Augen musterten kritisch ihr schmales Gesicht mit der kleinen, leicht gebogenen Nase und den vollen Lippen. Das rechte Auge war etwas kleiner als das linke. Aber das war ja wohl nicht außergewöhnlich, alle Menschen hatten unterschiedliche Gesichtshälften. Das Haar fiel weich und in feinen Wellen über ihre Schultern. Es war zu lang, um es offen zu tragen in ihrem Alter, fuhr es ihr durch den Kopf.

Sie betrachtete sich noch eine Weile, seufzte dann und griff nach dem Haargummi. Was war denn in sie gefahren? Schnell schlüpfte sie in ihre schwarze Hotelkluft – schwarze Hose, weiße Bluse, das fand Lorenz am seriösesten – und ging nach unten in die Küche, um sich ihre erste Tasse Kaffee zu holen. Lorenz, der mit Valentin, dem Kochlehrling, zusammen das Frühstücksbüfett herrichtete, sah sie ein bisschen erstaunt an

»Ist irgendwas?«, fragte Luise, als sie eine Tasse nahm und sich Kaffee eingoss.

»Nein, wieso?«, erwiderte Lorenz und füllte das Rührei, das er gerade zubereitet hatte, in eine Servierschale. »Du siehst heute Morgen … anders aus.«

»Wieso anders?«, blaffte Luise.

Valentin kicherte, während er Tomaten für einen Capreser Salat schnitt.

Lorenz lächelte. »Irgendwie glänzt du heute Morgen, weiß nicht, wieso.« Er zwinkerte ihr zu und trug das Rührei hinaus.

»Von mir aus«, brummte Luise, trank ihren Kaffee aus, griff nach einer weißen Schürze und ging in den Gastraum, der noch ziemlich leer war.

Dieser Villa und seine Begleitung waren jedenfalls noch nicht da. Luise kontrollierte das Büfett und die Tische und warf immer wieder einen Blick zur Treppe. Langsam trudelten die Gäste ein, dezentes Gemurmel und leise Radiomusik erfüllten den hellen Raum. Es duftete nach Kaffee. Plötzlich sammelten sich die Gäste vor dem Fenster und schauten auf die Straße jenseits der Terrasse. Dort schien sich irgendetwas abzuspielen. Luise sah kreisendes Blaulicht und mehrere Leute, die auf dem Bürgersteig herumstanden. Dieser Villa und seine Begleitung kamen über die Terrasse auf die Gaststube zu. Lorenz war aus der Küche aufgetaucht und stellte sich neben Luise. In der Hand trug er eine Schüssel mit eingekochtem Pfirsich.

In diesem Moment betrat Villa, gefolgt von der jungen Frau, die Gaststube. Er blieb stehen und sah sich suchend im Raum um. Als er Luise erblickte, stockte er und flüsterte seiner Begleiterin etwas zu, woraufhin die ihr Handy aus der Hosentasche kramte und darauf herumdrückte. Dann kam er langsam auf Luise zu, die unwillkürlich ein paar Schritte zurückwich. Ihr Atem ging schneller, als Villa ihren Arm ergriff. Sie hatte das Gefühl, dass alle sie anstarrten. Er führte sie resolut zur Treppe, wo sie, immer noch unfähig zu protestieren, die ersten Stufen hinaufstolperte.

»Ist Ihre Wohnung offen?«, fragte er, ohne sie anzusehen.

»Meine Wohnung, ja natürlich, die ist immer offen. Aber …«

»Kommen Sie einfach, ich muss mit Ihnen reden.«

Sein Handy klingelte. Er nahm das Gespräch an, ohne sie loszulassen.

»Ja«, sagte er, während er sie zielstrebig die Treppe hinaufschob, und »okay, bis gleich.«

Luise schluckte und ließ sich willig in ihr Zimmer führen, wo Villa leise die Tür hinter ihnen schloss.

»Setzen Sie sich«, kommandierte er und führte sie zu ihrem Sofa.

Langsam erwachte Luises Widerstand. »Nein«, entgegnete sie und stampfte mit dem Fuß auf, wie ein kleines Mädchen, »ich will mich nicht hinsetzen. Ich will wissen, was das hier alles soll!«

Sie musste den Kopf in den Nacken legen, um ihn ansehen zu können. Er hielt ihren Blick fest und legte beide Hände an ihre Schultern.

»Es kann sein, dass wir Ihre Tochter gefunden haben.«

Luise verstand zuerst nicht, was er da gesagt hatte. Die Worte hatte sie schon verstanden, jedoch nicht ihre Bedeutung. Anfangs schien sich ihr Gehirn dagegen zu sträuben, diese Nachricht zur Kenntnis zu nehmen, aber dann, ganz langsam, sickerte diese Ungeheuerlichkeit in ihr Bewusstsein und schnürte ihr die Kehle zu. Sie wich vor ihm zurück.

»Sie haben … Lilly gefunden?«, flüsterte sie und starrte ihn aus großen Augen an.

Er hielt ihrem Blick nicht stand. »Na ja«, sagte er leise. »Das, was von ihr übrig ist.«

Luise schnappte nach Luft. In ihrem Kopf dröhnte es, und das Zimmer wankte. Dann sank sie in sich zusammen.

Als sie die Augen wieder aufschlug, blickte sie in zwei dunkle Seen. Villa musterte sie besorgt.

»Der Arzt ist schon unterwegs.«

Im Hintergrund erschien der Kopf der jungen Frau mit den stacheligen Haaren, die nicht weniger besorgt guckte.

»Du hättest warten sollen«, sagte sie vorwurfsvoll.

»Worauf, Wiebke?«, erwiderte er. »Meinst du, das macht die Sache einfacher?«

Luise schob Villa beiseite und erhob sich. »Wieso denn Arzt?«, murmelte sie.

»Langsam«, ermahnte sie Villa, der ihren Arm ergriff und ihr aufhalf.

»Kommen Sie, setzen Sie sich.«

In diesem Moment klopfte es, und Dr. Wendlau trat ein, ohne ein »Herein« abzuwarten. Er sah Luise mitleidig an, ging zu ihr und stellte seinen Arztkoffer ab.

»Geht es Ihnen gut? Haben Sie irgendwelche Beschwerden?«

»Nein!«, fauchte Luise. »Mir fehlt nichts. Gehen Sie! Alle! Sofort!«

Wiebke und die beiden Männer blickten sich unsicher an.

»Sie steht unter Schock!«, sagte Dr. Wendlau.

»Reden Sie nicht über mich, als wär ich nicht da!«, schnauzte Luise. »Und jetzt hauen Sie ab!«

»Okay«, sagte Villa ruhig, »ihr beide geht jetzt, aber ich bleibe, bis Ihre Freundin kommt. Ob Sie wollen oder nicht.«

Luise starrte Villa an, zu schwach, um zu protestieren. Wiebke und Dr. Wendlau verließen das Zimmer. Villa setzte sich aufs Sofa und musterte sie wortlos.

»Welche Freundin?«, fragte sie unvermittelt.

»Frau Seidel.«

Plötzlich fing Luise an zu kichern. Sie konnte nicht aufhören, sie hielt sich den Bauch, bis das Kichern in ein Schluchzen überging. Es dauerte mehrere Minuten, bis sie sich ein wenig gefangen hatte. Sie nahm ein Tempotuch aus einer Packung, die immer auf dem Tisch lag, und schnäuzte sich. Villa, der sich die ganze Zeit über nicht gerührt hatte, beobachtete sie schweigend. Sie warf ihm über den Rand ihres Tempotuchs einen schüchternen Blick zu.

»Ich … ich hab Sie doch richtig verstanden?«

»Ja«, sagte Villa. »Es ist mit an Sicherheit grenzender Wahrscheinlichkeit Ihre Tochter.«

Luise krampfte beide Hände zur Faust, die eine umschloss noch immer das Taschentuch. »Wo … wo?«

»In dem Waldstück hinter dem Neubaugebiet.«

»Aber … wieso denn erst jetzt? Das haben wir doch damals schon alles abgesucht. Und wer …?«

»Ein Ehepaar hat seinen Hund dort Gassi geführt. Er hat … das Grab gefunden.«

Luise konnte keinen klaren Gedanken fassen. Sie wollte so viele Antworten, aber ihr fielen die Fragen nicht ein. Plötzlich stand sie auf. »Ich muss sie sehen«, sagte sie fest. »Wo ist sie?«

»Natürlich«, Villa stand ebenfalls auf. »Sie ist im rechtsmedizinischen Institut. Aber … sollten wir nicht lieber warten, bis Ihr … Exmann hier ist? Er ist bereits benachrichtigt worden.«

»Klaus«, raunte Luise, »was hat der noch damit zu tun? Klaus hat sie verlassen. Er hat mich verlassen. Ich will sie jetzt sofort sehen!«

»Wie Sie meinen. Ich bringe Sie hin.«

Luise griff nach ihrem Rucksack, der alle wichtigen Utensilien, wie Handy, Portemonnaie, Taschentücher und Pfefferspray, enthielt, und folgte Villa zur Tür. Noch bevor er sie öffnete, wurde sie von außen aufgerissen, und Wiebke Barsch, gefolgt von einer hohläugigen besorgt blickenden Kerstin Seidel, betrat das Apartment. Kerstin ging, ohne zu zögern, auf ihre Freundin zu und nahm sie in den Arm. Luise ließ sich das alles ohne Gegenwehr gefallen, wenn es denn sein musste. Wenn ihr nur alle endlich aus dem Weg gehen würden. Sie wollte endlich los.

Wenig später saßen sie im Wagen. Sie hatten den Weg hinter der Scheune genommen, denn die Zuschauer auf der Terrasse standen immer noch herum und warteten auf die Fortsetzung der Tragödie. Wiebke Barsch chauffierte und bediente dabei höchst geräuschvoll die Gangschaltung, aber das war Luise, die mit Kerstin im Fond des Wagens saß, gleichgültig. Sie hielt den Blick starr aus dem Fenster gerichtet, ohne die in warmes Sonnenlicht getauchte Heidelandschaft, die an ihr vorbeiflog, wahrzunehmen. Villa, der auf dem Beifahrersitz saß, murmelte irgendwas in sein Handy. Sonst schwiegen alle, sogar Wiebke.

Als sie den kahlen Korridor der Rechtsmedizin entlanggingen, fröstelte Luise. Villa war dicht hinter ihr. Kerstin folgte zögernd, mit hochgezogenen Schultern. Den Geruch nach Reinigungsmitteln und … was auch immer das war, nahm Luise nur am Rande wahr. Vor einer Doppeltür am Ende des Ganges blieben sie stehen.

»Sie wissen, was Sie erwartet?«, fragte Villa. »Vielleicht sollten wir warten. Ihr Mann ...«

»Mein Exmann«, unterbrach ihn Luise, »und wir sollten nicht warten.« Es war grotesk, aber sie musste grinsen. Was glaubte der Mann denn, könnte sie jetzt noch erschüttern? Alles ... alles war besser als das Warten der letzten acht Jahre. Sie gingen hinein. Luise und Villa. Kerstin wollte lieber vor der Tür warten.

Eine gute halbe Stunde später saß Luise mit den beiden Kripobeamten und Kerstin in der verwaisten Cafeteria der Rechtsmedizin. Die Tränen, die sie beim Anblick ihrer Tochter, oder vielmehr dessen, was von ihr übrig war, geweint hatte, waren versiegt. Ein seltsamer Friede war über sie gekommen. Sie wollte nichts weiter tun, als hier sitzen und auf die volle Kaffeetasse, die Villa ihr hingestellt hatte, starren.

Keiner traute sich etwas zu sagen, bis Luise sprach.

»Ist das nicht außergewöhnlich, dass diese Plastikturnschuhe eine so lange Zeit nahezu unbeschadet überstehen, während der Mensch ...«, sie führte den Satz nicht zu Ende.

Niemand antwortete. Luise verstand sich selbst nicht. Alles in ihr war taub, als wollten ihre Gefühle den Dienst verweigern. Die Verzweiflung war einer seltsamen Ruhe gewichen, so als sei sie aus ihrer Pflicht entlassen. Konnte das sein?

Immerhin wusste sie jetzt, dass Lilly nicht auf ihre Mutter gewartet hatte. Sie hatte ihrer Tochter nicht helfen können, denn sie war all die Jahre schon nicht mehr am Leben gewesen. Luise ergriff ihren Kaffee und trank einen Schluck. Er war lauwarm.

***

In diesem Moment betrat ein dunkelhaariger Mann im Anzug mit einer attraktiven Blondine im schwarzen Kostüm die Cafeteria. Der Mann sah sich um, und sein Blick blieb auf Luise haften. Dann kam er auf sie zu. Die Blondine folgte zögernd.

»Luise«, sagte der Mann und streckte die Hände nach ihr

aus. Luise stand auf, starrte ihn sekundenlang an, ohne seine Hände zu ergreifen, und ging dann schweigend an ihm und der Blondine vorbei zur Tür. Kerstin folgte ihr, während Villa mit Wiebke sitzen blieb und den Mann und seine Begleitung aufforderte, Platz zu nehmen.

Der Mann druckste herum, er schien sich nicht wohl in seiner Haut zu fühlen.

»Luise kann mir das einfach nicht verzeihen, dass ich damals ... na ja, einfach weggegangen bin. Aber das war ein paar Jahre nach Lillys Verschwinden. Ich hab's einfach nicht mehr ausgehalten. Kein Mensch hält das aus«, fügte er leise hinzu.

»Möchten Sie vielleicht Kaffee oder was anderes trinken?«, fragte Villa, ohne auf die Worte von Klaus Schönbrock einzugehen.

»Ja, ich hätte gerne Kaffee«, sagte die Blondine und lächelte schwach, während der Mann den Kopf schüttelte.

»Schrecklich, schrecklich«, murmelte er vor sich hin. »Diese Knochen ...«

»So genau möchte ich das bitte nicht wissen«, sagte die Blondine scharf und an Villa gewandt: »Ich habe selbst eine Tochter, müssen Sie wissen.«

»Darf ich Ihren Namen erfahren?«, fragte Villa, während Wiebke den Kaffee besorgte.

»Natürlich, entschuldigen Sie«, beeilte sich Schönbrock, »das ist meine Frau Nadja Kieling. Wir haben vor drei Jahren geheiratet.« Er rieb sich über die Augen. »Gibt es irgendwelche neuen Hinweise?«

»So weit sind wir noch nicht«, antwortete Villa, als Wiebke an den Tisch trat und den Becher Kaffee so heftig auf den Tisch stellte, dass ein Schwall auf die Tischplatte klatschte. Sie schien das aber gar nicht wahrzunehmen.

Nadja Kieling musterte sie irritiert, während Villa leise seufzte.

»Könnten Sie mir kurz schildern, wie sich das Ganze damals abgespielt hat?«, fragte Villa und sah Schönbrock forschend an.

Der guckte verdutzt. »Aber ... das hab ich doch damals rauf und runter erzählt. Ich kann da gar nichts dazu sagen. Ich war ja an dem Tag nicht da. War in Hamburg gewesen, zu einem Geschäftsessen, und bin am Montagmorgen von dort aus ins Büro nach Lüneburg gefahren, wo ich um eins eine Konferenz hatte und mich noch vorbereiten musste. Dann kam der Anruf meiner Frau. Da habe ich mich sofort ins Auto gesetzt und bin nach Haus gefahren.«

Nadja Kieling nahm ihren Becher, säuberte ihn mit einem Tempotuch und trank einen Schluck Kaffee. Sie machte den Eindruck, als langweile sie ihr Mann.

»Und weiter?« Das war Wiebke.

»Was weiter?«

»Na ja, was ist passiert, als sie zu Hause ankamen?«

»Tja, das ganze Dorf war in Aufruhr. Meine Frau …«, Schönbrock zog erschreckt die Schultern hoch und warf Nadja Kieling einen scheuen Blick zu, »… ich meine, meine damalige Frau, war völlig hysterisch, weil Lilly verschwunden war. Ich habe versucht, sie zu beruhigen, man muss ja nicht gleich an das Schlimmste denken …«, er räusperte sich, »und dann habe ich versucht, den Vormittag zu rekonstruieren. Danach war Lilly mit ihrer Freundin Madeleine zur Schule gegangen, wie immer, und dann eben nicht nach Haus gekommen. Madeleine war krank geworden, und ihre Mutter hatte sie schon vor Schulschluss abgeholt.« Er schwieg einen Moment und blickte in eine unbekannte Ferne. »Wenn man Luise damals benachrichtigt hätte, dann wäre Lilly heute noch am Leben. Sie hätte sie niemals allein den Weg durch die Felder nehmen lassen. Aber …« Schönbrock fuhr sich durch die Haare. »Ist gegessen«, murmelte er.

»Wie ging es weiter?«, fragte Villa.

Schönbrock runzelte die Stirn. »Weiter? Es ging gar nicht weiter. Sie haben das ganze Dorf abgesucht, jeden Stein umgedreht, waren mit Hunden unterwegs und mit Hubschraubern. Nichts. Nichts und niemanden haben sie gefunden.«

»Und niemand hatte irgendwas gesehen oder konnte sonst Hinweise geben?«

»Nein«, sagte Schönbrock und stand abrupt auf. »Und ich will nicht mehr darüber sprechen. Es war schwer genug.

Und … eigentlich bin ich froh, dass es jetzt ein Ende hat.« Nadja Kieling erhob sich ebenfalls. In ihrem Kostüm sah sie aus wie einem Hollywoodstreifen entsprungen.

»Wann können wir unsere … meine Tochter beerdigen?«, wollte Schönbrock wissen.

»Das kann ich Ihnen noch nicht sagen. Wenn wir alle Tests erledigt haben, geben wir Ihnen Bescheid. Das kann mehrere Tage dauern.«

»Was … was suchen Sie denn?«

»Vorrangig Fremd-DNA«, antwortete Villa.

»Was wollen Sie denn an einem Skelett noch für Fremd-DNA finden? Aber tun Sie, was Sie für nötig halten. Ich will schließlich auch, dass wer immer für den Tod meiner Tochter verantwortlich ist zur Rechenschaft gezogen wird.« Schönbrock nickte Villa und Wiebke zu und verließ dann, gefolgt von Nadja Kieling, eilig die Cafeteria.

»Das hörte sich an, als hätte er diesen Satz einem Krimi entnommen«, sagte Villa.

»Findest du?« Wiebke steckte ihren Notizblock weg. »Und wenn schon.«

***

Linderwald befand sich im Ausnahmezustand. Manche mochten sich über die Publicity freuen, denn das idyllische Dorf würde am Abend über Millionen Bildschirme flimmern. Immer noch befanden sich zahlreiche Menschen hinter der Polizeiabsperrung am Waldrand. Weiße Gestalten, die irgendwas am Boden untersuchten, waren zu erkennen, und ein Dutzend Uniformierte durchkämmte das angrenzende Waldstück.

Dabei konzentrierte sich alle Aufmerksamkeit auf die Fundstelle des Skeletts, während die Polizisten und der Hund, die sich am Fundort der Leiche vom Seidel wenige hundert Meter entfernt zu schaffen machten, ihre Arbeit weitgehend unbemerkt verrichteten.

Villa stand neben einem kleinen Erdloch und redete mit Felix Doberan, dem Kriminaltechniker, der Erdproben in kleine

Schraubbehälter füllte, während der Fotograf seine Ausrüstung zusammenpackte.

***

In der Schnucken-Schenke betrat unterdessen Wiebke Barsch das Büro, wo Lorenz, den Kopf auf die Fäuste gestützt, an seinem Schreibtisch saß und in die Ferne starrte.

»Wir brauchen ein Büro«, fiel sie mit der Tür ins Haus.

»Wie bitte? Was meinen Sie?« Lorenz war hochgeschreckt und blickte Wiebke fragend an.

»Na, ein Büro. Wir brauchen einen Raum, wo wir arbeiten können. Möglichst ungestört. Dieser hier wäre geeignet.«

»Was?« Lorenz war aufgestanden und schaute sich verwirrt um. »Aber … das geht nicht. Mein Büro brauch ich selber! Ihnen geht's wohl nicht gut!«

Wiebke Barsch stemmte die Hände in die Hüften. Das dauerte ihr alles viel zu lange.

»Was schlagen Sie also vor?«

»Na, Sie sind ja unverschämt«, meldete sich jetzt Anita zu Wort, die eben eingetreten war. »Mieten Sie sich eins. Wir haben keinen Platz!«

Lorenz hatte sich mittlerweile gefangen. »Sie können das Clubzimmer haben, da ist für die nächsten Tage nichts gebucht.« Lorenz ging um den Schreibtisch herum. »Kommen Sie, ich zeig's Ihnen.«

Er ergriff Wiebkes Arm, die seine Hand unwirsch abschüttelte und ihm wortlos folgte. Im Hinausgehen warf sie Anita einen strengen Blick zu.

Eine Stunde später hatte Wiebke mit Heiningers Hilfe einen Arbeitsraum für das Team eingerichtet. Das Clubzimmer war zwar nicht groß, aber für ihre Zwecke würde es reichen. Heininger hatte den Drucker angeschlossen und eine Pinnwand aufgestellt. Wiebke loggte sich in den Polizeicomputer ein und begann damit, den Bericht über den Vermisstenfall Lilly Schönbrock zu lesen und anschließend alle Informationen, die sie im Internet darüber finden konnte, zusammenzutragen.

Sie wollte sich gerade eine Tasse Kaffee holen, als Villa den Raum betrat. Wiebke erschrak, als sie ihren Chef sah. Er war blass, für seine Verhältnisse, und seine Augen hatten wieder diesen melancholischen Ausdruck. Es war schon eine Weile her, seit sie diesen Ausdruck zuletzt an ihm gesehen hatte.

Sie arbeiteten jetzt seit einem halben Jahr zusammen, und am Anfang war ihr Chef wortkarg und oft tief in Gedanken versunken gewesen. Aber das war mit der Zeit seltener geworden. Er war aufgetaut, sie arbeiteten gut zusammen, und sie mochte ihn. Er hatte sie schon manches Mal geschützt, wenn sie zu ungeduldig war, es nicht abwarten konnte, einen Schläger einzubuchten, und es mit den Vorschriften nicht so genau nahm.

Sie wusste ja, dass sie sich besser beherrschen musste, aber sie konnte diesen Zorn einfach nicht bändigen. Noch nicht. Doch sie musste es lernen, weil sie sonst ihren Job verlieren würde. Im Grunde hatte sie es Villa zu verdanken, dass sie noch im Dienst war.

Einmal hatte man sie strafversetzt, weil sie einem betrunkenen Schläger ins Gemächt gesprungen war. Na ja, nicht wirklich gesprungen, aber … fast. Ganz am Anfang ihrer Zusammenarbeit mit Villa hatte sie dann einen Zusammenstoß mit ein paar Jugendlichen, und um ein Haar hätte sie dem einen der Rotzlöffel, kaum sechzehn, aber randvoll mit Kokain, den Hintern versohlt. Aber Villa hatte sie zurückgehalten. Gerade noch rechtzeitig. Und er hatte für sie gelogen, als der Vater des Rotzlöffels mit einer Klage gedroht hatte. Das hatte ihr den Job gerettet, und seitdem hatten sie einen Deal.

Ein weiterer Übergriff wäre das Ende ihrer polizeilichen Laufbahn. Das hatte sie begriffen, und sie gab ihr Bestes. Aber im Grunde waren sie sich ähnlich, sie und Villa. Hinter seiner Melancholie verbarg sich ein tiefer Zorn, das fühlte sie. Und wenn dieser Zorn sich an die Oberfläche arbeitete, dann wurden seine Augen schmal, und man konnte sehen, dass er die Hände in den Taschen ballte. So blieb er sekundenlang bewegungslos stehen, bis er sich wieder entspannte, und dann kam das Lächeln. Ein gefährliches Lächeln.

Sie wusste nicht genau, woher dieser Zorn kam, man munkelte von einem Einsatz, der ihn fast das Leben gekostet hatte. Das war während Villas Zeit in Hamburg gewesen. Danach war er fast ein halbes Jahr lang dienstunfähig gewesen. Obwohl sich Wiebke nicht im Mindesten vorstellen konnte, was diesen Mann so aus der Fassung gebracht haben mochte, dass er sechs Monate lang außer Gefecht gesetzt war.

Jedenfalls war er dann aus Hamburg weggegangen und wieder zurück aufs Land, dahin, wo er aufgewachsen war und seine Familie noch immer lebte. Wiebke wusste, dass ihrem Chef damals etwas widerfahren sein musste. Aber immer, wenn sie einen Vorstoß machte und ihn darauf ansprach, erstarrte er, blickte für einen Moment schweigend ins Nichts, und dann kam dieses Lächeln.

Einerseits machte es ihr Angst, andererseits fand sie es hocherotisch. Wenn sie ehrlich war, fand sie den ganzen Villa hocherotisch, und sie würde was drum geben, wenn diese dunklen Augen sie einmal begehrlich anblicken würden. Bei jedem anderen Mann würde sie aus der Haut fahren, aber Villa ... da wären ihr sogar die leicht angegrauten Schläfen egal, wenigstens hatte er volles Haar, obwohl er mit seinen zweiundvierzig Jahren ja kein Jüngling mehr war.

Seine Züge waren markant, und wenn er lachte, hatte er Grübchen. Sie hatte ihn bisher nur einmal lachen sehen, das war, als seine Mutter eines Morgens unversehens in der Direktion in Lüneburg aufgetaucht war, um ihren Mann vermisst zu melden. Der hatte allerdings die Nacht in einer der Arrestzellen verbracht, nachdem er sich mit einem seiner Skatbrüder – Wiebke kannte außer Villas Vater keinen einzigen Ausländer, der Skat spielte – geprügelt hatte. Na ja, geprügelt war übertrieben, sie hatten sich – nicht mehr ganz nüchtern – gegenseitig die Bierhumpen und Pfeifenköpfe um die Ohren gehauen. Villa hatte die beiden kurzerhand eingebuchtet, zum Ausnüchtern.

Nachdem Señora Villa dann ihren Angetrauten mitsamt seinem Widersacher mit einem Schwall von Schimpfwörtern in Empfang genommen hatte, da hatte Villa sich zu Wiebke umgedreht und breit gegrinst. Und Wiebke hatte zum ersten Mal bemerkt, was für ein gut aussehender Mann er war. Aber sie machte sich nichts vor. Er interessierte sich nicht für sie, er schien sich überhaupt nicht für Frauen zu interessieren, aber dass er schwul war, glaubte sie auch nicht. Nein, es war etwas anderes, das ihn von den Menschen fernhielt, und es hing ganz sicher mit seiner Versetzung zusammen. Wenn er bloß mal darüber reden würde! Sie würde ihn dann schon ablenken.

»Bist du mit dem Bericht durch?«, fragte Villa und ließ sich erschöpft auf einen der Stühle aus hellem Eichenholz fallen.

»So gut wie«, erwiderte Wiebke. »Ich wollte mir gerade Kaffee holen. Auch welchen?«

»Ja bitte, und bestell ein paar belegte Brote. Ach ja, und buch mal gleich zwei Einzelzimmer. Doberan und Brinkmann kommen noch. Es gibt viel zu tun.«

»Okay.«

Wiebke verließ den Raum und ließ ihren Chef, der sich an den Computer setzte, allein. Es dauerte fast zwanzig Minuten, bis sie schnaubend, mit zwei Bechern Kaffee und einem Teller mit belegten Broten, wieder zurückkehrte.

»Diese Wirtin ist eine Pest. Erst sagt sie, sie hat keine Zimmer, und als ich bei der Konkurrenz buchen wollte, hatte sie plötzlich noch ein Doppelzimmer. Das hab ich jetzt gebucht.«

Villa guckte zweifelnd. »Doberan und Brinkmann in einem Zimmer? Na, wenn das mal nicht in die Hose geht.«

Wiebke grinste zufrieden. Das würde ein Spaß werden. Doberan war ein junger Haudegen mit dem Ordnungssinn einer Wühlmaus und Brinkmann ein immer müder Familienvater. Vor sechs Wochen war seine Tochter Jasmin zur Welt gekommen. Anfangs war sie ein aufgewecktes Kind gewesen, aber mit der Zeit hatten sich die Attribute verändert. Nach drei Wochen war aus dem aufgeweckten Töchterchen ein unruhiges und mittlerweile ein anstrengendes geworden. Brinkmann war mit Sicherheit dankbar für ein paar ruhige Nächte, worüber Doberan höchstens die Nase rümpfte. Blieb abzuwarten, wie die beiden miteinander klarkamen.

Die nächsten zwei Stunden verbrachte Villa damit, sich in die Akte Schönbrock einzuarbeiten. Wiebke hatte mit dem Bericht über die bisherigen Befragungen begonnen, die aber rein gar nichts ergeben hatten. Und mit wem sich der alte Seidel kurz vor seinem Tod geprügelt hatte, war ebenfalls noch unklar.

***

Villa streckte sich und stand auf. Er ging ans Fenster und sah hinaus. Ein schmaler Weg führte von der Schenke, neben der es noch einen Fahrradverleih und einen kleinen Kiosk gab, in die sonnige Heidelandschaft. Obwohl die Heide erst im August in voller Blüte stehen würde, waren schon viele Touristen unterwegs. Was immer hier im Freien geschah, es musste doch Zeugen geben. Vor allem im Sommer.

Das Mädchen war während der Hauptsaison verschwunden, und niemand wollte etwas gesehen haben. Villa konnte es nicht glauben. Und dass die Leiche am Ende hier, kaum mehr als einen Kilometer von ihrem Elternhaus entfernt, gefunden worden war, sprach für die Tatsache, dass das Kind nicht verschleppt worden war.

Wiebke, die auf den Hinterbeinen ihres Stuhles wippte, schluckte gerade den letzten Bissen ihres Käsebrotes hinunter und wischte sich über die Lippen.

»Was denkst du?«

Villa antwortete nicht sofort. Er öffnete das Fenster und beobachtete zwei Eichhörnchen, die sich um den Stamm einer dicken Eiche jagten, die das Fenster beschattete und den Raum im Sommer angenehm kühl hielt.

»Ich denke, dass irgendjemand in diesem Dorf mehr weiß, als er sagt. Und ich denke, dass die Theorie, dass ein Tourist das Mädchen damals entführt hat, wie es dem Bericht zufolge alle geglaubt haben, jetzt hinfällig ist.«

»Wieso? Kann genauso gut ein Tourist gewesen sein, der das Kind hier vergraben hat.«

Die beiden Eichhörnchen flitzten jetzt den Stamm hinauf in die Baumkrone. Villa bewunderte die Geschwindigkeit, mit der sie sich von Ast zu Ast bewegten.

»Alle Touristen, die damals hier in der Gegend ein Zimmer gemietet hatten, sind überprüft worden. Dabei ist nichts herausgekommen. Alle hatten für den Tag und die Nacht darauf ein Alibi. Sie waren entweder in einer Gruppe wandern oder hatten in Gesellschaft gegessen oder geschlafen. Da ist keiner mal nachts für zwei Stunden verschwunden. Und zwei Stunden braucht man mindestens, um ein Grab zu schaufeln und eine Leiche zu beseitigen. Also müsste es ein Tagestourist gewesen sein, und der wird ja wohl kaum nachts zurückgekommen sein, um sie hier in der Nähe des Elternhauses zu begraben, wo die Polizei mit einem Riesenaufgebot nach dem Kind sucht und alle auf der Hut sind.«

»Ist bloß komisch, dass sie sie damals nicht gefunden haben«, sagte Wiebke, die, die Arme hinter dem Kopf verschränkt, auf ihrem Stuhl herumflegelte.

»Das ist unter diesen Umständen allerdings seltsam«, antwortete Villa. »Da liegt es nahe, dass man an eine Entführung glaubt, aber so …« Er schloss das Fenster wieder und wanderte in dem kleinen Zimmer auf und ab. »Wo ist sie gewesen, während alle draußen nach ihr gesucht haben?«

»Sie haben ja auch in den Häusern nachgesehen, aber sie war nirgends zu finden.«

»Sie muss aber irgendwo gewesen sein. Und ob sie wirklich nirgends in einem Haus war, ist nicht sicher.«

»Vielleicht in einem Auto.«

»Ja, das wäre möglich, aber auch ziemlich riskant. Außerdem sind alle Autos überprüft worden. Auch die von den Touristen, die zur Zeit des Verschwindens unterwegs gewesen waren. Und die Straße, an der die Hunde die Spur des Kindes verloren haben, ist normalerweise für den Autoverkehr gesperrt. Die Einheimischen haben das bloß immer ignoriert, und der damalige Dorfpolizist war ziemlich … liberal. Ein ortsfremdes Auto wäre da jedenfalls aufgefallen. Hauptkommissar Werner hat an alles gedacht. Aber es hat sich nirgends eine Spur gefunden. Und nun … nun finden wir einen alten Mann, der offensichtlich erschlagen wurde. Alles sieht wie ein Unfall aus, aber wir finden raus, dass er womöglich schon tot war, als er noch auf dem Pferd gesessen hat und deswegen runtergefallen ist.«

Villa lehnte sich an die Fensterbank, die Hände in den Taschen vergraben.

»Wahrscheinlich war sein Tod genau geplant. Und es war auch geplant, es als Unfall zu tarnen.«

»Und wieso hat das Opfer das Pferd so malträtiert?«

»Tja, was glaubst du?«

Wiebke kaute mit finsterem Blick auf ihrer Unterlippe.

»Aber das Merkwürdige an der ganzen Sache ist doch, dass vier Tage später die Leiche des kleinen Mädchens gefunden wird, das seit acht Jahren vermisst wird.« Villa, der die ganze Zeit aus dem Fenster gestarrt hatte, drehte sich um. »Das ist doch seltsam, findest du nicht?«

»Vielleicht war er doch schuldig. Wäre ja nicht der Erste, der mangels Beweisen nicht zur Rechenschaft gezogen wird.«

»Ja, das ist wohl so«, sagte Villa versonnen und zückte dann sein Handy. »Vlado hat sich noch nicht gemeldet«, murmelte er mit Blick auf sein Display.

Er wählte den Hacker in Lüneburg an, aber der meldete sich erwartungsgemäß nicht. Wenn Vlado einen Auftrag hatte, war er einfach nicht ansprechbar. Aber er war unschlagbar, wenn es darum ging, im Netz irgendetwas auszugraben. Villa sprach ihm auf die Voicebox, er solle seine Suche auf die einschlägigen Pädophilen-Seiten ausdehnen und auf Hinweise achten, die irgendwie nach Linderwald führten.

Er war zwar überzeugt davon, dass sein Kollege vor acht Jahren auch solche Spuren verfolgt hatte, aber damals gab es noch keinen Vlado, der bei der Kripo auf der inoffiziellen Lohnliste stand. Der war zu der Zeit erst ein Teenager gewesen, aber Villa hätte ihm auch damals schon zugetraut, sich ins Kanzleramt in Berlin einzuhacken. Wenn er das nicht schon getan hatte.

In diesem Moment trat, ohne anzuklopfen, Doberan, gefolgt von Brinkmann, ins Zimmer. Wiebke war so erschrocken, dass sie mitsamt ihrem Stuhl umkippte.

Doberan blickte verblüfft zuerst auf Wiebke, dann auf Villa, der seiner Assistentin die Hand reichte.

»Hast du dir wehgetan?«

»Nein«, sagte Wiebke, die Villas Hand ignorierte, eilig aufsprang, den Stuhl wieder hinstellte und sich langsam hinsetzte.

Villa wandte sich den Neuankömmlingen zu, seine Mundwinkel zuckten.

»Habt ihr schon irgendwelche Neuigkeiten?«

Noch bevor einer der beiden antworten konnte, klopfte es, und ohne ein »Herein« abzuwarten, trat Anita ins Zimmer. Mit dem Lipgloss und den sorgfältig geschminkten Augen sah sie aus wie frisch aus der Maske für die Bühne hergerichtet. Aber wahrscheinlich war das hier auch eine Bühne für sie, dachte Villa.

»Was ist?«, blaffte Wiebke, woraufhin Anitas Lächeln, das wohl hauptsächlich den männlichen Anwesenden im Zimmer galt, einfror.

»Kann ich abräumen?«, blaffte sie zurück. »Und …«, sie wandte sich an Villa, »kann ich noch was für Sie tun?«

Wiebke gab einen undefinierbaren Laut von sich, während Villa sich höflich bedankte und fragend in die Runde schaute.

»Kaffee wär nicht schlecht und was zu essen«, sagte Doberan, der seinerseits lächelte und der Wirtin zuzwinkerte. Anita musterte Doberan, dem sie bisher gar keine Beachtung geschenkt hatte, wohlwollend und nickte dann.

»Gut, ich lass etwas herrichten«, sagte sie und wollte sich zurückziehen.

»Wie geht es Frau Schönbrock?«, fragte Villa, und Anita sah ihn verdutzt an. Sie hatte offensichtlich keine Ahnung, wie es ihrer Angestellten ging, und es schien sie auch nicht zu interessieren, was sie jedoch nicht davon abhielt, die Bestürzte zu geben.

»Gar nicht gut, fürchte ich, aber ihre Freundin kümmert sich um sie. Ich werde trotzdem gleich noch mal nach ihr sehen.«

»Wer's glaubt«, murmelte Wiebke, als Anita die Tür hinter sich geschlossen hatte, ohne das schmutzige Geschirr mitzunehmen.

»Was macht so eine denn in einer Dorfkneipe?«, wunderte sich Brinkmann.

»Na, versauern tut die nicht«, erwiderte Doberan.

»Hat die Suche mit dem Spürhund was ergeben?«, kam Villa wieder auf ihre Ermittlungen zurück.

»Ja, wie wir's gedacht hatten«, Brinkmann zog umständlich sein Jackett aus und hängte es über die Stuhllehne, »die Blutspur endet an einem Felsbrocken, etwa hundertfünfzig Meter von dem Wegweiser entfernt. Es hat wohl etwas geregnet, aber Gott sei Dank nicht so stark. Schaller hat auch Spuren von Blut an dem Findling gefunden, auf den der Reiter wahrscheinlich gefallen ist, muss nur noch feststellen, ob es tatsächlich vom Opfer stammt. Von dort ist das Pferd gekommen und dann wohl den Trampelpfad entlang zum Getreidefeld gelaufen. Hat das Opfer noch eine Weile mitgeschleift. Ach ja, und in der Mähne des Pferdes hat Möhring Blutspuren gefunden, die eindeutig vom Opfer stammen. Also muss er auf dem Pferd schon geblutet haben und ist deswegen runtergefallen.«

»Das bestätigt unseren Verdacht«, murmelte Villa. »Habt ihr den Weg weiterverfolgt? Wo ist das Pferd hergekommen?«

»Tja«, Brinkmann streckte sich, »das lässt sich nicht feststellen. Der Findling steht an einer Weggabelung. Wir sind beide Wege abgegangen. Der eine führt vom Dorf in die Hügel, der andere vom Dorf nach Waldhof. Kann aber auch sein, dass er einfach durch den Wald geritten ist, da gehen noch einige Trampelpfade ab, die alle auf andere Wege führen. Dann kann er aus allen Himmelsrichtungen gekommen sein.«

»Und wie weit seid ihr mit der Durchsicht von Seidels Papieren?«

»Da ist die Technik noch dran, die haben aber bisher nichts Besonderes gefunden, Versicherungen, Rentenbescheide und so weiter. Das hat er alles akribisch abgeheftet, obwohl er sonst wohl ziemlich unorganisiert war. Seine Klamotten sind ziemlich verlottert, scheint sich die letzten Jahre keiner mehr drum gekümmert zu haben. Hatte auch nicht viele«, meinte Doberan.

»Tja, kein Wunder, seine Frau sitzt im Rollstuhl, und die Tochter hat auch schon seit Jahren kein Wort mehr mit ihrem Vater gesprochen«, fügte Brinkmann hinzu.

»Was heißt das denn?«, mischte Wiebke sich ein. »Kann der Mann sich nicht selbst um seine Klamotten kümmern? Müssen das die Frauen im Haus tun? In welchem Jahrhundert lebt ihr denn?«

»Wie viel Rente hatte er?«, lenkte Villa schnell ab, bevor Brinkmann auf Wiebkes Einwand antworten konnte.

Der warf seiner Kollegin einen verächtlichen Blick zu und wandte sich dann an Villa.

»Wenig, etwas über achthundert Euro, aber da kam noch Unfallrente dazu. Etwas über zweihundert im Monat, weil er vom Dach gefallen und sein Unterschenkel seither krumm war.« Brinkmann rümpfte die Nase. »Scheint aber nicht so schlimm gewesen zu sein, am Reiten hat's ihn jedenfalls nicht gehindert, nur am Arbeiten.«

Eine Weile sagte niemand etwas. Alle blickten erwartungsvoll auf ihren Chef, der schweigend aus dem Fenster starrte. Das schien sich zu seiner Lieblingsbeschäftigung zu entwickeln.

»Ich gehe jede Wette ein, dass es zwischen diesen beiden Todesfällen einen Zusammenhang gibt. Das ist doch kein Zufall, dass die Leiche des Mädchens ausgerechnet jetzt gefunden wird, wo in diesem Dorf noch ein Mord verübt wird, wenn der auch sehr gut getarnt war.«

»Da war noch was«, sagte Doberan. »Möhring sagt, die Leiche des Kindes ist umgebettet worden. Und zwar vor kurzer Zeit. Die Erde war noch locker, und das Grab war nicht besonders tief. Möglicherweise ist der Täter unterbrochen worden. Und außerdem ...«, Brinkmann wusste nicht recht, wie er sich ausdrücken sollte, »waren die Knochen einigermaßen ... durcheinandergeraten. Jemand muss das Skelett bewegt haben.«

»Heißt das, jemand hat die Leiche ausgebuddelt und woanders wieder vergraben?«, fragte Villa verwundert.

»Sieht ganz so aus, und ... wie gesagt ... derjenige muss es verdammt eilig gehabt haben. Außerdem war der Sack, in dem die Knochen gesteckt haben, jüngeren Datums, sonst wäre er längst verrottet gewesen.«

»Kann man die Herkunft des Sackes feststellen?«

»Das wird nicht einfach werden«, Brinkmann räusperte sich, »ist ein einfacher Kartoffelsack, findet man hier in jeder Scheune.«

»Das alles würde erklären, wieso die Leiche damals nicht gefunden worden ist. Kann Möhring sagen, wo sie vorher gelegen hat?«

»Noch nicht, aber er hofft, dass die Erdproben am Sack was ergeben.«

»Glaubst du, es war ein Racheakt und dass der Seidel der Mörder des Mädchens war?«, fragte Wiebke.

»Kann alles sein«, antwortete Villa. »Wir wissen noch zu wenig.«

Die Tür wurde geöffnet, und Anita betrat mit Fritzi, die ein Tablett trug, den Raum.

»Filippo hat ein paar Kanapees zurechtgemacht. Kann ich das auf Ihre Zimmernummer buchen?«, fragte sie Villa, während Fritzi das Tablett mit einer Kaffeekanne, Zucker, Milch und Geschirr auf den Tisch stellte. Dabei zitterten ihre Hände derart, dass die Tassen bedenklich schepperten.

»Tun Sie das«, beantwortete Villa Anitas Frage, während er Fritzi, die sich hastig wieder zur Tür wandte, genau beobachtete. Als die beiden Frauen den Raum verlassen hatten, sah er auf die Uhr. »Also, ihr macht euch an die Arbeit. Ich möchte genau wissen, wer am Dienstagmorgen zur Tatzeit wo gewesen ist, ganz besonders interessieren mich die, die ein Pferd haben. Wenn mich nicht alles täuscht, ist der Seidel mit einem anderen Reiter aneinandergeraten. Oder jemandem, der zumindest auf einem Kutschbock gesessen beziehungsweise gestanden hat. Die beiden Kontrahenten mussten sich etwa auf gleicher Höhe befunden haben, anders lässt sich die Verletzung im Gesicht nicht erklären.«

»Aber wenn es tatsächlich eine Eisenstange oder so was war, wie Schrader meint, dann kann es genauso gut jemand getan haben, der vor dem Reiter auf dem Boden gestanden hat«, gab Wiebke zu bedenken.

»Kann sein, aber dann müsste sich Seidel zu demjenigen hinabgebeugt haben. Das ist natürlich möglich, wenn er schon angeschlagen war und sich nicht mehr richtig halten konnte. Außerdem hatte er eins Komma drei Promille intus gehabt. Da hängt man schon mal durch.« Doberan kicherte.

»Nicht, wenn man seit Jahren Alkoholiker ist«, widersprach Wiebke, »die können einiges mehr vertragen als du und ich.«

»Oder er hat vom Pferd aus mit dem Täter gesprochen«, wandte Villa ein. »Die Wunde verläuft horizontal vom linken Ohr über den Wangenknochen und die Nase bis zum rechten Wangenknochen, was darauf hindeutet, dass der Täter Rechtshänder war. Und es war ein heftiger Schlag, hat ihm fast das Gesicht weggehauen. Weit kann der Seidel damit nicht mehr geritten sein, bis er dann vom Pferd gestürzt ist. Dummerweise direkt auf einen Findling, was ihm dann die Stirn zertrümmert hat. Jedenfalls ist das die Meinung der Rechtsmedizin.«

Wiebke schüttelte sich. »Wahrscheinlich hat sich der Täter noch ins Fäustchen gelacht, als der Seidel auf den Stein gefallen ist.«

»Auf jeden Fall bin ich mir sicher, dass der Tatort ganz in der Nähe des Findlings sein muss.«

»Also Pferdespuren gibt's da wirklich mehr als genug, wenigstens dort, wo der Weg nicht gepflastert ist«, sagte Doberan, »und Radspuren von den Kutschen, die da die Touristen durch die Gegend fahren. Von den Fahrradspuren ganz zu schweigen. Da was zu finden, ist schwierig, wenn nicht unmöglich.«

»Und offensichtlich gibt's auch genügend Leute, die das Opfer nicht mochten«, Brinkmann nahm sich eine Gurke vom Teller, »war ziemlich unbeliebt, der Mann. Das zeigen ja auch die Hämatome am Rumpf. Irgendjemand muss eine tierische Wut auf ihn gehabt haben.«

»Schrader sagt, dass die Hämatome älter sind. Die Prügelei muss ein oder zwei Tage vor seinem Tod stattgefunden haben. Wenn wir wissen, wer ihm die Prügel und Tritte verabreicht hat, haben wir vielleicht auch den Mörder.«

»Hat ganz schön was eingesteckt, der Kerl, was?«, meinte Doberan und spielte mit seinem Handy.

Villa fuhr sich durch die Haare. »Ich möchte wissen, was dieser Seidel mit seiner Zeit angefangen hat, seinen Tagesablauf und vor allem alles über die letzten zwei Tage vor seinem Tod. Wiebke, darum kümmerst du dich. Finde raus, wo er am Montag welche Minute verbracht hat. Wo er gewesen ist, mit wem er gesprochen hat. Und setz dich mit Lothar Werner in Verbindung. Mach einen Termin mit ihm. Ich glaube, der wohnt jetzt auf dem kleinen Bauernhof seiner Eltern in der Nähe von Hannover.«

»Aber es ist doch nur eine Vermutung, dass die beiden Todesfälle miteinander zu tun haben«, sagte Wiebke. »Wir sollten auch in andere Richtungen ermitteln.«

»Und? Hast du Vorschläge?«

Wiebke war verunsichert. »Nein, aber ...«

»Möglicherweise«, sagte Villa leise, »hat der alte Seidel was gesehen. Vielleicht ist er jemandem in die Quere gekommen. Vielleicht demjenigen, der gerade dabei war, ein Grab zu schaufeln.«

»Das würde aber gegen einen Vorsatz sprechen«, meinte Doberan.

Die anderen schwiegen. »Könnte sein«, sagte Brinkmann dann. »Vielleicht war er auf der Flucht und hat das Pferd deshalb geschlagen.«

»Vielleicht hat er aber auch jemanden verfolgt. Es sind alles Mutmaßungen. Wir wissen noch gar nichts, aber das muss sich ändern. Ihr solltet auch die Wirte der Pensionen und Hotels im Ort und in den Nachbarorten befragen. Vielleicht haben sie noch Unterlagen darüber, wer zur Zeit von Lillys Verschwinden zu Gast war und ob es Übereinstimmungen mit letztem Dienstag gibt.«

»Ach ja«, unterbrach Wiebke ihren Chef. »Ich bin im Archiv mal ein bisschen zurückgegangen und bin da auf etwas Interessantes gestoßen. Ich weiß natürlich nicht, ob es was mit unseren Fällen zu tun hat, aber ...«

»Na, was denn?«, fragte Villa ungeduldig.

Wiebke schluckte. »Also etwa drei Monate vor dem Verschwinden des kleinen Mädchens hat unser Schnuckenwirt sein Auto als gestohlen gemeldet. Aber das ist noch nicht alles«, Wiebke sah triumphierend in die Runde. »Es war nämlich kein gewöhnlicher Wagen, sondern ein Oldtimer, ein alter Porsche 911.« Doberan stieß einen Pfiff aus. »Und jetzt ratet mal, wie hoch die Versicherungssumme war, die er dafür kassiert hat ...«

»Zweihunderttausend Euro«, platzte es aus Doberan heraus, woraufhin ihm Wiebke einen respektvollen Blick zuwarf.

»Beinah«, sagte sie bewundernd, »es waren genau einhundertfünfzigtausend Euro.«

Dieser Summe folgte sekundenlanges Schweigen. »Die Versicherung hat sich zwar schwergetan mit dem Bezahlen, von wegen Versicherungsbetrug, hat aber dann das Geld herausgerückt.«

»Hat es Hinweise gegeben, dass Lorenz Senner seine Finger im Spiel hatte?«

»Nein«, entgegnete Wiebke. »Alle Sicherungsauflagen waren erfüllt. Außerdem wäre der Verkaufswert des Wagens tatsächlich bei fast einer Viertel Million gewesen. Er hätte den Wagen also einfach verkaufen können, wenn es ihm ums Geld gegangen wäre.«

»Mann, so ein Auto hätt ich auch gern«, schwärmte Doberan.

Villa lächelte Wiebke an. »Ist der Wagen gefunden worden?«

»Nein, wahrscheinlich ist er noch in derselben Nacht, als er gestohlen worden war, ins Ausland verkauft worden. Allerdings konnte der Zeitpunkt des Diebstahls auch nicht genau geklärt werden. Der Wagen stand in einer Tiefgarage, die zu dem Aparthotel an der Bundesstraße gehört. Liegt etwa einen Kilometer außerhalb des Dorfes. Irgendwer muss sich in die Garage geschlichen haben, als jemand rausgefahren ist. Der Portier hat jedenfalls Stein und Bein geschworen, dass kein Unbekannter das Hotel betreten hat. Die Gäste sind alle überprüft worden, ist allerdings nichts dabei rausgekommen.«

»Das ist auf jeden Fall interessant. Ich werde den Wirt mal darauf ansprechen.« Villa rieb sich gedankenverloren das Kinn und stand dann auf. »Ihr befragt die Dörfler und die Touristen. Irgendwer hat vielleicht was gesehen. Wanderer stehen doch immer in aller Herrgottsfrühe auf. Und dann solltet ihr euch die Akte vom Fall Lilly Schönbrock einverleiben. Ich werde mich jetzt mal um die Frauen des Hauses kümmern.«

»Na, dann viel Spaß«, gluckste Doberan, der sich gerade ein Schinkenkanapee in den Mund schob.

Villa überließ seine Mitarbeiter ihren Aufgaben und begab

sich in den Schankraum, wo Fritzi dabei war, die Tische für das Abendbrot herzurichten. Ein einzelnes Ehepaar mittleren Alters saß über eine Wanderkarte gebeugt an einem Tisch am Fenster. Zwei leer gegessene Teller standen bedenklich nah am Tischrand und drohten hinunterzufallen. Als Fritzi Villa bemerkte, wischte sie sich die Hände an der Schürze ab und versuchte, unauffällig an ihm vorbei in der Küche zu verschwinden.

Villa berührte sacht ihren Arm. »Können wir uns kurz unterhalten, wir haben ja noch gar nicht miteinander gesprochen. Und Sie bekommen doch hier bestimmt eine Menge mit, nicht wahr?«

Fritzi sah sich ängstlich um, als fürchtete sie, beobachtet zu werden.

»Aber ich … kann Ihnen gar nichts sagen. Ich weiß doch nichts über diese schrecklichen Sachen.« Sie blickte zu Boden, ihre kurzen kastanienbraunen Haare glänzten, und Villa fragte sich, warum eine Frau so wunderschönes Haar so kurz trug.

Sein Lächeln wurde tiefer. »Manchmal weiß man gar nicht, dass man etwas weiß. Können wir uns irgendwo ungestört unterhalten?«

»Aber ich muss doch arbeiten«, sagte Fritzi mit einer Handbewegung, die den gesamten Schankraum umfasste. »Mein Chef …«

Villa tat, als habe er ihren Einwand nicht gehört, nahm ihren Ellbogen und führte sie zur Tür. »Wir gehen am besten ins Büro.«

»Ja, aber … das ist besetzt.«

Villa klopfte an die Tür, durch die Anitas energische Stimme zu hören war, und schob die widerstrebende Fritzi dann ins Büro ihres Chefs. Anita stand mit verkniffenem Mund, die rechte Hand in die Seite gestemmt, vor dem Schreibtisch, hinter dem ihr Mann saß.

»Verzeihen Sie bitte, aber ich möchte mich kurz ungestört mit Ihrer Angestellten unterhalten, könnten Sie uns für zehn Minuten den Raum überlassen?«

Lorenz stand sofort auf, während Anita schon Luft holte, um zu protestieren.

»Natürlich. Anita, kümmerst du dich bitte so lange um die Gäste.«

Nanu, dachte Villa, das klingt ja, als hättest du hier was zu sagen. Neugierig musterte er Anita, gespannt auf ihre Reaktion. Aber die starrte ihren Mann nur verblüfft an und folgte ihm dann hinaus auf den Flur.

Villa bot Fritzi den Stuhl hinter dem Schreibtisch an und stellte sich selbst ans Fenster.

»Dann erzählen Sie mal«, begann Villa freundlich. »Wie lange arbeiten Sie schon hier?«

»Seit zwei Jahren. Ich wohne aber nicht hier im Dorf, sondern in Waldhof.«

»Kannten Sie den Toten?«

»Nein«, brach es aus ihr heraus, »ich meine ... nicht persönlich. Nur vom Stammtisch. Da war er ja auch immer.«

Die Antwort kam schnell, dachte Villa, zu schnell. Irgendwas verheimlichte sie, und das war auch der Grund für ihre Nervosität. Sie saß auf der Stuhlkante wie ein ängstliches Schulkind. Er überlegte einen Moment, ob er direkt die Daumenschrauben anlegen sollte oder ob sie das nur noch nervöser machen würde. Er entschied sich dagegen. »Wissen Sie, ob er mit jemandem Streit hatte?«

»Der hatte mit vielen Leuten Streit.«

Wieder zu schnell.

»Mit jemandem im Besonderen?«

Fritzi schob die Unterlippe vor wie ein Schulmädchen und betrachtete ihre Hände. »Ich weiß nicht.«

Villa beobachtete sie einen Moment schweigend. »Wo haben Sie denn vorher gearbeitet?«

»Im Kindergarten in Waldhof, aber der ist geschlossen worden – zu wenig Kinder.«

Fritzi schien sich etwas zu entspannen. Das Thema Kindergarten war offensichtlich ungefährlich.

»Dann haben Sie die kleine Lilly Schönbrock gekannt?«

Fritzi betrachtete wieder ihre Hände. »Ja, das war ganz furchtbar, damals. Sie war so eine kleine Forsche. Hatte keine Angst.« Fritzi lächelte und wurde dann ernst. »Aber vielleicht ist ihr das zum Verhängnis geworden. Dass sie keine Angst hatte, meine ich.«

»Hatten Sie damals irgendeinen Verdacht, was passiert sein könnte?«

Fritzi starrte ihn verblüfft an. »Natürlich, einer von den Touristen muss sie in sein Auto gelockt haben, und dann … na ja.«

»Glauben Sie das immer noch?«

Fritzi schien nachzudenken. »Ich weiß nicht … ist schon komisch, dass sie jetzt wieder aufgetaucht ist. Hier im Dorf, so nah bei ihrem Zuhause.«

»Ja … so nah bei ihrem Zuhause«, murmelte Villa und blickte gedankenverloren aus dem Fenster, bevor er sich abrupt umdrehte.

»Wo waren Sie denn am frühen Dienstagmorgen?«

»Wieso wollen Sie das wissen?«, schoss Fritzi zurück.

»Das wollen wir immer von allen wissen«, entgegnete Villa, der es leid war, sich ständig für diese Frage rechtfertigen zu müssen. Lasen die Leute denn keine Krimis?

»Also … ich war natürlich hier, hatte Frühdienst, der fängt um halb sieben an.«

»Und vorher?«

»Wie vorher? Da war ich zu Hause im Bett, wo denn sonst?«

»Wer war am Dienstagmorgen noch hier?«

Fritzi blies die Backen auf. »Meine Güte, es war alles wie üblich, Lorenz war da und Valentin, der Azubi.«

»Frau Senner und Frau Schönbrock waren nicht da?«

Fritzi zögerte. »Also … Luise kam dann auch. Irgendwann gegen sieben. Die steht immer früh auf. Und Anita … ich meine Frau Senner, die hab ich nicht gesehen. Steht eher nicht so früh auf.« Fritzi erlaubte sich ein missbilligendes Zucken um die Mundwinkel.

»Ich nehme an, Ihr Chef und Valentin können das bestätigen.«

»Klar.« Fritzi reckte die Schultern, sie befand sich jetzt auf sicherem Terrain. Sie stand auf. »Kann ich jetzt wieder gehen?«

»Warum arbeiten Sie eigentlich hier und haben sich keine neue Stelle in einem Kindergarten gesucht?«

»Hier in der Gegend gibt es keine, im Moment, und ich will hier nicht weg.«

»Aha«, sagte Villa und reichte ihr seine Karte. »Sie wissen, dass wir auf Ihre Mithilfe angewiesen sind, wenn wir diese Verbrechen aufklären wollen.«

Fritzi schluckte. »Na … natürlich weiß ich das. Aber … ich kann Ihnen wirklich nicht weiterhelfen.«

»Denken Sie einfach noch mal genau nach, und wenn Ihnen doch noch etwas einfällt … etwas, das Ihnen vielleicht im Moment entfallen ist … dann melden Sie sich bei mir.«

Fritzi drehte sich um und verließ eilig das Büro. Villa sah ihr nachdenklich hinterher. Das war nicht das letzte Gespräch, das er mit dieser Frau geführt hatte. Sie wusste etwas, aber sie hatte Angst, es zu sagen. Und außerdem hatte sie keine einzige Frage gestellt.

Es schien sie gar nicht zu wundern, dass sich die Polizei für den Tod des alten Seidel interessierte, wo doch alle der Überzeugung waren, dass es sich dabei um einen Unfall handelte. Es mochte sich zwar schon herumgesprochen haben, dass irgendwas mit diesem Unfall nicht stimmte, aber nach Villas Erfahrung waren die Menschen neugierig und versuchten ihrerseits, die Polizei auszufragen.

Vielleicht sollte er Wiebke auf die junge Frau ansetzen. Vor irgendetwas hatte sie Angst.

***

Luise saß auf dem Sofa in ihrem kleinen Wohnzimmer. Kerstin war bei ihr, hielt ihre Hand. Luise starrte vor sich hin und fragte sich, woher diese Leere kam, die plötzlich von ihr Besitz ergriffen hatte. Sie hatte sich oft gefragt, wie es sich anfühlen würde, wenn sie eines Tages wissen würde, was aus ihrer Tochter geworden war. Jetzt wusste sie zumindest, dass sie nicht mehr lebte. Schon lange nicht mehr gelebt hatte. Aber was ihr damals widerfahren war und wie sie gestorben war, das wusste sie noch immer nicht. Doch vielleicht würde sie es erfahren. Vielleicht würde dieser Polizist mit den traurigen

Augen ihr endlich Gewissheit bringen. Eine Gewissheit, mit der sie dann sterben konnte. Oder weiterleben. Das würde sich herausstellen.

»Soll ich dir Tee kochen?«, unterbrach Kerstin ihre Gedanken.

»Nein, danke.«

»Möchtest du mitkommen und heute Nacht bei mir schlafen? Ich würde ja hierbleiben, aber Mutter ...«

Luise streichelte dankbar die Hand ihrer Freundin. »Nein, das ist wirklich nicht nötig. Was soll mir denn jetzt noch passieren?«

Jemand klopfte leise.

»Wer ist da?«, fragte Luise, ohne aufzustehen.

»Villa, ich wollte fragen, wie es Ihnen geht.«

Luise nickte Kerstin zu, und sie öffnete die Tür. »Kommen Sie rein.«

Villa betrat das Zimmer und setzte sich auf den Sessel, der im rechten Winkel zum Sofa stand. »Wie fühlen Sie sich?«

Luise zuckte mit den Schultern, was alles und nichts bedeuten konnte.

»Ich weiß, wie schrecklich das alles für Sie sein muss, und wenn Sie in Ruhe gelassen werden wollen, ist das mehr als verständlich, dann unterhalten wir uns, wenn Sie sich bereit fühlen. Falls Sie aber jetzt irgendwelche Fragen haben oder mir etwas erzählen möchten ... dann habe ich Zeit.«

Luise saß da, spielte mit ihrem Taschentuch und wusste nicht, was sie sagen sollte.

»Äh, ist es okay, wenn ich erst mal nach Haus gehe? Ich komme dann später noch mal vorbei«, Kerstin wies mit der Hand zur Tür.

»Klar, geh nur. Danke, dass du gekommen bist.« Luise rang sich ein Lächeln ab und senkte den Kopf.

Kerstin umarmte ihre Freundin, nahm dann ihre Hände und sah sie fest an. »Wir stehen das zusammen durch. Ich bin da, wenn du mich brauchst.« Sie nickte Villa zu und verließ die beiden.

»Glauben Sie, Sie finden den, der meine Tochter umgebracht hat?«, fragte Luise den Kommissar unvermittelt.

Villa lehnte sich zurück und schlug die Beine übereinander. »Ich kann es versuchen, und das werde ich.«

Er betrachtete Luise eine Weile. Sie war so verletzlich und schön. Ob sie das wusste? Oder zumindest mal gewusst hatte? Sie wirkte auf ihn wie ein unschuldiges, junges Mädchen, dabei musste sie um die vierzig sein. Ein Wunder eigentlich, dass das Schicksal, das ihr so hart mitgespielt hatte, sich nicht tiefer in ihre Züge eingegraben hatte. Ihre Haut war glatt, und er konnte keine grauen Haare in diesem goldenen Blond entdecken.

Nur ihre Augen verrieten sie. Groß und hell und voller Melancholie. Villa fragte sich gerade, was seine Züge wohl verrieten. Ob sie seine Vergangenheit auch so gut versteckten? Doch im Grunde wollte er darüber nicht nachdenken, wollte vergessen.

Er räusperte sich.

»Gab es damals jemanden, den Sie im Verdacht hatten?«

Luise lachte kurz auf. »Ach, damals hatte ich alle und jeden im Verdacht, mir etwas zu verschweigen.« Sie zerknüllte ihr Taschentuch. »Und dass Lilly jetzt hier in Linderwald gefunden wurde, das bestätigt meine Annahme ja auch, oder nicht? Es war jemand aus dem Dorf, der sie vergraben hat und … was auch immer sonst noch passiert sein mag.« Plötzlich konnte sie den Gedanken nicht mehr ertragen und sprang auf. »Irgendjemand in Linderwald hat all die Jahre gewusst, wo Lilly ist, und ich … ich habe womöglich mit ihm gesprochen.«

Luise ging unruhig im Zimmer auf und ab. Dann blieb sie vor Villa stehen und sah ihn beschwörend an.

»Sie müssen herausfinden, was damals geschehen ist! Ich muss wissen, wer mir all die Jahre ins Gesicht gelogen hat.«

Villa beobachtete Luise genau. »Glauben Sie, dass der Ermordete etwas mit dem Tod Ihrer Tochter zu tun hatte?«

Luise schloss die Augen und ließ sich wieder auf das Sofa fallen. »Es gab einige, die das glaubten … dass der alte Seidel etwas wusste, und Kommissar Werner wollte ihn damals auch verhaften, aber man hatte nichts gegen ihn in der Hand.«

»Soweit ich weiß, sind Sie ihm gegenüber handgreiflich geworden.«

Luises Kopf ruckte hoch. »Was erwarten Sie denn von einer

Mutter, die nach ihrem vermissten Kind sucht, und da ist jemand, von dem alle glauben, dass er etwas weiß?«

»Wieso eigentlich?« Villa hatte einen Bierdeckel vom Tisch genommen und spielte damit. »Wieso glaubten alle, dass er etwas wusste? Und wer sind *alle*?«

Luise senkte den Blick. »Ich weiß nicht. Alle eben.«

»Aber es gab doch nichts Handfestes, keine echten Verdachtsmomente gegen Seidel, oder?«

»Nein, aber was bedeutet das schon.«

Das musste natürlich gar nichts bedeuten, dachte Villa, sagte aber nichts.

»Könnte es sein, dass jemand den Verdacht absichtlich in die Welt gesetzt hat?«

Luise sah ihn erstaunt an. »Aber …« Sie vollendete den Satz nicht, weil es sonnenklar war, warum jemand einen solchen Verdacht in die Welt setzen würde. Um von sich selbst abzulenken. Damals war ihr dieser Gedanke jedoch nicht gekommen. Sie hatte dem Seidel nie über den Weg getraut, auch wenn er der Vater ihrer Freundin war. Aber Kerstin hatte ihrem Vater genauso wenig getraut.

»Spielt ja auch keine Rolle«, sagte sie, »keiner konnte ihm was nachweisen, und Lilly war und blieb verschwunden. Bis jetzt.«

»Ja, bis jetzt«, wiederholte Villa, »finden Sie das nicht merkwürdig?«

Luise dachte eine Weile nach. »Was wollen Sie denn damit sagen? Dass der Tod vom Seidel etwas mit dem Auftauchen meiner Tochter zu tun hat?«, fragte sie dann.

Villa spielte gedankenverloren mit seinem Bierdeckel. »Ihre Tochter ist … wie soll ich mich ausdrücken … wahrscheinlich umgebettet worden, und zwar vor kurzer Zeit. Sie hat nicht immer dort gelegen, wo sie jetzt gefunden wurde.«

Luise saß kerzengerade. »Wo war sie vorher?«

»Das wissen wir noch nicht«, antwortete Villa.

»Und woher wissen Sie, dass sie vorher woanders war?«

»Dafür spricht einiges«, sagte Villa ausweichend.

Er war sich noch nicht sicher, wie viel er der verwaisten Mutter verraten sollte, ganz einfach deshalb, weil er nicht wusste, wie viel sie wusste. Ob sie wirklich so unschuldig war, wie sie tat, oder nur eine glänzende Schauspielerin. Ihm kam der Gedanke zwar absurd vor, dass Luise Schönbrock etwas herausgefunden hatte, das den alten Seidel belastete und dass sie ihn dann – wie auch immer – umgebracht haben sollte, aber er durfte diesen Gedanken nicht ganz außer Acht lassen. Rache war ein starkes Motiv. Und wieso die Leiche gerade jetzt aufgetaucht war und warum sie jemand aus ihrem bisher sicheren Grab geholt und offensichtlich in aller Eile im Wald verscharrt hatte, war absolut rätselhaft.

Da musste etwas in Gang gekommen sein, Dinge hatten sich verändert, und er musste herausfinden, welche Dinge das waren. Und außerdem musste er herausfinden, ob, und wenn, wie viel Luise Schönbrock von diesen Dingen wusste. Vielleicht war das Ganze aber auch nur ein Zufall, und die beiden Vorfälle hatten gar nichts miteinander zu tun. Doch Villa glaubte nicht an Zufälle. Nicht mehr. Vor drei Jahren hätte er das noch für möglich gehalten, aber dann hatte das Schicksal ihn eines Besseren belehrt. Villa stand auf.

»Soll ich jemanden für Sie anrufen?«

»Nein«, antwortete Luise steif, »wen denn? Meine Mutter ist vor zwei Jahren gestorben, meinen Vater kenne ich nicht, und Geschwister hab ich keine. Und …«, sie hob die Hand, um Villa zuvorzukommen, »kommen Sie mir bloß nicht mit meinem Exmann, diesem … ach ist doch egal.« Luise stand ebenfalls auf.

»Oder soll ich Sie zu Ihrer Freundin bringen?«

»Nein, ich werde arbeiten, das hab ich immer getan. Ist das Einzige, was hilft.«

Villa war nicht überzeugt, aber er konnte niemandem helfen, der keine Hilfe wollte, also verabschiedete er sich und ging.

Luise blickte ihm nachdenklich hinterher. Dann griff sie zu ihrer Schürze und ging in die Gaststube. Vielleicht hätte sie sich damals stärker auf ihr Gefühl verlassen sollen.

In der Gaststube herrschte reger Betrieb. Fast alle Tische waren besetzt. Lorenz stand mit hochrotem Gesicht hinter der Theke und kämpfte wieder mit der Espressomaschine. Als Luise neben ihm auftauchte, zuckte er zusammen. Dann musterte er sie forschend. »Äh … wie geht's?«

»Du meinst, ob ich arbeiten kann?«, sagte Luise und griff nach der Milchkanne. »Ja, wie du siehst.«

Lorenz guckte zweifelnd, deutete aber dann auf ein Tablett mit vollen Biergläsern.

»Für den Stammtisch.«

»War ja klar«, stöhnte Luise und fragte sich, ob sie sich den Stammtisch heute wirklich antun wollte. Andererseits, dann hatte sie das Angestarrtwerden hinter sich. Warum also nicht gleich. Sie trug das Tablett zum Stammtisch, der heute wieder vollzählig beisammen war. Bei ihrem Erscheinen verstummten die Gespräche. Luise stellte schweigend die Biere hin, ohne die Männer anzusehen.

»Luise, geht es dir gut? Solltest du dich nicht ausruhen? Nach so einem Tag?« Dr. Alt war der Einzige, der sich traute, etwas zu sagen, alle anderen musterten sie scheu.

»Ist schon gut«, antwortete Luise, »wenn ich arbeite, muss ich nicht nachdenken.«

Dr. Alt ergriff ihre Hand. »Wenn du Hilfe brauchst, ich bin da.«

Die anderen murmelten Zustimmung. Luise rang sich ein Lächeln ab, bedankte sich und ging zum Nebentisch, um eine Bestellung aufzunehmen.

In diesem Moment öffnete sich die Tür vom Clubzimmer, Wiebke Barsch trat heraus und marschierte mit Riesenschritten auf die Theke zu, hinter der Lorenz den Kampf mit der Espressomaschine wohl gewonnen hatte. Sie brachte ein paar Speisekarten zurück und gab lauthals eine Bestellung auf.

»Dreimal Schnuckenbraten mit Kartoffeln und Gemüse, einmal Schnitzel mit Pommes.« Dann stapfte sie zurück zum Clubzimmer. Unterwegs fegte sie mit ihrer Jacke ein leeres Colaglas vom Tisch, das auf den Terrakottafliesen zerbrach. »Oh, tut mir leid«, plärrte sie durch den Gastraum und schloss kurz darauf die Tür des Clubzimmers hinter sich. Lorenz starrte ihr mit offenem Mund hinterher.

Luise arbeitete bis neun Uhr verbissen und ernst. Die Gäste musterten sie scheu, und dass über sie getuschelt wurde, entging ihr nicht. Aber das war ihr egal. Sie konnte und wollte jetzt nicht allein in ihrem Zimmer hocken, und mit irgendwem reden wollte sie auch nicht. Sie brauchte Abstand, um wieder klar denken zu können. Und da war die Gaststube eine gute Ablenkung.

Sie wusste, es war absurd, doch sie hatte das Gefühl, etwas erledigt zu haben. Die Aufgabe, ihre Tochter wiederzufinden. Natürlich hatte sie sie nicht selbst gefunden, aber Lilly war wieder aufgetaucht. Jetzt musste sie nur noch herausfinden, was mit ihr geschehen war. Das würde sie auch noch erledigen, vielleicht mit Hilfe dieses Kommissars.

Kurz nach neun Uhr, als die meisten Gäste schon satt waren und noch bei Wein und Bier zusammensaßen, betrat Kerstin, gefolgt von Helga und diesem schlafmützigen Matthis, die Gaststube. Meine Güte, die Verabredung hatte sie ganz vergessen. Und eigentlich hatte sie überhaupt keine Lust auf wohlmeinende Gesellschaft. Die konnte sie jetzt weniger als alles andere vertragen. Aber Kerstin kam direkt auf sie zu, während sie emsig einen Tisch abwischte.

»Luise, du machst jetzt Feierabend. Wie kann Lorenz dich heute arbeiten lassen?«

»Ist am besten so, lass mich nur.«

Jetzt trat Helga, die gerade ein paar Worte mit der Stammtischrunde gewechselt hatte, neben sie, nahm ihr den Wischlappen aus der Hand, legte ihn auf den Tisch und schloss Luise fest in die Arme.

»Hast du schon was gegessen?«

Luise stellte erstaunt fest, dass sie tatsächlich den ganzen Tag noch nichts gegessen hatte.

»Hab keinen Hunger.«

»Doch, wir setzen uns jetzt hin, und Fritzi bringt dir eine Suppe.« Helga führte sie ohne viel Federlesens zu einem der kleineren Tische und winkte Fritzi heran. »Sag Lorenz Bescheid, dass Luise jetzt Feierabend macht, und bring ihr diese Tomatensuppe und mir einen Tee.« Matthis bestellte sich ein Lüpi und Kerstin Rotwein.

Sie saßen schweigend beisammen, nippten hin und wieder an ihren Getränken und sahen sich verstohlen im Gastraum um. Luise löffelte mechanisch ihre Suppe, hatte keine Ahnung, was sie da aß, aber wenn die anderen darauf bestanden, bitte.

Als sie fertig war, schob sie den Teller weg und betrachtete ihre Tischgenossen. Einen nach dem anderen.

»Ist euch eigentlich klar, was das alles bedeutet?«, fragte sie dann. Stummes Nicken.

»Es war einer von uns. Kein Tourist, keiner von außerhalb, wie wir alle gedacht haben. Es war einer von hier, der alles miterlebt hat, vielleicht … wahrscheinlich hat er sogar bei der Suche mitgeholfen.« Sie schwieg und ließ ihren Blick durch die Gaststube schweifen. »Vielleicht ist er hier schon Gast gewesen. Vielleicht habe ich ihn sogar bedient.«

Sie fing an zu kichern. Helga legte den Arm um sie, während Matthis auf seinem Stuhl hin und her rutschte und sehnsüchtige Blicke Richtung Stammtisch warf. Kerstin drehte ihr Rotweinglas und wusste nicht, wohin sie schauen sollte.

»Dieser Kommissar glaubt, dass der Tod deines Vaters etwas damit zu tun haben könnte.«

Kerstin zog den Kopf ein. »Luise …«, sagte sie, »ich weiß, wie das aussieht und welchen Eindruck du haben musst, aber … mein Vater war … Na ja, wir wissen alle, wie er war, aber er hätte sich nie an einem kleinen Mädchen vergriffen. Nie und nimmer.« Sie trank einen großen Schluck von ihrem Rotwein. »Er hat sich für kleine Kinder überhaupt nicht interessiert.« Sie ergriff Luises Hand. »Das müsste ich doch wissen, wenn er da irgendwie …«

»Natürlich«, sagte Helga beschwichtigend, »hat ja auch keiner gesagt, dass dein Vater …«

»Diese Vorstellung könnte ich nicht ertragen.« Kerstin schluchzte leise, und Luise bemerkte, wie Helga ihrem Sohn einen Tritt versetzte. Der zuckte zusammen und warf seiner Mutter einen fragenden Blick zu.

»Woher kam eigentlich damals der Verdacht gegen ihn?«, wollte Luise jetzt wissen.

»Jemand hatte ihn an dem Morgen den Feldweg entlanggehen

sehen«, sagte Helga, »das weiß ich noch. Aber wer das war und wann genau er da gewesen sein soll … Das müsste doch die Polizei genau wissen.«

»Ist doch komisch, wer immer ihn da gesehen hat, muss doch auch da in der Nähe rumgelaufen sein«, meinte Kerstin.

»Das hat die Polizei doch damals alles genau untersucht, oder nicht?«, mischte Matthis sich jetzt ein.

»Natürlich«, antwortete seine Mutter ungeduldig, »aber … komisch ist das schon, dass ausgerechnet jetzt, wo Kerstins Vater umgebracht wird – und das scheinen die ja wohl zu glauben –, die … deine Tochter gefunden wird.«

Luise nickte gedankenverloren. »Genau das hat dieser Kommissar auch gesagt.«

Helga räusperte sich. »Aber darum kümmert sich die Polizei.« Sie betrachtete Luise besorgt. »Möchtest du heute Nacht zu uns kommen? Oder soll ich bei dir bleiben?«

»Danke, aber das ist wirklich nicht nötig … ich möchte allein sein.«

»Natürlich«, Helga zögerte. »Jetzt wird alles wieder aufgerührt, die werden alles noch mal genau untersuchen. Meinst du, du …?«

»Ich krieg das hin. So schlimm wie damals kann es nicht werden.« Sie stand auf. »Jetzt geht's erst richtig los«, murmelte sie.

# fünf

Für den Montagmorgen um zehn Uhr hatte sich Hauptkommissar a. D. Werner in Linderwald angemeldet. Villa hatte bereits mit der Staatsanwältin telefoniert. Es war nicht schwierig gewesen, sie davon zu überzeugen, dass ein Zusammenhang zwischen den beiden Morden bestand. Villa sollte in beiden Fällen ermitteln. Dann hatte er seine Leute ausschwirren lassen, um die Touristen und die Dorfbewohner zu befragen. Irgendwer musste etwas wissen, hier auf dem Lande gluckten doch immer alle zusammen. Der Tote hatte sich mit jemandem geprügelt, und er, Villa, würde herausfinden, mit wem. Vielleicht hatte er dann auch den Mörder vom Seidel. Und dann würde man weitersehen, was es mit dem Tod des Mädchens auf sich hatte. Er hatte auf jeden Fall das Gefühl, dass sich etwas bewegte.

Kommissar Werner wirkte älter, als er war. Zumindest hatte Villa den Eindruck, als er seinem früheren Kollegen vor der Schnucken-Schenke die Hand reichte. Er war fast kahl und hatte ein faltiges Gesicht, wahrscheinlich auch deshalb, weil er stark untergewichtig war. Vielleicht war er krank, fuhr es Villa durch den Kopf. Andererseits gab es viele Gründe, die einen alt aussehen ließen. Depressionen zum Beispiel.

Sie beschlossen, einen kleinen Spaziergang durch das Dorf zu machen. Die strahlende Sonne stand noch nicht so hoch am Himmel, und die mächtigen Kastanien, die die Dorfstraße säumten, spendeten genügend Schatten. Es würde wieder ein heißer Tag werden.

»So ein schöner Ort«, sagte Villa und wanderte mit den Augen den kleinen Bachlauf entlang, der an der Dorfstraße dahinplätscherte und in einen kleinen Teich mündete, auf dem Enten sich mit den Forellen um die Brotkrumen balgten, die die Touristen trotz des »Bitte nicht füttern«-Schildes ins Wasser warfen.

»Ja«, antwortete Werner, »und dann so eine hässliche Geschichte.

»Kann man wohl sagen.« Villa räusperte sich, er wusste nicht recht, wie er anfangen sollte. »Wie war das damals? Können Sie mir Dinge erzählen, die nicht im Bericht stehen?«

Werner lachte leise. »Oh ja, zum Beispiel über die Verzweiflung der jungen Frau und ihren nichtsnutzigen Ehemann, der damals in Hamburg angeblich ein Geschäftsessen hatte.« Werner malte Anführungszeichen in die Luft und steckte seine Hände dann wieder in die Hosentaschen.

»Wieso angeblich?«

»Es gab Stimmen, die behaupteten, dass er sich dort mit seiner Geliebten getroffen hat.«

»Welche Stimmen behaupteten das, und wer war die angebliche Geliebte?«

»Tja, sehen Sie, da sind wir dann wieder auf dem Dorfe. Alle wissen alles Mögliche, aber sobald sie konkret werden sollen, wissen sie gar nichts mehr. Allerdings ...«, Werner zögerte und beobachtete ein älteres Ehepaar, das über einer Wanderkarte brütete und stritt, »... gab es einen anonymen Anruf, dass man doch mal die Frau des Schnuckenwirtes befragen sollte, wo sie in der Nacht und an dem Morgen, als das Kind verschwand, gewesen ist. Der Anruf kam wahrscheinlich von einer Telefonzelle hier im Dorf, damals gab es noch Telefonzellen. Aber der Anrufer hat nur geflüstert. Wir haben nicht rausfinden können, wer es war.«

»Und, wo war die Frau des Schnuckenwirtes in der besagten Nacht?«

»Sie hat ausgesagt, sie war bei ihrer Freundin, die gerade in einer Beziehungskrise steckte, und die Freundin hat das bestätigt. Da war nichts zu machen.«

»Haben Sie ihr geglaubt?«

Werner blinzelte in die Sonne und setzte seine Sonnenbrille auf.

»Nein«, sagte er, »und Klaus Schönbrock hatte die Nacht im Hotel verbracht, wobei keiner weiß, ob, und wenn ja, wen er da abends noch bei sich gehabt hatte. Wir haben das Foto von Anita dem Personal gezeigt, aber da hat sie niemand erkannt.«

»Und wann hat Schönbrock das Hotel verlassen?«

»Er sagt, gegen zehn, aber bezahlt hat er schon um halb neun. Wann er genau ausgecheckt hat, das konnte niemand sagen.«

»Das heißt, er hätte schon um neun aus Hamburg abgefahren sein können, und bis Linderwald braucht man vielleicht eine Stunde. Also hatte er kein Alibi.«

»Zumindest nicht von halb neun bis um eins. Seine Sekretärin hat ausgesagt, er war bis zwölf Uhr, als sie zu Tisch gegangen ist, nicht aufgetaucht. Um halb neun hat er die Rechnung im Hotel bezahlt, und ab eins hatte er wirklich eine Konferenz. Drei Zeugen, alles Anwälte, können das bestätigen.«

»Und wann kam der Anruf seiner Frau?«

»Irgendwann zwischen eins und halb zwei, genau weiß die Sekretärin das nicht mehr, aber um zwölf war Schulschluss, und um halb zwei war Schönbrock unterwegs zu seiner Frau.«

Die beiden gingen schweigend ein paar Schritte. Hufgeklapper von zwei Kaltblütern, die einen mit Touristen gefüllten Kutschwagen zogen, begleitete sie.

»Glauben Sie, dass der Vater was mit dem Verschwinden des Kindes zu tun hatte?«, fragte Villa unvermittelt.

»Wissen Sie«, erwiderte der, »ich weiß eigentlich gar nicht mehr, was ich in diesem Fall denken soll, aber eigentlich eher nicht.«

»Kommen Sie.« Villa steuerte auf ein kleines Café zu, wo im Schatten einer alten Linde einige Tische aufgestellt waren. Werner folgte ihm.

Sie tranken Kaffee, und Villa gönnte sich ein Schokoladencroissant.

»Was war mit dem Seidel?«, fragte er, und biss von seinem Croissant ab.

»Tja, das war schon merkwürdig damals, und nach dem, was jetzt passiert ist, erscheint es noch merkwürdiger. Der Seidel stand unter Verdacht, aber wenn ich's mir recht überlege, keiner weiß eigentlich, wieso. Irgendwer hatte die Behauptung in die Welt gesetzt, dass er in der Nähe der Schule gesehen worden war, aber wir konnten den Zeugen nicht ausfindig machen. Hier auf dem Dorf kneift jeder sofort den Schwanz ein, wenn er sich konkret äußern soll. Na ja, er selbst hat das hartnäckig bestritten, hat gesagt, er sei beim Arzt gewesen, wegen seines Beinbruchs. Und einen Termin hatte er tatsächlich. In Waldhof, das haben wir nachgeprüft, und er ist auch pünktlich erschienen, allerdings war das um halb elf. Und der Termin war um etwa zehn vor elf zu Ende. Danach ist er mit dem Fahrrad nach Haus gefahren, und dabei musste er auch die Kreuzung vom Feldweg und der Landstraße passieren, wo wir die Spur des Kindes verloren haben. Kann also gut sein, dass ihn da jemand gesehen hat, aber nicht zwingend zur Tatzeit. Und zu Hause hat er dann vor dem Fernseher gesessen, musste sich ausruhen. Hat er gesagt.«

»Und, was glauben Sie? Hat er gelogen?«

Werner ließ seinen Kaffee in der Tasse kreisen. »Ich weiß es nicht. Weder seine Frau noch seine Tochter haben sein Alibi bestätigt. Beide waren zur Tatzeit nicht zu Hause. Die Tochter im Frisiersalon und die Mutter war einkaufen. Aber, ganz ehrlich … der Mann war ein ziemlicher Rüpel, vor allem wenn er betrunken war, und das war er oft. Andererseits … irgendwie wirkte er auf mich nicht wie ein Kinderschänder. Die verhalten sich doch viel unauffälliger, angepasster.«

Villa leerte seine Tasse. »Und dieser Vorfall mit der Mutter des Kindes?«

Werner seufzte. »Ja, die Luise, die hat damals einfach die Nerven verloren. Ist ja auch verständlich. Wie geht es ihr übrigens?«

Villa machte eine vage Handbewegung.

»Na ja«, antwortete Werner, »was soll man auch erwarten. Ich … ich mag sie sehr, die Luise.« Werner starrte in seine leere Kaffeetasse. »Werde sie nachher noch besuchen.«

»Hat sich sonst ein Dorfbewohner oder Besucher auffällig verhalten?«

»Oh nein, die waren alle geschockt. Das ganze Dorf war auf den Beinen. Haben den Wald und die Äcker durchkämmt. Der Mais stand damals hoch. Und Bauer Landmeier hatte sogar ein Maislabyrinth angelegt für die Schulkinder. Natürlich haben anfangs einige gedacht, das Kind hätte sich im Labyrinth verirrt, obwohl der Hund die Spur an der Kreuzung verloren hatte. Sie haben alles durchsucht. Ein Hubschrauber war bis in die Nacht hinein mit einer Wärmebildkamera unterwegs. Das Mädchen war und blieb verschwunden.« Werner blickte seufzend über die Felder. »Es lag also nahe, dass ein Tourist sie im Wagen mitgenommen hatte.«

»Gab es irgendwelche Reifenspuren?«

»Nein, der Weg war auch damals schon mit Kies aufgeschüttet.«

Einen Moment beobachteten die beiden Männer das lebhafte Treiben auf der Dorfstraße. Die meisten Passanten trugen Rucksäcke und Wanderschuhe. Hin und wieder klingelte ein Fahrradfahrer sich den Weg frei.

»Und es gab keinen Vorbestraften im Dorf?«

»Nicht einen«, antwortete Werner. »Aber bei einem Dreitausend-Seelen-Dorf ist das ja nicht außergewöhnlich.«

»Was hatte es mit diesem Autodiebstahl auf sich? Glauben Sie, es gibt da einen Zusammenhang?«

Werner lachte auf. »Ja, der Oldtimer vom Schnuckenwirt. Du lieber Gott, der Mann hat geheult wie ein Kind, als er den Diebstahl damals angezeigt hat. Aber das war ein paar Monate vor dem Verschwinden des kleinen Mädchens. Soweit ich weiß, hat die Versicherung zumindest einen Teil des Schadens beglichen, wenn auch nicht den tatsächlichen Gegenwert des Wagens.« Hier schüttelte Werner den Kopf. »Mit diesen Autos ist es wie mit der Kunst, man fragt sich, wieso die Menschen solche Unsummen dafür ausgeben.«

»Der Diebstahl wurde aber nie aufgeklärt.«

»Stimmt.«

»Gab es Verdächtige?«

»Niemand Bestimmten. Es ist jedoch gut möglich, dass einer der Gäste des Hotels, wo der Wagen untergebracht war, sich das gute Stück eine Weile nach seinem Aufenthalt geholt hat. Wobei auch das nur Vermutungen waren. Von den Dorfbewohnern wusste jedenfalls keiner etwas. Es gab auch sonst keine Spuren. Deshalb haben wir nach einem halben Jahr die Akte geschlossen.«

»Warum hatte Senner den Wagen überhaupt im Hotel geparkt? Er hat doch Platz genug.«

»Damals war die Schenke noch eine ziemliche Bruchbude. Und die Wirtschaftsräume erst recht.« Werner grinste. »Es war ihm nicht sicher genug.«

»Na, da ist ja dann gründlich nach hinten losgegangen«, erwiderte Villa.

»Allerdings.«

»Offensichtlich hat Senner sich keinen neuen alten Wagen zugelegt.«

»Nein, er hat die Schenke renoviert.« Werner kicherte. »Man munkelte, dass Anita gedroht hatte, ihren Mann zu verlassen, wenn er noch mal so viel Geld in ein altes Auto stecken würde. Dabei hatte er den Wagen von einem Onkel geerbt. Hat sich die Instandhaltung aber einiges kosten lassen. Jedenfalls hat er das Geld in sein Hotel gesteckt, was ich durchaus vernünftig finde. Aber ob das nun eher Anitas Vorstellungen entsprach, wage ich zu bezweifeln. Sie fährt im Winter, wenn hier keine Saison ist, gern in die Karibik. Und Lorenz muss nicht unbedingt dabei sein.« Werner zwinkerte Villa zu. »Im Grunde ist es ihr sogar lieber, wenn er nicht dabei ist.«

Die beiden Männer hingen noch eine Weile ihren Gedanken nach. Dann bezahlte Villa die Rechnung, und sie machten sich auf den Weg zurück zur Schenke.

»Woher wissen Sie so genau, dass das mit dem Seidel kein Unfall war? Oder ist das noch top secret?«

»Dr. Schrader von der Rechtsmedizin«, er unterbrach sich kurz, »ich nehme an, Sie kennen ihn noch?«

»Ja«, Werner verzog den Mund, »perfekt, aber unausstehlich.«

»Genau«, erwiderte Villa grinsend, »also Dr. Schrader hat festgestellt, dass unser Mordopfer sich ein bis zwei Tage vor seinem Tod ein paar Tritte in die Nierengegend eingefangen hat.«

»Glauben Sie, dass sie vom Täter stammen?«

»Das eben wissen wir nicht. Außerdem haben wir nichts gefunden, was ihm bei einem Sturz vom Pferd derart das Gesicht hätte zerschmettern können. Es sieht so aus, als habe da jemand mit einer Eisenstange oder einem ähnlichen Instrument auf ihn eingeschlagen.«

»Also ein männlicher Täter?«

»Das ist ziemlich wahrscheinlich.«

Mittlerweile waren sie wieder bei der Schenke angelangt und blieben einen Moment auf der Terrasse stehen, wo Lorenz die Sonnenschirme aufspannte und die beiden verstohlen beobachtete.

»Glauben Sie, dass der Tod vom Seidel etwas mit dem Fund der Leiche des kleinen Mädchens zu tun hat?«, fragte Werner.

»Was glauben Sie?«

»Ist anzunehmen, oder?«

»Fragt sich nur, was«, sagte Villa.

»Irgendwer muss die Leiche ja ausgegraben haben, vielleicht hat Seidel etwas gesehen und musste deswegen sterben?«

»Möglich. Aber warum wurde sie ausgegraben und woanders begraben?«

Lorenz kam auf die beiden zu. »Kann ich Ihnen irgendwas bringen? Möchten Sie die Karte?«

»Nein, danke, vielleicht später«, antwortete Villa.

»Ähm …«, Lorenz druckste herum, »haben Sie schon irgendwas rausgefunden?«

»Nein«, sagte Villa kurz, bedankte sich bei Werner und ging durch die Gaststube zu ihrem improvisierten Büro.

Werner erkundigte sich nach Luise. »Ist Frau Schönbrock zu Hause?«, fragte er Lorenz.

»Ja, ist oben, ich weiß aber nicht, ob sie jemanden sehen will.«

»Das werde ich gleich wissen«, raunte Werner und folgte Villa in die Gaststube, wo Anita an der Rezeption stand und auf ihren Computerbildschirm starrte.

»Ich geh rauf zu Frau Schönbrock«, sagte Werner und ging, ohne Anita anzusehen, die Treppe hinauf.

Villa hatte für halb zwölf eine Besprechung angesetzt. Als er das Clubzimmer betrat, saß Wiebke bereits am Tisch. Sie hatte wohl für Verpflegung gesorgt, auf dem Tisch standen Gläser und zwei Flaschen Mineralwasser, eine Warmhaltekanne mit Filterkaffee, Tassen, ein Schälchen mit Zuckerwürfeln und Süßstoff, ein Milchkännchen und ein Teller mit Butterkeksen.

Offensichtlich hatte sich Wiebke bereits ausgiebig an den Keksen gütlich getan, denn auf dem Tisch und auf dem Fußboden unter ihrem Stuhl lagen jede Menge Krümel.

»Felix und Rudi haben sich vor zehn Minuten gemeldet«, begrüßte sie ihren Chef kauend, »sie sind noch im Dorf unterwegs, kommen etwas später.«

»Na, hoffentlich bringen Sie dann Ergebnisse mit«, brummte Villa. »Hast du was rausgefunden?«

Wiebke schluckte. »Also, ich hab mich gestern Abend ein bisschen an die Bedienung rangemacht, aber ich fürchte, ich muss dich enttäuschen. So was von misstrauisch. Hat mich immer nur von der Seite angeguckt, als hätte ich sie gebeten, mir ihr Tagebuch auszuhändigen. Also ...«, sie griff nach einem neuen Keks und wedelte damit vor ihrer Nase herum, »... ich finde das schon komisch. Ich glaub auch, dass da irgendwas ist, aber sie hat kein Sterbenswörtchen gesagt.«

»Ist das alles?«

»Na ja, sie hat einen Freund. Lutz Dressler heißt er. Das hab ich vom Koch erfahren, diesem Italiener. Der hat sich darüber beschwert, dass die Fritzi fürchterlich nervös geworden ist, seit sie mit dem Lutz zusammen ist.«

»Und wieso das?«

»Hm, anscheinend ist der junge Mann viel unterwegs, singt in einem Shanty-Chor und ist ziemlich eifersüchtig. Die Fritzi spricht kaum noch mit Männern, weil der Lutz das ›doch nicht leiden kann‹, sagt der Koch.«

»Wo wohnt dieser Dressler? Und was macht er beruflich?«

»Er ist Gärtner, derzeit arbeitslos und wohnt in Waldhof, ist aber im Moment wohl wieder in Sachen Chor unterwegs.«

»Wann kommt er zurück?«

»Das wusste der Koch auch nicht. Das wird mir die Fritzi dann nachher erzählen. Ihr Dienst fängt um zwei an.«

»Was ist mit dem Koch?«

»Der arbeitet erst seit zwei Jahren hier.«

»Und wer war vor ihm hier?

»Da hat der Chef noch selbst gekocht. Apropos ...«, Wiebke konsultierte ihren Notizblock, »eine Frau Rodermann, wohnt an der Dorfstraße, direkt neben dem Edeka-Laden, hat beobachtet, wie unsere liebenswürdige Wirtin sich mit dem liebenswürdigen Herrn Seidel gestritten hat. Das hat sie mir so ganz nebenbei erzählt. Ist zwar schon eine Weile her, aber sie wär ihm fast an die Gurgel gesprungen, sagt Frau Rodermann und hat dabei volles Verständnis für die Frau vom Schnuckenwirt signalisiert, obwohl die ja sonst auch nichts anbrennen ließe. So hat die Zeugin sich ausgedrückt.«

»Wann war das?«

»Tja, das konnte die Frau nicht mehr so genau sagen, vor ungefähr zwei Wochen, sie hätte es ja nicht im Kalender angekreuzt.«

»Wusste sie, worum es bei dem Streit ging?«

»Nein, aber sie hat durchblicken lassen, dass die Anita ja wohl zum Teil auch selber schuld wäre, wenn die Kerle sie nicht in Ruhe ließen.«

»Aha, sonst noch was? Hast du mit diesem Schimmi gesprochen?«

»Oh ja …« Wiebke stöhnte, denn sie hatte den Sonntag fast nur in sozialen Einrichtungen für psychisch Kranke verbracht. Zuerst bei Schimmi und dann noch bei ihrem Bruder. »… aber da war ja nun gar nichts zu machen«, fuhr sie fort. »Als er mich gesehen hat, war er starr vor Schreck, und als ich mich dann noch als Polizistin geoutet habe, ist er weggelaufen und hat sich hinter den Heuballen versteckt.«

»Wieso das? Hat er schlechte Erfahrungen mit der Polizei gemacht?«

»Offensichtlich, ich hab vorher bei der Therapeutin angerufen, die hat gesagt, dass die Polizei seinen Vater von zu Hause abgeholt hatte. Der war aber wohl ziemlich widerspenstig, sodass sie ihn mit Gewalt überreden mussten mitzukommen. Da hat's dann ein bisschen gescheppert. Der Junge war damals vier und vollkommen verwahrlost. Hat einen Hirnschaden.« Wiebke schwieg einen Moment und malte ein paar Kringel in ihr Notizbuch. »Ein bisschen erinnert er mich an Christian.«

»Also hast du nichts aus ihm rausbekommen?«

»Doch. Das heißt, er ist ein bisschen aufgetaut. Hab mit ihm über die Pferde geplaudert. Die liebt er abgöttisch. Na ja, als ich dann auf den Dienstagmorgen zu sprechen kam, hat er nur gesagt ›Ich weiß das nicht, und ich war's nicht‹.«

»Was war er nicht?«

»Das hab ich nicht aus ihm rausgekriegt. Aber den Seidel mochte er wohl nicht. Hat er nicht direkt gesagt, aber er hat so charakteristisch den Mund verzogen. Der hat ihn wohl mal angepöbelt, als Schimmi ein Pferd nicht richtig gesattelt hat und der Seidel beinah runtergefallen wäre. Jedenfalls glaube ich, dass es sich so ungefähr abgespielt hat. Man muss sich vieles zusammenreimen, was der Junge von sich gibt. Als Zeugen können wir ihn vergessen.«

»Hast du ihn gefragt, ob er die kleine Lilly gekannt hat?«

»Allerdings«, murrte Wiebke. »Er wäre beinah durchgedreht, als ich das Mädchen erwähnt habe. Hat sofort angefangen zu weinen und sich wieder hinter den Heuballen verkrochen. Die müssen ihn damals ziemlich in die Zange genommen haben. Aber er war an dem Morgen auf dem Gut, das bestätigen die Fuhrbachers. Und um fünf wird er wohl noch im Heim gewesen sein. Wissen tut es allerdings keiner. Beim Frühstück war er nicht da, aber er hat bei den Fuhrbachers gefrühstückt. Das macht er wohl gerne und oft.«

Draußen wurden Stimmen laut, und wenig später betraten Doberan und Brinkmann das Clubzimmer. »'tschuldigung, wir mussten zwanzig Minuten auf den Söchtig warten, bis der mit seinen Bienen fertig war. Hatten keine Lust auf Bienenstich.«

Doberan grinste, während Brinkmann sich auf einen Stuhl fallen ließ und müde nach der Kaffeekanne griff. Er wirkte, als habe er Jahre in einem Arbeitslager zugebracht.

»Sobald hier was frei wird, will ich mein eigenes Zimmer, der hat heut Nacht die halbe Heide abgeholzt«, sagte er mit einem scheelen Seitenblick auf Doberan, der sich ungerührt einen Keks in den Mund stopfte.

»Habt ihr wenigstens was zu berichten?«, fragte Villa, ohne auf Brinkmann einzugehen.

Doberan setzte sich und holte sein Notizbuch aus der Jackentasche.

»Zu berichten haben wir was, aber ob es uns hilft, das bezweifle ich. Also ...«, er blätterte in seinem Block, während Brinkmann mit kleinen Schlucken seine Kaffeetasse leerte, »... der Seidel scheint hier im Dorf so eine Art Mädchen für alles gewesen zu sein. Hat alle Arten von Reparaturen im Haus erledigt. Und anscheinend hat er seine Arbeit gut gemacht, denn die Leute haben ihn immer wieder beschäftigt, obwohl ihn wirklich keiner leiden konnte.«

»Hast du eine Liste der Leute?«

»Ja, klar«, Doberan wedelte mit seinem Block herum und sah Villa vorwurfsvoll an. »In den letzten Tagen vor seinem Tod hatte er vier Arbeitseinsätze. Bei Frau Weidenheim, einer älteren Witwe in Waldhof, hat er den Flur tapeziert, dann war er beim Tierarzt und hat ein Dachfenster eingesetzt, und bei einer Familie Gunther, die sind gerade zugezogen, da hat er einen Carport gebaut. Nicht schlecht übrigens, so einen Carport könnte ich auch für mein Motorrad gebrauchen.«

»Du meinst einen Bikeport, ein Carport ist für Autos«, sagte Wiebke und gähnte.

»Sag bloß«, blaffte Doberan und blätterte in seinen Notizen. »Ja, und dann war er natürlich beim Fuhrbacher und hat die Pferde bewegt. Aber das wissen wir ja schon. Da hatte er wohl so eine Art Dauerauftrag, mündlich natürlich«, Doberan grinste, »versteuert hat er von dem Geld, das er so nebenbei gescheffelt hat, garantiert nichts.«

»Hast du da was gefunden in seinen Papieren?«, wollte Villa von Brinkmann wissen, der, den Kopf in die Hand gestützt, halb auf dem Tisch lag.

»Also, die Papiere geben nichts her. Er hatte knapp eintausendeinhundert Euro Rente, alles in allem, da musste er wohl nebenbei noch was ranschaffen. Seine Frau sitzt seit zwei Jahren im Rollstuhl. Die Tochter teilt sich die Pflege mit einer Nachbarin. Der Seidel hat sich seit Jahren nicht mehr um seine Frau gekümmert. Die Ehe bestand nur noch auf dem Papier, das hat mir auch die Tochter bestätigt.« Brinkmann zögerte einen Moment. »Also, wenn ihr mich fragt, die Tochter hatte einen Mordshass auf ihren Vater. Hat ihm die Schuld am Zustand der

Mutter gegeben. Ob da was dran ist, weiß ich nicht. Na ja, und dann hat er seine Tochter ja wohl auch beklaut.«

»Inwiefern?« Villa goss sich eine Tasse Kaffee ein.

»Die Eltern hatten, als das Mädchen noch klein war, ein Konto für die Tochter angelegt. So eine Art Versicherung, da hatten sich an die zwanzigtausend Euro angesammelt, na ja, jedenfalls hat sich der Vater bedient. Von den zwanzigtausend sind noch knapp fünftausend übrig.«

»Weißt du, was er mit dem Geld gemacht hat?«

»Das hab ich noch nicht rausgefunden. Gegönnt hat er sich aber anscheinend auch nichts. Keine teuren Klamotten, Auto hatte er keins, weil ihm die Kollegen von der Verkehrspolizei schon vor sechs Jahren den Führerschein abgenommen haben, und gegessen hat er auch nicht viel, nur eben getrunken. Da war ihm aber anscheinend nichts zu teuer. Er hatte im Edeka-Laden so eine Art Dauerabo auf Grappa, und nicht den billigsten.«

»Und er hat in dem Haus bei seiner gelähmten Frau und seiner Tochter, die ihn hasste, gewohnt«, warf Wiebke ein. »Meine Güte, der muss echt ein dickes Fell gehabt haben.«

»Wem gehört das Haus eigentlich?«, fragte Villa.

»Ihm und seiner Frau, je zur Hälfte.«

»Also erben seine Tochter und seine Frau je fünfzig Prozent von seiner Hälfte.«

»Genau, es sei denn, wir finden noch ein Testament, in dem er was anderes bestimmt hat. Und über das Vermögen seiner Frau verfügt sowieso die Tochter, die hat eine Generalvollmacht.«

Für einen Moment schwiegen alle. Villa starrte aus dem Fenster, die anderen sahen ihn erwartungsvoll an. »Habt ihr bei dem jetzigen Stand der Informationen eine Idee, wer den Mann umgebracht haben könnte?«, fragte Villa, ohne den Blick vom Fenster zu nehmen.

»Also mir ist das absolut rätselhaft«, sagte Wiebke. »Der Typ war zwar unbeliebt und eine Nervensäge, aber ich glaube, er war den meisten auch ziemlich egal. Wer sollte sich denn die Mühe machen, ihn umzubringen?«

»Vielleicht der, der ihn auch verprügelt hat?«, mutmaßte Brinkmann.

»Es muss etwas mit dem Grab des kleinen Mädchens zu tun haben«, sagte Villa und stellte seine Kaffeetasse ab.

»Glaubst du, dass er der Mörder war?«, fragte Wiebke.

»Ich weiß nicht. Leider lässt sich nicht mehr feststellen, ob das Mädchen missbraucht worden ist, und an den Knochen gibt es keine Hinweise auf Gewalteinwirkung. Und die Frage ist doch: Wenn er tatsächlich etwas mit dem Tod des Mädchens zu tun hatte, wer hat ihn dann umgebracht?«

»Vielleicht die Mutter des Kindes. Immerhin ist die Leiche ja aufgetaucht, und womöglich weiß die Mutter mehr darüber, als sie zugibt.« Wiebke wippte schon wieder auf den Stuhlbeinen hin und her. Villa fragte sich, ob sie denn nie dazulernte.

»Und du meinst, Luise Schönbrock hat sich an dem Seidel gerächt, ist ihm mit ihrer Kutsche hinterher, hat ihn mit irgendwas erschlagen und ist dann abgehauen?«

»Wäre möglich«, stimmte Doberan zu.

»Aber wieso ist die Leiche überhaupt wieder aufgetaucht? Und wo war sie vorher? Hat Möhring einen Vorschlag?« Die Frage war an Brinkmann gerichtet, der verstohlen gähnte. »Ach ja, hab ich ganz vergessen. Er hat vorhin angerufen, hat an Teilen der Knochen Spuren von Stickstoffdünger gefunden. Und ich hab mich beim Förster erkundigt. Hier in der Gegend wurde noch nie der Waldboden gedüngt, nur die Äcker. Also haben die Knochen vorher wahrscheinlich auf einem Acker gelegen. Und Äcker gibt's ja hier leider überall. Kann sonst wo gelegen haben, das Mädchen. Bisher haben wir noch kein Erdloch gefunden, das in den letzten Wochen ausgehoben worden ist. Aber das kann ja noch werden. Die Bauern sind alle ziemlich sauer, dass wir durch ihre Getreidefelder trampeln und ein altes Grab suchen.«

Villa nahm sich Kaffee. »Wie sieht's mit den Alibis aus? Wer hat keins?«

»Also«, Wiebke hörte auf zu wippen und beugte sich über ihren Notizblock, der auf dem Tisch lag. »Eigentlich hat keiner wirklich ein Alibi, nicht für die gesamte mutmaßliche Todeszeit zwischen fünf und acht Uhr morgens. Um vier Uhr sind die meisten noch im Bett und dann unter der Dusche beziehungsweise am Frühstückstisch, und das Alibi liefert die Familie, was uns auch nicht weiterhilft.«

»Was ist mit denen, die reiten?«

»Das sind eine Menge, von den Touristen mal ganz abgesehen. Aber morgens um fünf oder sechs sind die Urlauber meist noch nicht auf der Piste. Jedenfalls sagen das die Wirte der Pensionen und der drei Gasthöfe.«

Wiebke schaute gedankenverloren zur dunkel vertäfelten Decke des Clubzimmers.

»Könnte es nicht sein, dass eine Frau ausgeritten ist und der Seidel was von ihr wollte? Die hat sich dann gewehrt, der Typ ist vom Pferd gefallen, und die Frau ist in Panik davongeritten. Unfallflucht sozusagen.«

Die anderen dachten einen Moment über diese Möglichkeit nach.

»Könnte sein«, meinte Villa. »Aber die Frage ist doch auch, welche Waffe benutzt wurde. So eine Stange schleppt man doch nicht zur Selbstverteidigung mit sich herum. Nein, ich denke, der Seidel ist sehr früh ausgeritten, das hat er ja wohl öfter gemacht, ist jemandem begegnet oder hat etwas gesehen. Etwas, das er nicht sehen sollte. Und da kommt das Grab ins Spiel. Ich denke …«, Villa trank langsam einen Schluck Kaffee, »… er wurde verfolgt und erledigt. Fragt sich nur, von wem.«

Kurzes Schweigen.

»Das heißt«, sagte Wiebke dann, »wenn wir den Mörder vom Seidel haben, haben wir auch den Mörder der kleinen Lilly.«

»Davon gehe ich aus.« Villa stellte seine Tasse hin und steckte die Hände in die Hosentaschen. »Ich möchte bloß wissen, warum sich der Mörder die Arbeit gemacht hat, die Leiche, die seit acht Jahren keiner gefunden hat, auszugraben und neu zu verstecken.« Villa dachte nach. »Ihr macht weiter. Ich werde mich mit dem Bürgermeister unterhalten.« Damit ließ er seine verdutzten Kollegen zurück.

Bürgermeister Alwin Bilfert war gerade dabei, seinen Hund anzuleinen, als Villa nach einem zwanzigminütigen Spaziergang das Bauernhaus auf dem kleinen Hügel südlich von Linderwald erreichte. Bilfert klopfte seinem Münsterländer auf den Hals und lächelte Villa breit entgegen.

»Na, ich hab mich schon gefragt, wann Sie wohl aufkreuzen würden. Kommen Sie, wir setzen uns auf die Terrasse, meine Frau ist in ihrem Atelier. Sie malt … kleines Hobby. Sie verstehen?«

Villa wusste nicht so recht, was es da nicht zu verstehen gab, und nickte.

Sie gingen um das Haus herum und setzten sich an einen großen Holztisch auf der geräumigen Terrasse, die von einer Markise mit Sonnenblumenmuster überdacht war.

»Kann ich Ihnen etwas anbieten? Der Holunderwein meiner Frau ist wirklich zu empfehlen.«

»Nein danke, lieber ein Wasser.«

Bilfert guckte etwas enttäuscht. »Wie Sie meinen.« Er ging und tauchte eine Minute später mit zwei Gläsern Leitungswasser wieder auf.

Villa bedankte sich, trank einen Schluck und sah sich um. Das Fachwerkhaus mit dem Reetdach und den roten Ziegeln wirkte wie für einen Werbeprospekt hergerichtet. Üppige Geranien blühten vor den Fenstern, und auf der Terrasse standen mehrere Terrakottatöpfe, die mit Palmen bepflanzt waren, was Villa als Stilbruch empfand. Die Aussicht auf die sonnige Heidelandschaft war wundervoll.

»Schön haben Sie's hier«, sagte er und streichelte den Hund, der an seinem Schuh schnüffelte.

»Tja, das ist wohl so«, sagte Bilfert aufgeräumt, »ist das Werk meiner Frau. Ich bin ja nicht so der Palmenfreund«, er zwinkerte Villa zu, »aber wenn's meine Frau glücklich macht, bitte.« Er breitete in einer großzügigen Geste die Hände aus, als habe er ein Königreich zu verschenken.

»Wenn Sie nicht gekommen wären, hätte ich Sie wohl heute aufgesucht.«

»Tatsächlich?«

»Ja.« Bilfert atmete schwer aus. »Diese Sache ist außerordentlich unerfreulich. Das war vor acht Jahren schon schlimm genug, als das Mädchen verschwunden war und nicht wieder aufgetaucht ist. Damals hatten wir spürbare Einbußen bei den Buchungen. Nicht, dass ich das Schicksal dieser Frau nicht ganz entsetzlich finde«, beeilte Bilfert sich hinzuzufügen, »aber ich als Bürgermeister muss auch an die Bürger denken, deren Lebensgrundlage der Tourismus ist. Von der Landwirtschaft allein kann hier keiner mehr leben, dazu sind die Höfe zu klein. Mit Ausnahme vom Fuhrbacher-Gut. Aber der hat ja auch noch das Gestüt.«

Du meinst, du musst an deine Wähler denken, dachte Villa, sagte aber nichts.

»Sie verstehen sicher, dass es mir ganz besonders wichtig ist, dass diese unleidliche Geschichte schnellstmöglich aufgeklärt wird. Ich meine ... wir können doch hier nicht andauernd mit ermordeten Leuten in die Presse geraten.«

Das hatte er nett ausgedrückt, fand Villa. »Sie können sicher sein, dass wir diesen Wunsch gemeinsam haben«, antwortete Villa. »Können Sie denn irgendetwas dazu beitragen, damit wir diese ... Angelegenheit schnell ad acta legen können?« Villa fand, er stand dem Bürgermeister in seiner Formulierung in nichts nach.

»Oh, wenn ich bloß eine Ahnung hätte, ich würde nicht zögern, glauben Sie mir. Aber ich kann Ihnen absolut nicht helfen. Leider.«

»Schildern Sie mir doch mal Ihre Eindrücke. Wie haben Sie denn das Verschwinden des kleinen Mädchens damals erlebt?«

Bilfert seufzte tief. »Ach wissen Sie, das war ganz und gar ... furchtbar. Wie diese Frau gelitten hat. Aber wir ... das ganze Dorf hat sich an der Suche beteiligt. Alle waren höchst hilfsbereit. Aber ... das ist ja wohl unter solchen Umständen auch nicht anders zu erwarten.«

»Wie haben Sie denn von dem Verschwinden des Kindes erfahren?«

»Du lieber Gott. Das weiß ich gar nicht mehr. Ich war hier, glaub ich, und dann kam ein Anruf. Genau, der Herfeld hatte mich angerufen, und da bin ich natürlich sofort ins Dorf und habe die Suche organisiert. Alle haben sich beteiligt, sogar die Touristen.«

Villa dachte sich gerade, dass das wohl eher kontraproduktiv gewesen war. Er konnte sich lebhaft vorstellen, wie ganze Völkerscharen sich auf den Weg gemacht hatten, um ein Kind zu suchen, das wahrscheinlich im Angesicht dieses Heeres eher die Flucht ergriffen hätte. Außerdem konnte man bei solchen Aufmärschen schlecht rekonstruieren, wer wann wo gewesen war. Aber das war nun nicht mehr zu ändern.

»Herfeld ist der Besitzer des Edeka-Ladens, nicht wahr?«

»Genau, Sie kennen sich ja schon gut aus bei uns.«

»Kannten Sie den Seidel gut?«

Bilfert wurde etwas zurückhaltender. »Was heißt gut? Er ist öfter mal am Stammtisch aufgetaucht. Wir haben ihn gelassen, sind ja Christenmenschen. Aber darüber hinaus … Ich weiß nur, was alle wissen, dass er ein Trinker war, der ziemlich ungehobelt sein konnte und ein Faible für Pferdewetten hatte.«

Villa hob die Brauen. Das war neu. »Sie meinen, er hat gewettet?«

»Also, da bin ich mir ziemlich sicher. Jedenfalls hat er beim Herfeld immer ordentlich getippt, und ich weiß, dass er ab und zu nach Hamburg oder Hannover zum Pferderennen gefahren ist. Kein Wunder, dass er ständig knapp bei Kasse war.«

Villa genoss für einen Augenblick die herrliche Aussicht. »Sagen Sie, gibt es irgendwelche Bebauungspläne im Dorf?«, fragte er dann.

»Ja, woher wissen Sie das? Wir haben das Ackerland hinter dem Neubaugebiet jetzt auch als Bauland ausgewiesen. Wir brauchen Menschen, die hierherziehen und Hotels bauen und alles, was für Touristen wichtig ist. Restaurants, eine große Reitanlage, einen Golfplatz.« Bilfert schaute schwärmerisch in die Landschaft.

»Was ist mit den Wanderern, den Reitern, ist das nicht genug?« Vor Villas geistigem Auge blähte sich ein touristischer Rummelplatz auf.

»Aber das bleibt doch. Das schließt sich doch nicht aus!« Bilfert sah ihn ein bisschen vorwurfsvoll an. »Und …«, er wand sich, schien noch etwas auf dem Herzen zu haben, »das mag sich ja herzlos anhören, aber ich … ich meine wir, wir im Dorf wären Ihnen wirklich dankbar, wenn Sie diese ganze Angelegenheit so diskret wie möglich behandeln würden. Ich meine, soweit das überhaupt noch möglich ist. Am nächsten Wochenende haben wir unser Heidefest. Da kommen die Leute aus der ganzen Gegend zusammen und die Touristen auch. Wir wählen eine Heidekönigin, und die Bewohner verkaufen ihre hausgemachten Lebensmittel. Da decken sich ganz viele für den Winter ein, mit hausgemachter Marmelade und Heidekartoffeln und Honig, und natürlich mit Heidekraut. Sie glauben gar nicht, was die Frauen hier alles aus dem Heidekraut zaubern können. Gebinde, Kränze, alles Mögliche.«

Bürgermeister Bilfert war offensichtlich in seinem Element. »Und wenn die Leute dann denken, dass da ein Mörder unter den Bewohnern ist, da kaufen sie doch nichts mehr!« Er schluckte. »Ich hoffe wirklich, dass Sie den Fall schnell aufklären. Sonst muss ich am Ende noch das Fest absagen. Das ist dem Fremdenverkehr nicht förderlich.«

»Oder gerade«, wandte Villa ein.

»Ja, das mag wohl sein. Dann kommen die Neugierigen und gucken. Aber bleiben tun sie nicht, und ihr Geld geben sie hier auch nicht aus.«

Villa musste grinsen. »Sie können ja Eintritt nehmen.«

Dem Bürgermeister klappte der Unterkiefer runter. »Sie machen Witze!«

»Natürlich.« Villa wurde wieder ernst. »Seit wann sind die besagten Ackerflächen als Neubaugebiet ausgewiesen?«

»Oh, einige schon seit ein paar Monaten, und dort sind die ersten Bauplätze schon verkauft.«

»Das heißt, Sie werden bald mit der Erschließung anfangen?«

»Allerdings.«

»Welche Grundstücke sind denn verkauft?«

»Das weiß ich nicht genau, da müssten wir im Bebauungsplan nachsehen, aber soweit ich weiß, ist es die ganze Reihe vor den neuen Bungalows.«

»Und wem gehört das Land?«

»Wieso wollen Sie das eigentlich so genau wissen?«, fragte Bilfert misstrauisch. Er war ein vorsichtiger Bürgermeister.

Villa lächelte müde. »Wissen Sie's?«

»Also, ein Teil gehört glaub ich zum Landmeier-Hof, ein Teil gehört dem Söchtig, und dann ist der Herfeld dabei. Der hat ja seinen Hof sowieso schon verkauft und dafür den Edeka-Laden aufgemacht.«

»Sonst niemand?«

»Nicht dass ich wüsste, aber wie gesagt, da müssen wir halt nachschauen.«

»Tun Sie das bitte und rufen Sie mich an, wenn Sie es genau wissen.« Villa war aufgestanden und reichte Bilfert seine Karte. »Könnte ich vielleicht noch mit Ihrer Frau sprechen? Wo ich schon mal hier bin.«

Der Bürgermeister stutzte. »Meine Frau? Wieso das denn? Was versprechen Sie sich davon?«

Villa antwortete nicht, schaute Bilfert nur erwartungsvoll an. Der zuckte mit den Schultern.

»Wenn Sie meinen«, sagte er und führte den Kommissar durch ein geräumiges, mit hellen Möbeln eingerichtetes Wohnzimmer und einen kleinen Flur eine schmale Treppe hinauf.

Sie betraten einen hellen Raum mit riesigen Sprossenfenstern, vor denen Villa einen Moment ehrfürchtig stehen blieb. Kein Gemälde konnte der Aussicht auf die blühende Heidelandschaft, die sich vor ihm ausbreitete, gerecht werden. Er war überzeugt davon, dass kein Pinsel diese Schönheit auch nur annähernd zum Ausdruck bringen konnte. Aber die ältere Frau, die vor einer Staffelei stand, hatte wohl auch nicht die Absicht, der Natur Konkurrenz zu machen. Sie arbeitete an etwas, das Villa *moderne Kunst* nannte. Er wusste selbst nicht, warum es ihn erleichterte, dass die Künstlerin sich nicht als Landschaftsmalerin entpuppte. Wahrscheinlich hatte er Angst, enttäuscht zu werden.

Die Frau trug Jeans und ein weißes übergroßes Männerhemd, das ihr fast bis zu den Knien reichte. Ihr graues Haar war raspelkurz, die braune Haut faltig. Eine attraktive Frau, um einiges älter als ihr Mann, dachte Villa und zückte seinen Ausweis, während der Bürgermeister seine Frau vorstellte.

Regine Bilfert musterte Villa über eine randlose Brille, und offensichtlich gefiel ihr, was sie sah. Lächelnd legte sie Pinsel und Palette auf einem großen Tisch ab und streckte ihm ihre Hand entgegen.

»Sie untersuchen also den Tod von diesem … ordinären Menschen. Verzeihen Sie, wenn ich kein Blatt vor den Mund nehme. Hat mein Mann Ihnen schon von meinem Holunderwein angeboten? Ich stelle ihn selbst her, müssen Sie wissen.«

»Ja, das hat er, vielen Dank. Ich möchte Ihnen eigentlich nur ein paar Fragen stellen.«

»Natürlich, fragen Sie nur«, sagte sie und bot ihm einen Platz in einem der beiden Freischwinger an, die vor dem Fenster standen. Bilfert lehnte sich, die Hände in den Taschen vergraben, an einen der Pfeiler, die die Decke stützten. Villa blieb ebenfalls stehen und warf einen bewundernden Blick aus dem Fenster.

»Sie haben ja hier eine herrliche Aussicht. Gehört das große Gebäude dort drüben nicht zum Fuhrbacher-Gut?«

Regine Bilfert wandte den Kopf in die angegebene Richtung. »Ja, das sind die Pferdeställe. Das Wohnhaus liegt hinter den Eichen.«

»Sind Sie oft hier oben?«

»Das ist ganz unterschiedlich«, Frau Bilfert nahm ihre Brille ab, »an manchen Tagen viele Stunden, an anderen gar nicht.«

»Und am frühen Dienstagmorgen? So gegen sechs oder auch früher?«

Regine Bilfert kicherte. »Nein, um sechs Uhr liege ich immer noch im Bett. Und mein Mann auch.«

Danach hatte Villa zwar nicht gefragt, aber er nahm interessiert zur Kenntnis, dass Frau Bilfert ihrem Mann unaufgefordert ein Alibi lieferte.

»Sie sind mit Frau Fuhrbacher befreundet?«

»Befreundet wäre übertrieben. Wir treffen uns hin und wieder. Sie ist die erste Vorsitzende vom Landfrauenverein, den ich finanziell unterstütze.«

»Ja«, mischte sich der Bürgermeister jetzt ein, »Regine ist auch eine der Sponsorinnen für unser Heidefest.«

Villa ließ den Blick über die Landschaft streifen. Das hier war ein hervorragender Aussichtspunkt. In der Ferne mäanderten schmale Trampelpfade, und breite, gepflasterte Wege zogen sich durch die blühende Heide. Wanderer marschierten im Gänsemarsch über die schmalen Wege, ein Pferdefuhrwerk bewegte sich gemächlich durch eine spärlich bewachsene Birkenallee. Mit einem Fernglas konnte man bestimmt genau erkennen, wer sich dort unten in der Landschaft tummelte.

»Sie haben damals, als die kleine Lilly Schönbrock verschwunden war, nicht zufällig im Atelier gearbeitet?«

»Nein, das Atelier war damals noch im Bau.«

»Wen hatten Sie mit dem Bau beauftragt?«

»Das haben wir selbst gemacht. Zumindest weitgehend«, sagte Bilfert. »Aber was hat denn das mit Ihren Ermittlungen zu tun?«

»Hat Ihnen jemand geholfen oder haben Sie alles allein gemacht?«

»Na ja, man hilft sich ja auf dem Land untereinander. Also, wenn's um die Steuern geht …«

»Steuerangelegenheiten interessieren mich nicht«, sagte Villa kurz.

»Na ja, ich glaub, der Lutz hat die Wände damals gestrichen. Oder?«, sagte der Bürgermeister.

Seine Frau warf ihm einen warnenden Blick zu.

»Sie meinen Lutz Dressler aus Waldhof?«

»Ja, genau der.« Bilfert verschränkte die Arme.

»Aha«, meinte Villa leise. »Haben Sie eine Ahnung, wer einen Grund gehabt haben könnte, den Seidel zu ermorden?«

»Wer, ich?«, fragte die Frau Bürgermeister. »Also wirklich. Ich kann mir überhaupt keinen Menschen vorstellen, der einen andern umbringt, außer vielleicht den Seidel selbst.«

»Regine«, zischte der Bürgermeister, »so was kannst du doch nicht einfach sagen.«

»Warum nicht?«

Villa räusperte sich. »Ich danke Ihnen für Ihre Offenheit«, sagte er an die Frau gewandt, und dann zu Bilfert, »meine Karte haben Sie ja, falls Ihnen noch etwas einfällt.«

»Aber ja«, sagte Bilfert.

»Ich finde alleine hinaus.« Der Kommissar verbeugte sich knapp und ging.

Villa begab sich zurück in die Schnucken-Schenke, wo er sich auf die Terrasse setzte und eine Pizza mit Thunfisch und Kapern bestellte. Heute war italienischer Tag. Anita bediente, allerdings schien es ihr keinen Spaß zu machen. Villa schloss das aus ihren mürrisch nach unten gezogenen Mundwinkeln, die sich aber sichtbar nach oben bewegten, als sie ihn nach seinen Wünschen fragte. Und als sie ihm seine Holunderblüten-Schorle brachte, stellte sie ihm ungefragt eine Schale mit Kräuteroliven hin.

»Kleine Aufmerksamkeit des Hauses«, zwitscherte sie und scherte sich nicht darum, dass das Ehepaar am Nachbartisch lange Hälse machte und sich wohl fragte, wieso nur bestimmte Gäste in den Genuss dieser Aufmerksamkeit kamen. Villa konnte Anitas Parfüm riechen, so nah kam sie ihm.

»Hat Ihre Kellnerin heute frei?«

»Nein«, erwiderte Anita, und die Mundwinkel sackten wieder nach unten. »Sind beide krank. Na ja, bei Luise kann man's ja vielleicht verstehen, aber Fritzi. Die müsste wirklich mal was für ihre Nerven tun.«

»Und deswegen ist sie krank? Wegen der Nerven?«

»Was weiß ich? Jedenfalls hat sie heute Morgen angerufen und sich krankgemeldet. Magen-Darm hat sie gesagt. Pff.« Anita verzog den Mund. »Magen-Darm geht immer, finden Sie nicht auch?«

Villa lächelte. »Schade, dass Sie keine Zeit haben, ich hätte mich gerne ein bisschen mit Ihnen unterhalten.«

Anitas Augen glänzten. »Aber das lässt sich doch machen«, gurrte sie. »Am besten so gegen fünf. Da sind die Kaffeegäste satt, und es ist noch Zeit bis zum Abendessen. Da kann Lorenz mich ablösen.«

»Hallo, wir möchten bestellen!«, rief jemand von einem der Tische.

»Ja gleich«, rief Anita ziemlich unwirsch zurück und wandte sich wieder Villa zu. »Wir sehen uns um fünf.« Damit drehte sie sich um und ging mit wiegenden Hüften davon.

Villa wunderte sich noch, wie man auf diesen Stöckelschuhen überhaupt so lange laufen konnte, als Wiebke die Szene betrat. Was für ein Kontrastprogramm, dachte er, als seine Mitarbeiterin sich mit großen Schritten näherte. Sie trug, wie immer, Jeans und T-Shirt und, trotz der Hitze, ihre derben abgetragenen Turnschuhe.

»Hallo«, sagte sie und riss einen Stuhl herum. »Was für eine Hitze, man kommt sich ja vor wie im Süden.« Dabei nahm sie die Karte vom Tisch und fächelte sich Luft zu.

»Willst du was essen? Es gibt Pizza.«

»Echt?« Sie griff nach der Tageskarte, warf einen Blick hinein und rümpfte die Nase. »Ich steh nicht so auf Pizza und Pasta. Macht dick.«

»Aha«, sagte Villa und nahm seine Pizza von Anita in Empfang. »Das ging ja flott.«

»Ja, die wird laufend gebacken, wir haben ja auch einen Straßenverkauf«, sagte Anita und strahlte.

»Ich hätte gern eine Currywurst mit Fritten und ein alkoholfreies Bier«, sagte Wiebke und klappte die Karte zu.

Anitas Lächeln erstarb. »Natürlich, unser Koch wird sich freuen«, sagte sie im Weggehen.

»Mann, was für 'ne Zicke«, murmelte Wiebke, der es Spaß zu machen schien, die Wirtin zu ärgern.

»Fritten und Currywurst machen also nicht dick.« Villa säbelte an seiner Pizza, die phantastisch duftete.

»Nicht so.«

Villa schob sich den ersten Bissen in den Mund, kaute genussvoll und betrachtete die junge Frau, die begehrliche Blicke auf seine Pizza warf. Dabei fand er seine Assistentin gar nicht dick. Dünn war sie zwar auch nicht, aber kleinere Frauen sahen nun mal nicht wie Bohnenstangen aus. Es musste doch schrecklich sein, sich ständig disziplinieren zu müssen. Er selbst hatte sich über das, was er aß, nie Gedanken gemacht. Anna schon. Zumindest was seine Gesundheit anging. Wie sinnlos das doch alles gewesen war. Er spürte, wie der Zorn sich wieder in seiner Magengegend breitmachte, und schnitt sich heftig das nächste Stück von seiner Pizza ab.

»Hey, der Teller sollte schon heile bleiben, sonst stellt uns die Zicke den auch noch in Rechnung«, sagte Wiebke mit erstauntem Blick auf ihren Chef.

»Von mir aus«, brummte Villa, versuchte aber, sich zu mäßigen, und erzählte von seinem Besuch beim Bürgermeister und seiner Frau, als sein Handy klingelte. Er legte bedauernd das Messer weg und ging ran.

»Was ist?«

Doberan war dran. »Wir haben das Grab gefunden.«

»Wo?«

»Auf dem Acker vom Landmeier. Nicht weit vom Hof entfernt. Er sagt, er hätte erst vor zwei Wochen die Wintergerste abgeerntet. Sind noch überall Stoppeln, deswegen war es auch schlecht zu sehen.«

»Wir kommen.« Villa legte auf und stand auf. »Dein Essen muss warten, wir müssen weg.«

Wiebke hatte den Mund zum Protest geöffnet, schloss ihn aber wieder, als sie hörte, worum es ging. Sie raffte ihre Tasche zusammen und folgte Villa.

»Heben Sie das für später auf!«, rief sie Anita zu, die gerade mit dem Essen aus der Gaststube kam.

Anita rümpfte die Nase.

»Von mir aus«, murmelte sie dann achselzuckend. Die labbrigen Fritten konnte sie der Stacheligen ja heute Abend noch mal servieren. Und die würde es wahrscheinlich nicht mal bemerken.

Die beiden brauchten etwas mehr als zehn Minuten, um das Stoppelfeld vom Landmeier-Hof zu erreichen. Ihr Weg führte sie über die Dorfstraße und den Hofplatz, am Paddock vorbei, wo eine junge Frau ein Pferd longierte und neugierig zu ihnen hinübersah.

Die Familie Landmeier stand mit gesenkten Häuptern jenseits der Absperrung und beobachtete die Spurensuche der Polizei. Der Bauer hatte die Hände tief in den Hosentaschen vergraben, seine Frau umschlang ihre Brust und ging kopfschüttelnd auf und ab. Der Jungbauer schob mit den Füßen etwas herum. Wahrscheinlich einen Stein.

Sie alle warteten. Warteten darauf, dass ihnen jemand die Situation erklärte. Als sie Villa und Wiebke sahen, kamen sie sofort auf sie zu. Die Bäuerin war die Schnellste.

»Wir haben damit nichts zu tun. Wirklich! Es ist unglaublich, dass das Kind so lange auf unserem Grund und Boden gelegen hat. Wir haben das nicht gewusst. Das müssen Sie uns glauben!«

Villa musterte die drei und ging langsam weiter. Der Bauer folgte seiner Frau mit gesenktem Kopf, der Sohn blieb stehen und wartete wohl auf die Reaktion der Polizisten.

Villa bedeutete der Familie zu warten und ging durch die Absperrung auf Möhring von der Spusi zu.

»Ist es das Grab?«, fragte er von Weitem.

»Sehr wahrscheinlich. Ist ziemlich tief und frisch ausgehoben. Die Größe passt auch. Und die Eigentümer schwören Stein und Bein, dass sie das Loch nicht gegraben haben und auch nichts davon wussten.«

»Ist schon alles gesichert?«

»Ja und nein. Es gibt Pferdespuren, aber keine Fußspuren. Kein Wunder bei den Stoppeln.«

»Ein oder zwei Pferde?«

»Eins. Jedenfalls in der Nähe des Grabes.«

»Wohin führen sie?«

»Übers Feld bis zum Weg, dann in den Wald. Von dort aus wird es schwierig, da gibt's eine Menge Spuren.«

»Sonst irgendwas Brauchbares?«

»Soweit ich das jetzt schon beurteilen kann, nicht. Der Täter hat keine Spuren hinterlassen, die uns weiterhelfen könnten. Aber genau wissen wir das erst, wenn wir den Sand gesiebt haben. Das Grab wurde notdürftig wieder zugeschaufelt und ebenso notdürftig wieder mit den Stoppeln besetzt. Allerdings war es ein bisschen abgesackt, und einer von der Suchmannschaft ist stutzig geworden, wegen der Pferdespuren, die ins Feld gehen. Er ist ihnen gefolgt und … voilà.«

»Wie heißt der Mann?«

»Keine Ahnung.«

»Finden Sie das raus. Ich möchte, dass er im Bericht erwähnt wird.«

»Wollen Sie mit ihm sprechen?«

Villa überlegte einen Moment. »Das weiß ich noch nicht.«

Er drehte sich um und stieß beinahe mit Wiebke zusammen, die direkt hinter ihm gestanden hatte.

»'tschuldigung«, murmelte sie und wich zurück. »Äh, wollen wir uns jetzt mit der Familie unterhalten?«

»Oh ja, das wollen wir«, antwortete Villa und ging voraus. Die drei Landmeiers standen immer noch wie hilflose Zuschauer am Feldrand und warteten.

»Kommen Sie«, sagte Villa, »wir sollten uns hinsetzen.«

Er führte die Familie zum Hof und dann in die Küche, als wäre er der Hausherr. Die fünf setzten sich an den Küchentisch. Alle schwiegen zunächst. Dann ergriff Helga erneut das Wort.

»Ich kann mich nur wiederholen. Wir haben das nicht gewusst.« Die beiden Männer nickten, sagten aber immer noch nichts.

»Vielleicht sagen Sie uns zunächst mal, wie Sie das Feld in den letzten Jahren genutzt haben.«

Bauer Landmeier blickte zuerst seine Frau, dann seinen Sohn fragend an. Der konnte seinem Vater aber auch nicht helfen.

»Wie meinen Sie das? Genutzt?«, hakte Caspar nach.

»Was haben Sie zum Beispiel angepflanzt?«

»Ja ... immer das Gleiche. Entweder Getreide oder Kartoffeln oder Mais. Manchmal auch Raps, als Dünger.«

»Wissen Sie noch, was dort vor acht Jahren angepflanzt war?«

Wieder ein fragender Blick in die Runde. Wiebkes Magen knurrte laut und vernehmlich. Sie ruckte auf ihrem Stuhl hin und her und hüstelte, aber keiner kümmerte sich um sie. Alle hatten jetzt andere Sorgen, als sich um eine hungrige Polizistin zu kümmern.

»Vor acht Jahren ... also, das weiß ich wirklich nicht mehr.« Bauer Landmeier sank in sich zusammen.

»Aber ich«, sagte Helga. »Mais war damals da angebaut. Das weiß ich noch, weil wir dort überall nach dem Mädchen gesucht haben. Im Maislabyrinth, weißt du noch?«

Landmeiers Gesicht hellte sich auf. »Ja, das stimmt. Da hat Mais gestanden.«

»Und Ihnen ist all die Jahre nichts aufgefallen, wenn Sie den Acker bearbeitet haben?«

»Aber nein, da hätte ich doch was gesagt!«

»Mit welchen Maschinen wird das Land normalerweise bearbeitet?«

»Na ja, mit der Sämaschine, der Egge, mit dem Mähdrescher und dem Kartoffelroder. Außerdem mit dem Trecker und dem Miststreuer ... und dem Maishäcksler.«

»Bis zu welcher Tiefe wird der Boden denn bearbeitet?«

»Nicht so tief, früher haben wir noch manchmal gepflügt, aber eggen reicht eigentlich. Und am tiefsten geht der Pflug. Aber auch nur ... na vielleicht einen halben Meter. Höchstens!«

»Wann haben Sie denn das letzte Mal gepflügt?«

Caspar Landmeier sah seine Frau an. Von seinem Sohn erwartete er offensichtlich keine Hilfe. »Weißt du das noch?«

Helga hatte das Kinn in die Hand gelegt und den Ellbogen auf dem Tisch abgestützt.

»Gepflügt hast du ewig nicht mehr.«

»Also, tut mir leid«, sagte Caspar. »Das kann ich Ihnen nicht sagen.« Er machte eine hilflose Handbewegung. »Wir würden Ihnen ja gerne helfen, aber ...«

»Wir sind wie vor den Kopf geschlagen«, meldete sich Helga wieder. Und dieses Mal klang es wütend. »Da hat der Mörder der kleinen Lilly das Kind auf *unserem* Land vergraben. Es ist ungeheuerlich!«

Villa betrachtete die drei eine Weile schweigend. »Haben Sie in der letzten Zeit Land verkauft?«

Alle guckten verdutzt.

»Ja«, sagte Caspar erstaunt. »woher wissen Sie das?«

Helga saß jetzt aufrecht am Tisch. »Das ist es! Ja, wir haben Land verkauft. Land, das erst vor Kurzem als Bauland ausgewiesen wurde, aber nicht den Acker, auf dem das Kind ... gelegen hat. Der steht zwar auch zum Verkauf, doch bisher haben wir nur ein zweitausend Quadratmeter großes Stück Land verkauft, hundert Meter neben dem Getreidefeld.« Helga schürzte die Lippen. »Wer immer das Kind da vergraben hat, hat gedacht, wenn dort jetzt einer anfängt, das Land zu erschließen, dann finden sie das Kind. Und das wollte er verhindern! Stimmt's?«

»So könnte es gewesen sein«, antwortete Villa vage.

Helga rieb sich die Stirn. »Mein Gott, wie soll ich das bloß Luise erklären?«

»Könnte es sein«, Matthis schien plötzlich interessiert, »dass der Seidel was gesehen hat und deshalb sterben musste?«

»Kann sein.«

»Oder der Seidel war's.« Matthis betrachtete gedankenverloren Wiebkes Frisur. »Der war doch damals schon verdächtig.«

»Aber ... den hatten sie doch wieder entlassen, weil er's nicht gewesen sein konnte.«

»Und Ihnen ist in der Nacht zum Dienstag nichts Außergewöhnliches aufgefallen?«, unterbrach Villa ihn.

»Nein, wie denn auch. Wir schlafen doch nachts. Und außerdem ist es ja auch dunkel. Auf dem Acker gibt's keine Laternen.«

»Es war Vollmond.«

»Ach«, sagte Helga schwach. »Ich muss unbedingt mit Luise sprechen, bevor sie davon erfährt. Oder haben Sie es ihr schon gesagt?«

Villa verneinte, war sich aber auch der Tatsache bewusst, dass die Mutter das von ihm erfahren sollte. Aber die Dorftrommeln hatten das bestimmt schon erledigt.

Das Gleiche schien auch der Sohn des Hauses zu denken. »Du glaubst doch nicht, dass Luise das noch nicht weiß. Irgendwer hat es ihr bestimmt schon gesteckt, dass hier irgendwas los ist.«

Villa stand auf. »Das wäre für den Moment alles«, sagte er. »Sie verlassen aber bitte das Dorf nicht. Nur für den Fall, dass wir noch Fragen haben.«

Die beiden Polizisten gingen zurück zur Schenke. Villa schritt zügig voran. Er musste unbedingt mit Luise Schönbrock reden. Er wusste selbst nicht, warum ihm das gerade in diesem Fall so wichtig war, aber er wollte wissen, wie die Mutter darauf reagierte, dass das Kind auf dem Land ihrer Freundin begraben gewesen war.

Manchmal brachten solche Neuigkeiten Überraschungen ans Licht. Dinge, über die man bisher nicht nachgedacht hatte. Dinge, die vorher selbstverständlich waren und plötzlich in einem andern Licht erschienen. Villa glaubte zwar eigentlich nicht, dass die Landmeiers so dumm waren, das Kind auf ihrer eigenen Scholle zu begraben – wenn sie denn wirklich mit seinem Tod etwas zu tun hatten –, aber es interessierte ihn, ob diese Tatsache für die Mutter des Opfers von Bedeutung war.

»Wie findet man so ein Grab eigentlich wieder nach so langer Zeit?«, unterbrach Wiebke, die schnaufend Schritt zu halten versuchte, Villas Gedanken.

»Das müssen wir noch herausfinden. Auf jeden Fall hat sich der Täter die Stelle sehr genau gemerkt.«

»Warum bloß?«

»Gute Frage. Vielleicht, weil er von Anfang an vorhatte, den Leichnam zu gegebener Zeit woanders hinzuschaffen.«

»Und warum hat er dann acht Jahre gewartet?«

Sie gingen die Dorfstraße entlang und wurden von den Passanten neugierig beäugt. Ein älterer Mann zückte sogar seine Kamera, um die beiden Beamten zu fotografieren. Villa ignorierte das, obwohl er sich dabei unwohl fühlte. Er wunderte sich immer wieder darüber, welche Faszination Mord und Totschlag auf die Menschen ausübten.

»Wahrscheinlich hatte er sich bisher sicher gefühlt und wollte das Ganze vergessen«, beantwortete Villa leise Wiebkes Frage. »Um halb sechs ist Besprechung, sag den anderen Bescheid. Ach ja, und ich will mit dem Freund von dieser Fritzi reden, diesem Lutz Dressler. Finde raus, wo er ist.«

Wenige Minuten später klopfte er an Luises Tür. Als alles still blieb, ging er die Treppe hinunter, um es in der Scheune zu versuchen. Luise kam ihm mit Sam, den sie gesattelt hatte, entgegen. Sie selbst trug eine dunkle Reithose und Stiefel. Als sie Villa erblickte, blieb sie stehen. Ihr Gesicht war ausdruckslos.

»Wissen Sie es schon?«, fragte Villa.

»Dr. Alt hat es mir gesagt«, antwortete Luise. »Ich … ich wollte gerade hinreiten.«

»Tut mir leid. Ich hätte es Ihnen gern selbst gesagt, wollte mich aber zuerst dort umsehen.«

»Es muss Ihnen nicht leidtun.« Sie zögerte einen Moment und streichelte die Blesse ihres Pferdes. »Wissen Sie denn genau, dass … sie dort gelegen hat?«

»Wir müssen noch den Laborbericht abwarten, aber es spricht alles dafür.«

Luise schloss die Augen und legte den Kopf an Sams Hals. »Ich weiß nicht mehr, was ich denken soll.«

Villa räusperte sich. »Glauben Sie, dass die Familie Landmeier etwas mit dem Tod Ihrer Tochter zu tun hat?«

»Ich glaube gar nichts mehr.« Luise rieb ihre Stirn an der Mähne des Tieres. »Obwohl Lilly damals ganz verrückt nach dem Maislabyrinth war. Ich war ein paarmal mit ihr dort.« Sie schaute versonnen in die Ferne, hatte Bilder vor Augen, die Villa nicht mit ihr teilen konnte. »Aber«, fuhr sie dann fort, »... nein, ich kann und will mir das nicht vorstellen. Doch nicht Landmeiers. Und warum sollten sie Lilly dann plötzlich ... wieder ausgraben?«

»Weil dort eine Neubausiedlung entsteht und die Familie das Land verkauft hat.«

Luise dachte nach. »Aber wieso sollten sie denn das Land verkaufen, wenn sie doch wissen, dass dort ...?«

»Das genau spricht dafür, dass sie nichts davon wussten. Es sei denn ...«

Luise zog verwundert die Brauen hoch. »Was meinen Sie, dass Matthis ... und dass seine Eltern nichts davon wissen?«

Villa antwortete nicht, und Luise streichelte schweigend das Pferd.

»Das glaube ich nicht, Matthis doch nicht. Dazu ist er viel zu ... träge.«

»Er war damals noch verheiratet, oder?«

»Ja, aber die Ehe hat nicht funktioniert. Sie hat ihn vor zwei Jahren verlassen. Seitdem ist Matthis ... na ja ein bisschen durch den Wind. Aber ... glauben Sie wirklich, dass er was damit zu tun hat?«

»Ich glaube gar nichts. Ich erwäge Möglichkeiten.«

Beide schwiegen einen Moment. Dann riss Luise am Zügel. »Ich werde mir jetzt Lillys Grab ansehen«, sagte sie, steckte den Fuß in den Steigbügel und schwang sich auf den breiten Pferderücken. Sam setzte sich gemächlich in Bewegung.

Anita lauerte ihm bereits auf, als Villa den Gastraum betrat. Sie trug Jeans und ein weißes Spitzentop, das ihre braune Haut und die üppige Brust zur Geltung brachte. Villa musste zugeben, dass die Frau ziemlich verführerisch aussah. Wenn die Dinge anders lägen, wäre er ein Narr, sich dieses erotische Vollbad entgehen zu lassen. Aber die Dinge lagen nun einmal nicht anders. Er setzte sich neben sie auf einen Barhocker.

»Möchten Sie etwas trinken? Ich lade Sie ein«, sagte Anita mit funkelnden Augen.

»Nein danke, vielleicht später.«

»Ja, vielleicht später. Ich trinke Wasser, das erhält die jugendliche Frische.« Anita fuhr sich mit beiden Händen durchs Haar, das sie offen trug.

»Tatsächlich.« Villa beschloss, sich ihre Sympathie nicht gleich zu Anfang zu verscherzen. Menschen, die einen mochten, waren erfahrungsgemäß mitteilsamer.

»Mich würde Ihre Meinung zu den Vorkommnissen interessieren. Sie als Wirtin sind ja hier mittendrin im Geschehen und bekommen bestimmt so einiges mit, was anderen nicht auffällt.«

»Allerdings«, sagte Anita, trank einen Schluck Wasser und fuhr mit der Zunge über die Lippen, »Sie glauben gar nicht, was ich alles erzählen könnte. Vor allem im Winter, wenn die Abende lang sind und sich die Ehepaare zu Hause auf den Geist gehen. Dann sitzen sie hier, die Kerle, und erzählen sich gegenseitig, was für tolle Hechte sie sind.« Sie rückte näher an Villa heran. »Wenn Sie wüssten, was ich manchmal zu tun habe, um mir diese Typen vom Hals zu halten. Aber ... ich bin nun mal nicht für jeden zu haben.«

»Selbstverständlich«, stimmte Villa zu, »und Ihr Mann wird das bestimmt auch nicht gerne sehen.«

Das brachte Anita für einen Moment aus dem Konzept, aber sie fing sich schnell.

»Natürlich, das auch nicht, aber ... um ehrlich zu sein«, sie verzog den Mund, »mein Mann ist nicht besonders aufmerksam mir gegenüber und nimmt es mit der Treue nicht so genau.«

»Wirklich? Woher wissen Sie das?«

»Na, das sieht man doch wohl. Was glauben Sie denn, warum

er sich so um Luise kümmert? Bestimmt nicht aus reiner Menschenfreundlichkeit. Er ist scharf auf sie. War er schon immer. Und sie ist scharf auf ihn.« Anita schlug die Beine übereinander und die Augen nieder. »Aber was soll ich machen?«

»Sie könnten Ihren Mann verlassen.«

»Das würde ich ja gerne, aber eine Scheidung wäre das Ende der Schenke. Schließlich … hat man auch Verantwortungsgefühl.«

»Sagen Sie, was war das eigentlich damals mit dem Autodiebstahl? Hatten Sie oder Ihr Mann nie jemanden in Verdacht?«

Anita starrte ihn einen Moment verblüfft an und verdrehte dann die Augen. »Du meine Güte, wieso graben Sie das denn jetzt wieder aus? Sprechen Sie bloß meinen Mann nicht darauf an, der fängt sonst wieder an zu heulen.«

»Hatte er denn auch nie eine Ahnung, wer es gewesen sein könnte?«

Anita grinste vielsagend. »Also bitte, wenn Lorenz auch nur eine leise Idee gehabt hätte, wer ihm seine heilige Kuh geklaut hat. Der hätte ihn abgemurkst und sich seine Kuh zurückgeholt.« Anita trank einen Schluck. »Aber was soll denn diese alte Geschichte mit dem Tod vom Seidel und von dem kleinen Mädchen zu tun haben?«

»Wahrscheinlich gar nichts«, sagte Villa. »Haben Sie eine Vorstellung, wer den Seidel umgebracht haben könnte?«

»Ach«, Anita winkte ab, »der Seidel war doch selbst schuld. Das war kein netter Mensch.«

»Gab es in den letzten Wochen besondere Vorkommnisse? Hat er sich zum Beispiel hier mit jemandem getroffen? Vielleicht außerhalb des Stammtisches? Ist Ihnen da was aufgefallen?«

Anita machte einen hoch konzentrierten Eindruck und schüttelte dann energisch den Kopf. »Nein, also wirklich, wenn ich da was wüsste, würde ich es Ihnen doch sagen, Herr Kommissar.« Sie tauchte ihren Zeigefinger ins Wasserglas und lutschte den Finger ab.

»Reiten Sie eigentlich?«, fragte Villa und legte lässig seinen Ellbogen auf die Theke.

Anita lächelte breit. »Natürlich, wann immer Sie wollen.«

»Wann sind Sie das letzte Mal ausgeritten?«

»Das weiß ich nicht mehr so genau.« Anita guckte misstrauisch. »Wieso wollen Sie denn das wissen?«

»Sind Sie dem Mordopfer vielleicht mal begegnet? Zu Pferd?«

»Was wollen Sie denn damit sagen? Was hab ich mit dem blöden Seidel zu tun?«

Villa fand, dass es Zeit war, deutlicher zu werden.

»Wir haben eine Zeugenaussage, nach der Sie sich vor einigen Wochen heftig mit dem Ermordeten gestritten haben. Worum ging es denn da?«

Anita brauchte ein paar Sekunden, um ihre Gesichtszüge wieder unter Kontrolle zu bringen, aber sie machte das gut, fand Villa. So viel Selbstbeherrschung hätte er ihr gar nicht zugetraut.

»Wie ich schon sagte. Manchmal habe ich so meine Mühe, mir die Kerle vom Hals zu halten.«

»Heißt das, der Seidel hat Sie angebaggert?«

»Ja was denn sonst?«

»Hat er das auch bei anderen Frauen versucht?«

»Das weiß ich doch nicht«, blaffte Anita, deren Laune sich zunehmend verschlechterte. Das Gespräch nahm nicht ganz die Richtung, die sie geplant hatte.

»Es ist Ihnen also nie was aufgefallen. Zum Beispiel, wenn er hier in der Schenke war?«

»Nein.«

»Warum haben Sie von dem Streit nichts erwähnt?«

»Pff, warum denn? Soll ich Ihnen vielleicht eine Liste machen von allen Kerlen, die mich blöd anmachen?«

»Wo waren Sie am frühen Dienstagmorgen?«

Anita leerte ihr Wasserglas und stand auf. »Das habe ich Ihrer stacheligen kleinen Pummelliese schon gesagt. Wir waren im Bett. Lorenz und ich, bis um halb sieben, dann geht Lorenz in die Küche, um das Frühstück vorzubereiten. Haben Sie sonst noch Fragen, ich hab noch zu tun.«

»Nein, das wär's. Zumindest für heute.«

Anita warf ihm einen vernichtenden Blick zu, drehte sich um und verließ ärgerlich den Schankraum.

Villa sah ihr nachdenklich hinterher. Sie war umwerfend

attraktiv, und er fragte sich, wieso sie ihn überhaupt nicht reizte. Wahrscheinlich, weil sie einfach zu verlogen war. Er glaubte ihr nämlich kein Wort. Wobei die Verdächtigungen gegenüber Luise Schönbrock und Lorenz Senner gar nicht so weit hergeholt waren. Das hier war nicht das Leben, das zu einer Frau wie Luise Schönbrock passte. Wieso blieb sie hier? Aus Bequemlichkeit? Trauer?

Und die Begründung für den Streit mit dem Seidel war bestenfalls lahm. Sie hatten bisher alles Mögliche über das Mordopfer gehört, aber seltsamerweise konnte sich Villa kein Bild von ihm machen. Wer war dieser Mann eigentlich?

Alle Dorfbewohner beschrieben ihn als cholerischen Trunkenbold und guten Reiter, der handwerklich begabt war. Dass er ein Spieler war, schien hier im Ort nicht jeder zu wissen. Oder alle wussten es und hatten es aus irgendeinem Grund nicht erwähnt. Aber warum sollten sie es verschweigen? Sie hielten doch sonst nicht mit ihrer Meinung über den Seidel hinter dem Berg.

Irgendwie war dieser Mann schwer zu fassen. Welche Gedanken, Träume und Ziele hatte er gehabt? Was – wenn überhaupt – hatte ihn angetrieben? War ihm seine Familie wirklich so egal gewesen? Und was hatte er mit dem Tod der kleinen Schönbrock zu tun? Hatte er das Kind umgebracht? Oder hatte er den Mörder dabei beobachtet, wie er die Leiche ausgrub? Und wieso hatte er sich mit der Frau des Schnuckenwirtes gestritten?

Das musste ein ziemlich einmaliger Vorgang gewesen sein, denn sie hatten sonst keinen einzigen Hinweis darauf, dass der Mann Frauen gegenüber auffällig geworden war – von der Schlägerei mit seiner Angetrauten mal abgesehen. Und Anita Senner war keine Frau, die einem Mann an die Gurgel sprang, nur weil er sie anbaggerte. Außerdem passte es irgendwie nicht zum Seidel. Villa wusste selbst nicht, wieso ihm das so seltsam vorkam, aber er war überzeugt davon, dass der Streit einen anderen Grund gehabt hatte. Er würde schon rausfinden, was die beiden miteinander zu tun gehabt hatten.

# sechs

Villa saß allein am Frühstückstisch. Es war halb acht, und der leichte Dunst, der noch über der Heidelandschaft lag, verhieß einen sonnigen Tag. Außer dem Wirt und dem Azubi hatte sich noch niemand vom Personal im Frühstücksraum blicken lassen. Am Büfett herrschte schon reger Betrieb. Offensichtlich wollten die Touristen den schönen Tag für eine Wanderung oder Radtour nutzen. Villa hatte sich ein reichhaltiges Frühstück aus Rührei, gebratenem Speck, dunklem Brot und Rohkost gegönnt. Er trank seinen Kaffee aus und machte sich auf den Weg. Er wollte ungestört sein und hoffte, dass noch nicht das halbe Dorf auf den Beinen war. Doch er wurde enttäuscht, auf dem Lande fing der Tag eben früher an. Vielleicht lag das daran, dass die Tiere, die zu versorgen waren, sich nicht an Uhrzeiten, sondern am Tageslicht orientierten. Und die Sonne war schon vor Stunden aufgegangen.

Er genoss diesen frühen Spaziergang in der morgendlichen Wärme. Von den Passanten – Wanderer in schwerem Schuhwerk, junge übermüdete Mütter, die Kinderwagen vor sich herschoben, und ältere Menschen, die bereits ihre Tageseinkäufe erledigt hatten – wurde er neugierig beäugt, was er wie stets ignorierte.

Als er beim Stoppelfeld der Landmeiers angekommen war, sah er zum Grab hinüber und blieb abrupt stehen. Neben der Absperrung saß Luise, hoch zu Ross und tief in Gedanken. Das Pferd schabte mit dem Huf über die Stoppeln, wohl auf der Suche nach Futter. Langsam ging er auf die Reiterin zu, die ihn erst bemerkte, als er fast neben ihr stand. Sie erschrak, und das Pferd tänzelte leicht.

»Mein Gott haben Sie mich erschreckt.«

Villa ergriff Sams Zügel und streichelte seinen Hals. »Tut mir leid.« Er tätschelte die Flanke des Pferdes. »Wie geht es Ihnen?«

Luise stieg ab. »Wie soll's mir schon gehen?«

Villa verstand.

»Haben Sie schon irgendwas herausgefunden?«

»Nichts Relevantes«, erwiderte Villa und fühlte sich wie ein Versager. Er hatte das Gefühl, dieser Frau die Lösung schuldig zu sein, damit sie zur Ruhe kam. Dabei wusste er natürlich, dass das Unsinn war. Er schuldete ihr nichts. Aber dieses Schuldgefühl hatte wohl mit seiner Vergangenheit zu tun. Er hatte schon einmal versagt, und die Folgen waren für ihn eine Katastrophe gewesen. Er durfte kein weiteres Mal versagen, das würde er sich nicht verzeihen.

Er ließ den Zügel los, ging durch die Absperrung zum Grab und sah sich um. Luise beobachtete ihn.

»Suchen Sie etwas?«

»Ja, ich frage mich, wie der Täter das Grab auf Anhieb wiedergefunden hat. Man sollte doch meinen, dass er zumindest ein bisschen ... herumstochern musste. Aber das war wohl nicht nötig.« Villa machte eine ausladende Handbewegung, die die ganze Landschaft zu umfassen schien. »Schauen Sie sich um. Nirgends ein Hinweis, dass er woanders gegraben hat. Wer immer das Grab hier geschaufelt hat, hat sich die Stelle genau gemerkt.«

Darüber schien sich Luise noch keine Gedanken gemacht zu haben. Sie ließ die Zügel fallen und trat an die Absperrung heran.

»Darf ich ...?«, fragte sie und hob das Flatterband hoch.

»Natürlich«, sagte Villa und warf einen Blick auf das Pferd. »Haben Sie keine Angst, dass er abhaut?«

Luise lachte leise. Ein bezauberndes Lachen, das er zum ersten Mal von ihr hörte.

»Sam doch nicht«, sagte sie und stellte sich neben ihn. »Ich nehme an, die Eiche war ein Anhaltspunkt.«

»Ja, das glaube ich auch.« Villa verließ die Grabstelle und wanderte die wenigen Meter bis zum Feldweg, an dem eine mächtige Eiche stand. Er umrundete den Eichenstamm und untersuchte ihn genau. Es war nichts Auffälliges zu sehen. Er blickte nach oben und sah einen Ast, der wie ein Pfeil die Richtung zum Grab anzeigte. Dann schritt er die Entfernung ab. Es waren ziemlich genau zehn Schritte. Er winkte Luise heran. »Jetzt Sie.«

»Wieso ich?«, fragte Luise. »Sie meinen …?«

Sie schritt die Entfernung ab und kam auf elfeinhalb Schritte. »Sie meinen, es war ein Mann.«

»Ja, das ist sehr wahrscheinlich.«

»Aber … haben Sie denn jemals in Erwägung gezogen, dass eine Frau mein kleines Mädchen hier vergraben haben könnte?«

»Nein«, antwortete Villa, »eigentlich nicht, aber man sollte so was auch nicht von vornherein ausschließen.«

Villas Handy klingelte. Es war Möhring aus dem Labor.

»Heute schon so früh?«, fragte Villa ein wenig gereizt.

Das Labor war ihm ein ständiges Ärgernis, weil er es immer mit allzu langen Wartezeiten assoziierte.

»Wollte ich dich gerade fragen«, antwortete Möhring gut gelaunt. »Also, wir haben die DNA-Spur, die wir an dem Kartoffelsack gefunden haben, analysiert. Das Ergebnis ist grad reingekommen, ich wette, du bist schon ganz heiß drauf.«

»Nun sag's schon endlich«, knurrte Villa.

»Also, die Spur stammt mit an Sicherheit grenzender Wahrscheinlichkeit von unserem Toten.«

Sekundenlanges Schweigen. »Hey, bist du noch dran?«, wollte Möhring wissen. »So überrascht?«

»Aha«, sagte Villa nur. »Besten Dank erst mal.«

Er drückte das Gespräch weg. Nein, eigentlich war er nicht überrascht. Er hatte es die ganze Zeit geahnt.

»Neuigkeiten?«, unterbrach Luise seine Gedanken.

Er drehte sich zu ihr um und war unsicher. Sie hatte ein Recht, das zu erfahren, aber wie würde sie reagieren, wenn sie erfuhr, dass der Vater ihrer Freundin wahrscheinlich der Mörder ihrer Tochter war?

»Wir haben eine DNA-Spur … an dem Sack gefunden, in dem Ihre Tochter begraben worden ist.«

Luise schluckte. »Und? Sagen Sie schon! Zu wem gehört sie?«

»Zu Willi Seidel.«

Sie nahm diese Nachricht ziemlich ruhig auf, fand er.

»Wirklich?«, sagte sie leise.

»Mit hoher Wahrscheinlichkeit.«

Luise nickte. »Ich muss gehen«, sagte sie, nahm die Zügel ihres Pferdes, saß auf und ritt langsam davon.

Villa blickte ihr nach. Dann zückte er sein Handy und rief Wiebke an.

»Besprechung in einer halben Stunde im Clubzimmer. Es gibt Neuigkeiten.«

Brinkmann gähnte, und Wiebke malte mit ihrem Kugelschreiber auf der Tischplatte die Maserung des Holzes nach, was Doberan fasziniert beobachtete.

»Lass das«, ermahnte sie Villa und griff nach der Kaffeekanne, die Lorenz gerade mit einem Tablett voller Geschirr hereingebracht hatte. Wiebke zuckte zusammen, legte den Kugelschreiber weg und seufzte.

»Das ist ja alles gut und schön, aber wirklich weiter bringt uns das nicht. Wenn der Seidel der Mörder der kleinen Lilly war, wer ist dann Seidels Mörder?«

»Die Mutter oder der Vater des Kindes, ist doch naheliegend«, sagte Doberan und goss sich ebenfalls Kaffee ein.

»Fassen wir doch mal kurz zusammen. Wenn der Seidel der Mörder war, dann hat er damals das Kind auf dem Acker vergraben, dort stand zu der Zeit ein Maislabyrinth, er wurde also nicht gesehen, außerdem war der Ackerboden relativ weich, und man kann davon ausgehen, dass er es eilig hatte, die Leiche loszuwerden. Und als dann klar war, dass das Land dort als Baugebiet ausgewiesen war und dort über kurz oder lang die Bagger aufkreuzen würden, hat er es mit der Angst zu tun bekommen und wollte die Entdeckung der Leiche verhindern, immerhin war ja schon Gras über die Geschichte gewachsen. Dummerweise war er falsch informiert und hat sich ganz umsonst aufgeregt, weil der Acker ja gar nicht als Bauland ausgewiesen war, sondern das Areal hundert Meter weiter. Andererseits, wenn er *nicht* der Mörder war, hat er entweder gewusst, wo das Kind begraben war, und es – aus welchem Grund auch immer – für sich behalten, oder er hat von der Sache überhaupt nichts gewusst und hat den Mörder zufällig dabei überrascht, wie er die Leiche ausgegraben hat, woraufhin der ihn dann natürlich aus dem Weg räumen musste. Es kam zum Kampf, und er ist dabei verletzt worden. Daher seine DNA-Spur auf dem Kartoffelsack. Und dann ist er in Panik einfach in den Wald und durchs Gestrüpp galoppiert. Aber der Mörder ist ihm nach, hat ihn erledigt, ist zurück zum Grab, um sein Werk zu beenden, was ihm nicht ganz gelungen ist, weil es langsam hell wurde und er sich verkrümeln musste, um nicht gesehen zu werden.«

»Das finde ich am wahrscheinlichsten«, unterbrach Wiebke Villas Ausführungen. »Der Mörder musste ja die Leiche irgendwie von A nach B transportieren, und dazu ist ein Pferd bestens geeignet. Das macht keinen Krach, wenn man nicht gerade über das Kopfsteinpflaster galoppiert. Und dann ist ihm der Seidel dazwischengekommen. Er hat ihn verfolgt, ihn mit irgendwas erschlagen und dann vom Pferd geschubst.«

»Das klingt plausibel«, sagte Brinkmann gähnend. »Bloß, dass wir dann doch wieder am Anfang stehen.«

Einen Moment hingen alle ihren Gedanken nach. »Es wäre natürlich auch möglich, dass die Mutter den Seidel bei seinen Unternehmungen überrascht hat und dann die Nerven verloren hat.«

»Das glaube ich nicht.« Villa nahm wieder seinen Platz am Fenster ein. Die Heidelandschaft lag still im morgendlichen Sonnenlicht. In der Ferne zog langsam ein Schäfer mit seiner Heidschnuckenherde vorbei. »Die Mutter hätte doch das Kind nicht wieder vergraben.«

Brinkmann zuckte mit den Schultern. »Weiß man's? In so einer Situation verliert man schon mal die Nerven.«

»Nein, das halte ich für ausgeschlossen. Als ich ihr die Nachricht überbracht habe, war sie vollkommen geschockt. Ich traue den Menschen ja einiges zu, aber so gut schauspielern kann niemand.«

»Und der Vater?«, schlug Doberan vor. »Ein Alibi hat er jedenfalls für den frühen Dienstagmorgen nicht. Seine Frau und deren Tochter waren bei seiner Schwiegermutter in Hamburg, und er war allein zu Haus im Bett. Sagt er. Und sein Alibi für den Zeitpunkt, als seine Tochter verschwunden ist, wackelt. Außerdem ist er Anwalt, hätte ja irgendwie von den Bebauungsplänen erfahren können, hat dann gewartet, bis die Familie aus dem Haus ist … und Vollmond war auch. Guter Zeitpunkt, das Skelett wegzuschaffen. Und dann kommt ihm der Seidel in die Quere.«

»Möglich, aber erstens glaube ich nicht, dass er mit dem Verschwinden seiner Tochter was zu tun hat. Natürlich hätte er damals theoretisch genügend Zeit gehabt, sie von der Schule abzuholen, wo ihn dann aber bestimmt jemand gesehen hätte, was nicht der Fall war. Dann müsste zwischen zwölf und eins, wo er ja nachweislich an der Konferenz teilgenommen hat, irgendwas mit dem Kind passiert sein, und er hätte das Mädchen im Kofferraum oder sonst wo verstecken können und es irgendwann begraben. Aber wozu das Ganze? Das leuchtet mir nicht ein. Und wenn es sich wirklich so ähnlich abgespielt hätte und er derjenige war, der vor zwei Wochen das Grab verschwinden lassen wollte, wie hätte er das Kind transportieren sollen? Die beiden Gräber sind fast zwei Kilometer voneinander entfernt. Ein Auto wäre zu auffällig gewesen. Die Strecke mit dem Sack über der Schulter ablaufen? Und den Spaten auch noch irgendwie mitschleppen? Und die Mordwaffe? Nein, nein, der Seidel und sein Mörder waren zu Pferde oder mit der Kutsche oder allenfalls noch mit dem Fahrrad unterwegs. Letzteres ist unwahrscheinlich. Hab noch keinen gesehen, der einen Reiter mit einem Fahrrad verfolgt hätte, schon gar nicht auf Kopfsteinpflaster oder Sandboden. Und eine Kutsche ist bestimmt auch zu langsam und zu laut. Bleibt also nur ein anderer Reiter. Und wie soll der Schönbrock das bitte angestellt haben? Der hat ja nicht mal ein Pferd. Es sei denn, er hat sich eins geliehen, das wäre aber zu auffällig, oder er hat jemanden beauftragt, doch den müssten wir erst mal ausfindig machen.« Villa rieb sich über die Augen. »Ich glaube nicht, dass Schönbrock als Täter in Frage kommt.«

Für ein paar Sekunden sagte niemand etwas. Dann drehte Villa sich zu Wiebke um. »Was ist mit diesem Lutz Dressler? Hast du den ausfindig gemacht?«

Wiebke, die schon wieder den Tisch bemalte, warf den Stift weg und griff nach ihrem Notizblock.

»Ja, hab ich, zumindest den Chor. Der Leiter heißt Sämann mit ä«, sie kicherte, »sie hatten gestern ihren letzten Auftritt und kommen heute Nachmittag zurück.«

Villa schnaubte. »Also gut, ich möchte, dass ihr euch auf die Socken macht und jedes Haus in diesem Dorf und in Waldhof abklappert. Ich möchte eine Liste von allen Pferden und den dazugehörigen Reitern. Noch Fragen?«

Alle schüttelten die Köpfe und erhoben sich.

***

Luise hatte sich auf ihr Zimmer zurückgezogen, wo sie auf dem Sofa lag und in den strahlend sonnigen Tag hinausstarrte. Sie war unzufrieden und konnte mit diesem Gefühl nichts anfangen. Wieso war sie unzufrieden? Traurig sollte sie sein. Wütend! Das wäre doch normal in dieser Situation, oder nicht? Wieso also war sie unzufrieden? Das passte nicht. Vielleicht sollte sie sich betrinken?

Seit Lillys Tod hatte sie so gut wie nie Alkohol getrunken, dabei mochte sie Rotwein, und Bier mochte sie auch. Vielleicht war heute der richtige Tag, alles nachzuholen. Vielleicht sollte sie in die Gaststube gehen, sich an die Theke setzen und sich einfach volllaufen lassen. Aber sie hatte keine Lust dazu.

Sie hatte zu gar nichts Lust, außer vielleicht endlich ihre Tochter in einem richtigen Sarg zu beerdigen und Blumen auf ihr Grab zu pflanzen. Eigentlich sollte sie die Beerdigung vorbereiten, aber etwas hielt sie davon ab. So als ob noch nicht alles bereit wäre, noch etwas fehlte. Dabei war doch eigentlich alles klar. Der Seidel war's. Der Vater ihrer Freundin. Ihr Verdacht hatte sich also bestätigt. Wieso war sie dann unzufrieden?

Luise stand auf, ging zum Kühlschrank und nahm einen großen Schluck aus der Wasserflasche. Sie war unzufrieden, weil sie dem Kerl den Schädel nicht mehr hatte einschlagen können, nachdem sie die ganze Wahrheit über den Tod ihrer Tochter aus ihm herausgeprügelt hätte. Jetzt war er auch tot, und sie würde wohl nie erfahren, was sich damals abgespielt hatte. Irgendwer hatte ihr – aus welchem Grund auch immer –

die Genugtuung genommen, sich an dem Mörder ihres Kindes zu rächen.

Sie musste herausfinden, wer den Seidel erschlagen hatte. Möglichst noch vor der Polizei. Damit sie eine Chance hatte, ihre Fragen loszuwerden. Energisch stellte sie die Flasche zurück in den Kühlschrank. Sie würde jetzt Kerstin besuchen. Soweit sie wusste, hatte sie immer noch Urlaub.

Als sie durch die Gaststube eilte, ignorierte sie Lorenz' bittenden Blick und ging grußlos an ihm vorbei. An der Rezeption stand Anita und unterhielt sich mit einem der Polizisten.

Eine Viertelstunde später klingelte sie an Kerstins Haustür. Zunächst rührte sich nichts im Haus. Erst als sie ein zweites Mal geklingelt hatte, wurde zögernd die Tür geöffnet, und Kerstin blickte sie mit großen Augen an.

»Es tut mir so leid«, flüsterte sie. »Dieser Kommissar hat gerade angerufen und es mir gesagt. Ich … ich weiß nicht, was ich sagen soll.«

»Ach was«, sagte Luise und schritt resolut an Kerstin vorbei in den Flur. »Lass uns reden.«

Kerstin führte Luise ins Wohnzimmer, wo die alte Frau wie gewohnt in ihrem Rollstuhl vor dem Fernseher saß und Luise freundlich anlächelte.

»Kaffee?«, fragte Kerstin. »Ich hab grad frischen gekocht.«

»Ja gern«, sagte Luise und setzte sich auf das Sofa. Der Couchtisch quoll über von Papierkram.

»Entschuldige«, Kerstin schob einen Stapel zur Seite und stellte Luise einen Becher Kaffee hin. »Onkel Leo und ich sind immer noch dabei, die Papiere zu ordnen. Du kannst dir nicht vorstellen, was für ein Chaos Vater hinterlassen hat.« Sie schwieg abrupt und schluckte. »Entschuldige, ich …«

»Himmel, jetzt hör endlich auf, dich zu entschuldigen«, sagte Luise und griff nach dem Becher, »setz dich lieber hin und lass uns überlegen, was hinter diesem ganzen Chaos steckt.«

»Mädchen, ihr müsst nicht so schreien, ich versteh doch sonst gar nichts«, mischte sich die alte Frau plötzlich ein. »Ach, hallo, Luise, das ist ja schön, dich zu sehen.«

Luise und Kerstin blickten sich verblüfft an. »Äh, hallo, Frau

Seidel, ich freu mich auch, Sie zu sehen.« Luise wusste nicht recht, was sie sagen sollte. Aber die alte Frau hatte sie schon wieder vergessen.

»Luise«, setzte Kerstin wieder an, »ich weiß nicht, was da passiert ist, aber ich kann mir einfach nicht vorstellen, dass mein Vater was mit Lillys Tod zu tun hatte. Ich meine, er war ein Arschloch, aber …«

»Oh ja, dein Vater war ein Arschloch«, sang Frau Seidel, »aber jetzt ist er tot. Ich will auch Kaffee.«

»Mutter?« Kerstin warf der alten Frau einen erstaunten Blick zu.

»Ja, jetzt ist er tot. Oder nicht?« Frau Seidel war plötzlich ernst geworden, als wäre es eine Tragödie, wenn ihr Mann noch leben würde.

»Allerdings«, sagte Kerstin, doch etwas peinlich berührt.

»Und der Friedhelm ist auch ein Arschloch.«

Alle schwiegen verdutzt. »Welcher Friedhelm?«, hakte Luise nach. »Fuhrbacher?«

»Aber ja, der Friedhelm Fuhrbacher ist auch ein Arschloch.«

Frau Seidel schien Gefallen an dem Wort zu finden, denn sie wiederholte es mit offensichtlichem Genuss. »Arschloch, Arschloch …«

»Nun ist aber gut, Mutter«, fiel Kerstin ihr ins Wort, »was ist denn heute in dich gefahren?«

Aber Luise war neugierig geworden.

»Wieso ist der Fuhrbacher ein Arschloch?«, fragte sie.

»Frag ihn doch, frag ihn doch«, sang Frau Seidel. »Ich will jetzt Kaffee!«

»Nun gib ihr doch ihren Kaffee!«, fuhr Luise ihre Freundin an und wandte sich dann wieder an deren Mutter. »Frau Seidel, warum ist der Fuhrbacher ein …«

»Au! Der ist ja viel zu heiß!«, schrie Frau Seidel und warf den Becher, den ihre Tochter ihr gerade in die Hände gedrückt hatte, mitsamt Inhalt auf den Fußboden.

»Mutter!«, schimpfte Kerstin. »Was machst du denn bloß!«

Frau Seidel fing an zu jammern. »Aber das tut weh!«

»Ist ja gut.« Kerstin beruhigte ihre Mutter, holte einen

Wischmopp und beseitigte mit geübten Griffen das Malheur. »Gut, dass wir keinen Teppichboden mehr haben«, murmelte sie dabei.

Luise war in Gedanken versunken. Sie hätte die alte Frau gerne noch ein bisschen gelöchert, aber die war schon wieder in ihre Gerichtsshow vertieft.

»Was meint denn deine Mutter damit?«, fragte sie stattdessen Kerstin.

Die runzelte die Stirn. »Ja, gar nichts natürlich, du kannst doch, was meine Mutter sagt, nicht mehr ernst nehmen.« Sie brachte den Wischmopp in die Waschküche und setzte sich dann wieder zu ihrer Freundin.

»Der Fuhrbacher hat sich doch immer ganz gut mit deinem Vater verstanden, oder?«

»Gut ist übertrieben, er hat seine Fähigkeiten genutzt. Mit Pferden konnte mein Vater ja nun mal umgehen. Besser als Dr. Alt, hat der Friedhelm mal gesagt.«

»Ich weiß«, sagte Luise, »aber wenn dein Vater wirklich nichts mit Lillys Tod zu tun hatte …« – »davon bin ich überzeugt«, unterbrach sie Kerstin –, »wieso … hat man dann Spuren von ihm gefunden?« Luise hatte Hemmungen, das Wort »Kartoffelsack« auszusprechen. Wenn sie daran dachte, dass ihre Tochter … aber das war wohl jetzt egal.

»Vielleicht hat er gesehen, wie sie jemand vergraben hat, und die haben sich dann gestritten, und dabei ist er erschlagen worden.«

»Ja, aber wer? Wer kann das gewesen sein?«

»Wenn ich das bloß wüsste.«

Die beiden tranken schweigend ihren Kaffee. Frau Seidel lachte.

***

Am Nachmittag kam die Nachricht vom Chorleiter Sämann, dass Lutz Dressler sich offensichtlich abgesetzt hatte. Während alle anderen vierundzwanzig Chormitglieder mittlerweile wieder zu Hause angekommen waren, fehlte von Dressler jede Spur.

»In Flensburg ist er mit an Bord gegangen«, sagte Sämann und meinte damit den Bus, den die Männer gechartert hatten. »Aber dann, an der Autobahnraststätte irgendwo vor Hamburg, ab da ist er woanders mitgefahren. Hat gesagt, er hat 'n Bekannten getroffen und fährt mit dem nach Hause. Tja, ich find das zwar nicht besonders kollegial, aber wir ham ihm seinen Koffer gegeben, und dann ist er gegangen.«

»Haben Sie gesehen, mit wem er weggefahren ist?«

»Nee, also da hab ich dann auch nicht mehr drauf geachtet.«

»Hatten Sie ihm gesagt, dass wir mit ihm sprechen wollen?«

»Ja klar, warum denn nicht?«

Villa gab Doberan den Auftrag, sich mit dem Busfahrer zu treffen und herauszufinden, an welcher Raststätte sich Dressler abgesetzt hatte und vor allem, mit wem er wohin weitergefahren war.

Die Nachricht verbreitete sich schnell im Dorf, und Fritzi, die Bedienung der Schnucken-Schenke, brach bei der Nachricht in Tränen aus. Villa konnte zunächst kein vernünftiges Wort aus ihr herausholen.

»Sie geben mir jetzt bitte einfach mal die Handynummer Ihres Freundes, vielleicht ist er ja auch nur aufgehalten worden und wir machen uns hier ganz umsonst Sorgen.« Das glaubte Villa zwar nicht, er war überzeugt davon, dass dieser Dressler etwas zu verbergen hatte, aber was er wirklich dachte, brauchte die junge Frau nicht zu wissen.

»Ja, das ist es ja, er hat sich seit Tagen nicht mehr gemeldet. Ich kann ihn einfach nicht erreichen«, schluchzte Fritzi, während Luise, die sich wieder zum Dienst gemeldet hatte, ihre Hand hielt.

»Die Nummer«, sagte Villa, der langsam ungeduldig wurde. Sie würden den jungen Mann schon orten, wenn er nicht freiwillig auftauchte.

Fritzi gab Villa die Handynummer und heulte.

»Meine Güte, so schlimm ist es doch auch nicht, wenn Lutz sich mal freinimmt«, sagte Lorenz, der eben in der Küche aufgetaucht war und Luise bat, Anita im Gastraum zu unterstützen.

»Ja, ja«, antwortete Luise, wich aber nicht von Fritzis Seite.

»Freinehmen!«, schimpfte die plötzlich. »Als ob's nur darum ginge.«

»Fritzi, nun sag endlich, was mit dir los ist, zum Kuckuck!«

Das war Luise, und alle starrten sie an. So hatte sie noch nie jemand sprechen hören. Alle waren verdutzt. Fritzi drückte sich ein Taschentuch an die Nase.

»Der Lutz ... der Lutz hat sich doch geprügelt ... mit dem Seidel! Aber er wollte ihn doch nicht umbringen! Bestimmt nicht!«

»Ist ja gut«, versuchte Villa zu deeskalieren. »Wissen Sie, warum sie sich geprügelt haben?«

Fritzi schüttelte heftig den Kopf. »Nein, er hat nur gesagt, der braucht mal einen Denkzettel, und wenn der jetzt gestorben ist wegen dem Lutz, dann ...«

»Wann war das?«, fragte Villa.

»Ich weiß nicht genau, kurz bevor sie den ... tot gefunden haben.«

»Okay«, Villa wandte sich leise an Wiebke, die dem ganzen Theater staunend zugesehen hatte, ohne sich zu rühren, was in der Tat Seltenheitswert hatte.

»Lass Dressler zur Fahndung ausschreiben und lass das Handy orten.«

Fritzi wurde nach Hause geschickt, und Luise übernahm ihren Dienst. Anita hatte sich aus allem rausgehalten, was Luise mit Verwunderung zur Kenntnis nahm. Anita war sonst immer die Neugier in Person.

Villa begab sich ins Büro, um mit Lorenz zu sprechen, der hinter seinem Schreibtisch stand und sich die Stirn rieb.

»Sagen Sie«, begann Villa und schloss leise die Tür. »Der Diebstahl Ihres Wagens damals ist niemals aufgeklärt worden, stimmt's?«

Lorenz ließ sich auf seinen Stuhl fallen. »Allerdings nicht. Wenn Sie den Wagen finden und den Dieb dazu, es wäre mir zehn Prozent Finderlohn wert.«

»Tatsächlich«, staunte Villa, »und das, wo der Wagen doch um die hundertfünfzigtausend Euro wert war.«

»Hundertachtzigtausend. Mindestens«, entgegnete Lorenz müde. »Ich hab damals über dreißigtausend verloren.«

»Ein herber Schlag«, meinte Villa, »und Sie haben keine Ahnung, wer dahintergesteckt haben könnte?«

»Doch, ich bin mir sicher, dass es Gäste aus dem Aparthotel waren. Die hatten ja Zugang zur Garage und konnten sich das Auto in aller Ruhe ansehen und auch die Sicherheitsvorkehrungen.«

»Aber es gab keine Verdächtigen?«

»Nein, leider. Wo sollte man da auch anfangen? Die konnten ja schon vor Monaten da gewohnt haben. Und der Wirt hat für seine Gäste die Hand ins Feuer gelegt. So hat er sich ausgedrückt. Bah.« Lorenz verzog den Mund.

»Na ja, wenigstens konnten Sie mit der Versicherungssumme Ihr Hotel renovieren.«

»Ja, ein Auto wollte ich mir damals nicht noch mal zulegen, und der Tourismus hier boomt, wie Sie sehen.«

»Kennen Sie Lutz Dressler?«

»Nur oberflächlich. Ich finde, er ist ein ziemlicher Haudrauf. Hab Fritzi schon so oft gesagt, sie soll ihn laufen lassen. Er prügelt nämlich nicht nur Männer. Ist total eifersüchtig. Aber … Frauen sind eben oft blind.« Bei diesen Worten spielte der Wirt mit seinem Ehering.

»Das stimmt wohl«, antwortete Villa und ging.

Das schöne Wetter hatte sich vorerst verabschiedet. Die Sonne hatte es wohl vorgezogen, ihren Glanz nicht für die anstehenden Beerdigungen zu verschwenden. Trauer verspürte beim letzten Heimgang von Willi Seidel wirklich niemand. Es erschien auch kaum jemand zur Trauerfeier.

Kerstin saß in der ersten Reihe mit Blick auf die Urne, neben ihr Onkel Leo, und dahinter hatte sich, wohl aus reiner Neugier, die Familie eines Cousins – Kerstin wusste nicht welchen Grades – niedergelassen. Ein älteres Ehepaar und ein Mann mittleren Alters, der sich gelangweilt mit seinem Handy beschäftigte.

Villa und Wiebke hatten sich in die letzte Bank gesetzt, aber die leise Hoffnung, dass sich bei der Trauerfeier der große Unbekannte einfinden würde oder sie sonst eine wichtige

Entdeckung machen könnten, die sie in ihren Ermittlungen weiterbringen würde, zerschlug sich schnell. Villa hatte im Grunde nichts anderes erwartet, aber er hatte sich selbst ein Bild machen wollen.

Am nächsten Tag, als die kleine Lilly zu Grabe getragen wurde, sah das ganz anders aus. Das ganze Dorf war auf den Beinen. Luise ging, flankiert von Kerstin und Helga, hinter dem kleinen weißen Sarg und hielt sich erstaunlich gut. Ihr Exmann, der mit seiner neuen Frau angereist war, ging hinter ihr und wirkte abwesend, so als hätte das Ganze nichts mit ihm zu tun. Villa, der sich ziemlich weit vorne in den Trauerzug eingereiht hatte, beobachtete den Mann genau. Er war groß und gut aussehend, hatte weiche, ebenmäßige Gesichtszüge und volles braunes Haar, das zum Teil ergraut war. Villa mochte ihn nicht. Er hatte keine Ahnung, wieso, aber so war es nun mal.

Nach der Beerdigung auf dem kleinen Friedhof von Linderwald fand sich die Trauergemeinde noch beim Schnuckenwirt ein. Lorenz hatte großzügig angeboten, die Beköstigung der Gäste zu übernehmen. Es gab Schnittchen mit Schinken, Schnuckensalami und Käse und natürlich Streuselkuchen. Filippo hatte zwar die Augen verdreht, als er von dem Speiseplan erfuhr, er hätte lieber Minestrone mit Brot und Panna cotta serviert, aber Luise hatte auf der schlichten deutschen Variante bestanden.

Luise war unbestritten der Mittelpunkt im Gasthof. Dr. Alt hatte sie an seinen Tisch gezogen, Landmeiers, der Bürgermeister mit seiner Frau und Kerstin gesellten sich dazu. Die gesamte Familie Fuhrbacher war anwesend und sogar die Freifrau von Osterlitz, die sich mit ihrer Reiterfreundin Annette Sonntag eingefunden hatte. Wobei das Interesse der beiden Frauen sich hauptsächlich auf den gut aussehenden Kommissar aus der Stadt konzentrierte. In der Gaststube war es eng, denn auch die Hotelgäste belegten mehrere Tische.

Villa und seine Truppe hatten sich in den letzten Tagen damit beschäftigt, die Liste der Reiter und Pferde abzuarbeiten, wie Villa es aufgetragen hatte. Dabei waren sie aber nicht fündig geworden. Sie suchten weiterhin nach der Mordwaffe, wobei sie nicht mal genau wussten, um was es sich handelte.

Außerdem war Lutz Dressler immer noch flüchtig. Sein Handy hatte man zwar geortet, aber das hatte er vorsichtshalber an der Raststätte weggeworfen. Allerdings hatten sie vor wenigen Stunden eine Spur von Dressler erhalten. Er hatte an einem Geldautomaten in Bonn Geld abgehoben. Die Polizei dort war informiert. Im Moment konnten sie nur darauf hoffen, dass er bald aufgegriffen wurde.

Villa saß mit Wiebke an der Bar der Schnucken-Schenke und beobachtete Luise, die sich im Kreis der vielen Menschen unbehaglich zu fühlen schien. Während alle um sie herum redeten, sagte sie gar nichts und spielte mit dem Teebeutel in ihrer Glastasse.

Der Bürgermeister war aufgestanden und an Fuhrbachers Tisch gegangen. Es ging wohl um das bevorstehende Heidefest. Für die Dörfler schien die ganze unleidliche Angelegenheit mit der Beerdigung des Kindes abgeschlossen zu sein. Der Mörder war Seidel, und wer den nun um die Ecke gebracht hatte, interessierte niemanden. Man musste nach vorne schauen. Es gab viel zu tun. Wiebke faltete ein Flugzeug aus einer Papierserviette, Villa konnte sie gerade noch daran hindern, ihr Spielzeug durch die Gaststube fliegen zu lassen.

Er zückte zum dritten Mal an diesem Nachmittag sein Handy und blickte auf das Display. Nichts. Kein Fahndungserfolg in Bonn und keine Nachricht von Vlado. Wenn er nicht bald etwas fand, dann war wohl nichts da. Wieder eine Spur, die sie nicht weiterbringen würde.

In diesem Moment stand Luise auf und drängelte sich an Dr. Alt vorbei, der sie aufzuhalten versuchte. Villa konnte sehen, wie Luise unwirsch seine Hand, die er ihr auf den Arm gelegt hatte, wegwischte. Helga Landmeier stand ebenfalls auf und ließ Luise vorbei. Die sprach kurz mit Kerstin, die sie wohl begleiten wollte, schüttelte den Kopf und schlängelte sich dann geschickt durch die voll besetzten Tische in Richtung Bar. Sie sah hinreißend aus in ihrem schwarzen Kostüm, das ihre schlanke Taille zur Geltung brachte. Sollte er sie ansprechen oder in Ruhe lassen?

Villa war verunsichert, was ganz untypisch für ihn war. Frauen hatten ihn noch nie aus dem Konzept gebracht. Aber Luise nahm ihm die Entscheidung ab, ging mit einem leichten Nicken an den beiden Polizisten vorbei zur Rezeption und verließ den Schankraum. Trotz der vielen Menschen schien der Raum plötzlich merkwürdig leer zu sein. Villas Handy meldete sich.

»Wir haben euren Flüchtigen aufgegriffen. Wollte nach Holland und von dort eine Fähre nehmen. Kommt ihr ihn holen? Ist ein ziemliches Raubein.«

»Ich schicke zwei Beamte«, sagte Villa, »und vielen Dank.«

»Immer wieder gerne.«

Villa nahm Wiebke ihr Spielzeug weg. »Komm, wir werden den Dorf-Null-Null-Sieben mal auf seinen Gast vorbereiten.«

Am frühen Abend saßen sich Villa und Wiebke in dem kleinen Polizeirevier von Linderwald, das für nicht weniger als vier umliegende Dörfer zuständig war, gegenüber. Heininger hatte sich mit verschränkten Armen am Fenster aufgebaut und kaute Kaugummi. Wiebke fragte sich, ob er eine Vorliebe für alte Westernfilme hatte.

Lutz Dressler wurde seinem Ruf als Raubein durchaus gerecht, was sich aber nur auf sein Benehmen, nicht auf sein Aussehen bezog. Er war schmal, drahtig und außerdem Brillenträger. Auf seinem kahl rasierten Schädel schimmerte es schwarz, in seinem rechten Ohr glitzerte ein Diamant. Die hellen Augen flitzten flink und misstrauisch zwischen den beiden Beamten hin und her. Bisher hatten sie außer ein paar deftigen Schimpfworten nichts aus ihm herausbekommen.

»Typisch Bullen, grob wie Hulle«, hatte er gepöbelt, als ihn die beiden Lüneburger Beamten am Tisch platzierten.

»Reg dich ab«, hatte der eine gemurmelt und sich dann in der kleinen Polizeistation umgesehen. »Nett habt ihr's hier. Wie in der guten Stube.« Dann hatten sie sich kichernd verabschiedet.

Villa kannte Typen wie Dressler zur Genüge. Das Größte an ihnen war ihr Mundwerk, sonst hatten sie nichts zu bieten.

»Herr Dressler«, begann er ruhig, »Sie haben sich mit Willi Seidel geprügelt. Das wissen wir bereits …«

»Stimmt nicht«, fuhr Dressler dazwischen.

»… das wissen wir bereits«, fuhr Villa unbeirrt und etwas lauter fort, »wir wollen wissen, warum.«

»Leck mich«, sagte Dressler.

»Wo waren Sie am Dienstagmorgen vergangener Woche?«

»Leck mich.«

»Okay.« Villa winkte Heininger heran. »Sperren Sie ihn ein. Wir machen morgen weiter«, sagte er an Dressler gewandt und erhob sich. Wiebke ebenfalls.

Dressler öffnete den Mund. »Das können Sie nicht machen. Ich will nach Haus und einen Anwalt. Steht mir doch zu, oder?«

Villa wandte sich kurz um. »Geben Sie ihm ein Telefon«, sagte er zu Heininger und verließ dann mit Wiebke die Amtsstube.

»Hey!«, rief Dressler hinter ihnen her. »Was soll das? Ich hab überhaupt nichts getan. Sie können mir gar nichts nachweisen.«

Villa öffnete die Tür. »Wollen Sie jetzt reden oder morgen? Mir ist das egal. Ich werde Haftbefehl wegen Mordverdachts beantragen.« Damit lehnte sich Villa weit aus dem Fenster, aber das wusste das Raubein ja nicht.

»Mord! Spinnen Sie? Was ist mit einem Anwalt?«

»Also morgen.« Villa wollte die Tür wieder schließen.

»Moment!«

»Mann, ich hab nicht den ganzen Tag Zeit, was wollen Sie nun?«, herrschte Villa Dressler an. Der rutschte auf seinem Stuhl herum.

»Also … ich geb's zu!«, schrie er dann.

Na also, dachte Villa, haben doch alle schwache Nerven, diese Kerle.

»Ich hab dem Seidel einen Denkzettel verpasst. Nur einen Denkzettel! Aber ich hab ihn nicht umgebracht! Ich lass mir doch keinen Mord anhängen! Außerdem hat er mich auch geschlagen!«

»Natürlich«, sagte Villa mit einem schiefen Lächeln. Er setzte sich wieder hin und stellte sein Aufnahmegerät, das er die ganze Zeit in der Hand gehalten hatte, wieder auf den Tisch.

Heininger lehnte sich wieder ans Fenster. Wiebke blieb stehen.

»Wieso Denkzettel? Nun rücken Sie schon mit der Sprache raus!«

Dressler rutschte wieder auf seinem Stuhl herum. »Erstens, weil er immer und überall meine Arbeit schlechtmacht ...«

»Welche Arbeit?«

»Na, ich hab so'n kleinen Ein-Mann-Betrieb. Reparaturen und Gartenarbeit und so. Und dieser Arsch von Seidel hat mir die Arbeit weggenommen. Schon immer!«

Dressler schrie fast.

»Und deswegen haben Sie ihn verkloppt?«

»Ja klar, Mann! Und ...«

»Und? Was?«

Dressler duckte sich. Er hatte zu viel gesagt.

»Weswegen noch?«, hakte Villa nach.

»Das ... das müssen Sie Anita fragen.«

»Anita Senner?«, hakte Villa verblüfft nach.

»Ja, Mann. Oder gibt's hier noch 'ne andere Anita.«

»Sie haben Seidel wegen Frau Senner zusammengeschlagen – aus Eifersucht, oder was?«

Dressler kicherte blöde. »Nicht aus Eifersucht. Mann, sind Sie schwer von Begriff! Die hat mich drum gebeten!«

Die drei Polizisten schwiegen irritiert.

»Aha«, sagte Villa nach einer Weile, »und Sie haben das einfach so gemacht. Weil die Frau Senner Sie nett gebeten hat? Hören Sie auf, mir solchen Bockmist zu erzählen!«

Villa war aufgestanden und schlug hart mit der flachen Hand auf den Tisch. Wiebke, die sich neben ihn gesetzt hatte, zuckte zusammen, Heininger rieb sich den Nacken.

»Doch nicht umsonst! Bin ich blöd? Sie hat mir zweihundert dafür gegeben.«

Villa setzte sich wieder.

»Zweihundert«, sagte er tonlos. »Und warum?«

»Das müssen Sie Anita fragen, weiß ich nicht!«

Villa dachte einen Moment nach. »Sie waren es, der vor acht Jahren, nach dem Verschwinden der kleinen Schönbrock, den Seidel anonym bei der Polizei angezeigt hat. Stimmt's?«

Dressler machte große Augen. »Was hat das denn jetzt hiermit zu tun? Das ist acht Jahre her!«

»Sie haben zu der Zeit beim Bürgermeister das Atelier gebaut. Von dort aus hat man einen wunderbaren Blick auf die Umgebung und auf den Feldweg, der von der Schule zwischen den Feldern zum Dorf führt. Haben Sie den Seidel tatsächlich gesehen, oder wollten Sie sich nur die Konkurrenz vom Hals schaffen und haben das jetzt nachgeholt, weil es damals nicht geklappt hat?«

Villa spürte Wiebkes vorwurfsvollen Blick. Er hatte tatsächlich vergessen, dem Team seine Vermutung mitzuteilen. Langsam entwickelte er sich zum Einzelgänger. Keine gute Entwicklung. Das musste sich ändern.

Dressler starrte Villa sprachlos an.

»Ich hab das Arschloch nicht umgebracht! Na gut, ich hab ihn angezeigt, weil ich ihn wirklich gesehen habe! Aber hat's was genützt? Natürlich nicht! Mich haben Sie am Wickel!« Dressler hob seine Hände, die in Handschellen steckten, und stocherte mit seinem Zeigefinger auf seinem Brustbein herum.

»Wieso wollten Sie anonym bleiben?«

Dressler kniff die Augen zusammen. »Soll ich mir von meinem sauer verdienten Geld vom Finanzamt noch die Hälfte wegnehmen lassen?«

»Sie meinen, Sie haben bei Bilfert schwarzgearbeitet.«

»Das können Sie nicht beweisen!« Dressler atmete schwer. Fast konnte er einem leidtun.

»Ihre Probleme mit dem Finanzamt interessieren mich nicht«, sagte Villa ruhig. »Was haben Sie damals beobachtet?«

»Na, was ich gesagt hab. Den Seidel, wie er mit seinem Fahrrad da rumgefahren ist. Und kurz drauf ist das kleine Mädchen verschwunden.«

»In welche Richtung fuhr er?«

»Er war auf dem Weg zum Maisfeld.«

»Zum Landmeier-Hof also.«

»Nein, zum Fuhrbacher. Die Bauern bauen hier fast alle Mais an, für die Biogasanlagen.«

»War er allein?«

»Ja, klar! Wen sollte er denn auf dem klapprigen Fahrrad auch mitnehmen?«

»Na, vielleicht die kleine Schönbrock.«

»Nee.«

»Wie kommen Sie dann darauf, dass der Seidel etwas mit dem Verschwinden des Kindes zu tun hatte?«

»Das hab ich nie gesagt! Ich hab nur gesagt, dass er da unterwegs war. Der Rest ist nicht mein Problem. Aber ich hätt mir das Ganze ja sparen können. Die blöden Bullen ham ihn ja wieder laufen lassen, kaum dass er eingebuchtet war.«

Villa schwieg eine Weile und überlegte. Sagte dieser Mensch die Wahrheit? Er war geneigt ihm zu glauben. Für ein umfangreiches Lügengebäude war der einfach nicht clever genug.

»Wieso haben Sie sich der Befragung entzogen?«

»Sind Sie bescheuert? Soll ich mich für was einbuchten lassen, was ich nicht getan habe?«

Villa hatte langsam genug von dem aggressiven Ton, ließ sich aber nicht provozieren.

»Wo waren Sie am Dienstagmorgen letzter Woche?«

»Im Bett!«, schrie Dressler. »Und dann hab ich meine Koffer gepackt, für die Chorfahrt. Klar?«

»Kann das jemand bezeugen?«

»Ja! Fritzi!«

Das Raubein war tatsächlich gut bei Stimme. Ein echter Chorknabe, dachte Villa und musste grinsen.

»Sonst niemand? So ein Pech.« Er wandte sich an Heininger. »Einsperren«, sagte er und zeigte auf Dressler.

»Hey, Sie Arsch! Das dürfen Sie nicht!«

»Ach, leck mich doch«, sagte Villa und verließ mit Wiebke die Amtsstube, während Heininger alle Mühe hatte, den krakeelenden Dressler in die Zelle zu schaffen.

»Aber er hat doch das Alibi«, gab Wiebke zu bedenken.

»Das werden wir uns jetzt noch mal genau bestätigen lassen, und dann lassen wir ihn laufen«, sagte Villa und zwinkerte

Wiebke zu. »Und wenn er motzt, verpassen wir ihm eine Anzeige wegen Beleidigung. Wäre sowieso fällig.«

Villa und Wiebke traten auf die Straße. Dicke Wolken hingen am Abendhimmel. Für den nächsten Tag und das gesamte Wochenende hatte der Wetterbericht wieder Sonne vorausgesagt. So stand dem Gelingen des Linderwalder Heidefestes wohl nichts im Wege. Sie marschierten die kleine Seitenstraße entlang Richtung Dorfstraße. Wiebke räusperte sich.

»Wann … wie bist du denn darauf gekommen, dass der Dressler damals der anonyme Anrufer war?« Ihre Stimme klang gekränkt.

Villa blieb stehen. »Als ich beim Bürgermeister war und sein Atelier gesehen habe. Tut mir leid, ich hätte es euch sagen müssen.«

»Ja«, sagte Wiebke nur.

»Kein vorbildliches Verhalten«, murmelte Villa und zwinkerte Wiebke erneut zu. »Kommt nicht wieder vor.«

Villa hatte sich früh zurückgezogen. Er stand in seinem Zimmer am Fenster und blickte auf die Straße, die jetzt verlassen dalag. Die Touristen gönnten sich nach einem ausgedehnten Urlaubstag ihren wohlverdienten Feierabend. Die Schenke war voller Menschen. Stimmengemurmel erfüllte die Luft vor Villas Fenster, das weit geöffnet war. Er überlegte, ob er bei Luise Schönbrock klopfen sollte, entschied sich aber dagegen. Was hätte er ihr sagen sollen? Nichts, was nicht schon gesagt worden wäre. Und außerdem … er musste sich eingestehen, dass diese Frau ihn faszinierte. Und es war lange her, dass ihn eine Frau fasziniert hatte.

Anna war die letzte gewesen. Aber etwas hinderte ihn, sich Luise anzunähern. Er fühlte sich wie ein Verräter, wenn er es nur in Erwägung zog. Ein Problem, das es in Bezug auf Anita Senner seltsamerweise nicht gab. Er brauchte nur in die Gaststube zu gehen und ihr ein bisschen entgegenzukommen. Auch wenn ihre letzte Unterhaltung nicht gerade freundschaftlich geendet hatte. Er glaubte nicht, dass Anita nachtragend war. Aber sie reizte ihn nicht. Selbst wenn sie nicht in seine Ermittlungen involviert wäre, würde er nicht zugreifen.

Was war mit ihm los? Früher war er nicht so zimperlich gewesen, wenn sich ihm die Gelegenheit geboten hatte. Bis Anna seinen Weg gekreuzt hatte. Bei Anna war alles anders gewesen. Und Luise Schönbrock war auch … anders. Sein Handy riss ihn aus seinen Gedanken. Vlado.

»Hast du was gefunden?«, fragte Villa gespannt.

»Japp, es gibt ein paar Leute in deinem Kaff, die besuchen gerne bestimmte Webseiten. Weitgehend harmlos. Aber einer …« Vlado machte es spannend.

»Ja, was denn?«, fragte Villa unwirsch und knipste das Licht in seinem Zimmer an.

»Wann haben wir eigentlich das letzte Mal über mein … Honorar gesprochen?«

»Wenn du mir nicht sofort sagst, was du gefunden hast, nehm ich dir deinen Computer weg und schick dich dahin, wo es keine gibt. Also …«

»Ist ja gut, ist ja gut. Also, ich hab im Archiv einen Fall gefunden, der ist schon ein paar Jahre alt. Keine zehn Kilometer von Linderwald entfernt gibt's einen Ort, der heißt Laubenheim. Dort gibt's ein Bordell, das von einer Frau geführt wird. Und die haben damals Anzeige erstattet, weil ein Kunde etwas zu aufdringlich war, gegenüber einer der … Damen.« Vlado gluckste. »Der Herr konnte sich einfach nicht von ihr trennen und ist mit ihr nach Duisburg abgehauen. Allerdings war die Dame damit nicht ganz einverstanden. Das ist sechs Jahre her.«

»Wer war der Mann?«

»Ein Tourist aus Duisburg, hat damals seinen Onkel im Urlaub nach Linderwald begleitet. Ist aber nicht zum Prozess gekommen, gab einen Vergleich.«

»War er auch hier, als das Mädchen verschwand?«

»Nein, war vor sechs Jahren zum ersten Mal in der Heide. Das hat der Onkel bestätigt. Jetzt lebt er in Frankfurt. Mit der Dame aus dem Puff übrigens, die hat er dann geheiratet.«

»Na, herzlichen Glückwunsch«, sagte Villa. »Ist das alles, was du gefunden hast?«

»Nein, ich hab mir die Website von dem Puff angesehen. Scheint so 'ne Art ›Schulmädchenreport‹ zu sein. Jedenfalls war deine Frau Dr. Steinwedel so freundlich, mir grünes Licht zu geben, und jetzt hab ich die Adressen von ein paar Leuten aus deinem Kaff. Einer davon scheint sich besonders für die Schulmädchenvariante zu interessieren. Ich schick dir den Link und die Namen.«

Villa drückte das Gespräch weg und fuhr seinen Computer hoch.

Als er den Link aufrief, verzog er den Mund.

»Aha«, murmelte er. »Das wird ja immer interessanter.« Dann rief er das Polizeirevier in Laubenheim an.

Der Kollege wusste gleich Bescheid. »Den Laden haben wir schon öfter unter die Lupe genommen. Alles sauber, zumindest haben wir bei den Kontrollen nur gültige Pässe zu sehen bekommen, von Mädchen, die gerade achtzehn waren, aber aussahen, als wären sie zwölf. Ist zwar ekelhaft, doch wir konnten nichts machen. Die Frauen haben Stein und Bein geschworen, dass sie nicht gezwungen werden und gut verdienen, und wir sollen uns doch bitte vom Acker machen. Ich zitiere wörtlich: ›Bullen versauen einem nur das Geschäft.‹«

Aha. Das war zwar bedauerlich, fand Villa, aber es war zumindest ein Anhaltspunkt. Morgen früh würde er sich den Herrn mal vorknöpfen.

»Mordsmäßig vornehme Hütte hier«, sagte Wiebke, als Villa am nächsten Morgen den Türklopfer an der Haustür des Fuhrbacher-Gutes betätigte.

»Allerdings, also benimm dich.« Als Villa Wiebkes empörtes Gesicht sah, schmunzelte er. »Sei einfach du selbst, wollte ich damit sagen.«

Eine ältere Frau in Kittelschürze und Gesundheitssandalen öffnete und blickte verwirrt von Villa zu Wiebke.

»Ja, bitte?«

»Könnten wir mit Herrn Fuhrbacher sprechen?« Villa zeigte seinen Ausweis und stellte sich und Wiebke vor.

»Oh, Sie sind das. Ich heiße Schrandel, komme dreimal die Woche zu Frau Fuhrbacher, mache alles, was so anfällt. Aber kommen Sie doch rein.«

Frau Schrandel öffnete weit die Tür und ließ die Beamten eintreten. Dabei redete sie ohne Punkt und Komma.

»Wissen Sie, es ist ja eine furchtbare Sache, was da passiert ist. Ich meine, der Seidel mag ja nicht gerade der freundlichste Mensch gewesen sein, aber dass ihn nun jemand einfach vom Pferd stößt, das ist ja nun auch nicht die feine Art. Aber Reiten ist ja sowieso gefährlich, das sag ich so oft zu meiner Enkelin, die ist ja ganz verrückt nach Pferden, aber ihre Mutter hat es ihr erst mal verboten, was ich auch richtig finde. Was kann da nicht alles passieren? Und nun sieht man's ja auch. Haben Sie denn schon rausgefunden, wer das nun gewesen ist? Man fühlt sich ja auch nicht mehr sicher, wenn so'n Mensch durch die Gegend läuft und Leute umbringt. Der gehört ja nun wirklich eingesperrt. Haben Sie ihn denn schon gefunden?«

In Begleitung von Frau Schrader und ihrem verbalen Wasserfall waren sie einen langen, kahlen Flur entlanggegangen. Ein einsamer Wandschrank mit mannshohen Spiegeltüren diente als Garderobe. An der Decke hing ein Erntekranz aus Getreide, wohl vom letzten Erntedankfest.

Frau Schrader führte sie in ein großes, im barocken Stil eingerichtetes Wohnzimmer. »Ich sag mal Bescheid, dass Sie da sind.«

»Ist sie befragt worden?«, wollte Villa wissen, als Frau Schrader die Tür hinter sich geschlossen hatte.

»Klar«, sagte Wiebke. »Sie wohnt bei ihrer Tochter in Waldhof und war zur Tatzeit in Lüneburg bei ihrer Schwester. Ist vor zwei Jahren hergezogen.« Wiebke stieß einen Pfiff aus. »Ist ja ein geiler Schuppen. Komme mir vor wie in einer Seifenoper.«

In diesem Moment wurde die Tür geöffnet, und Frau Fuhrbacher betrat, gefolgt von ihrem Sohn, das Zimmer. Sie trug ein helles leichtes Leinenkleid, das erstaunlich wenig zerknittert war.

»Ja, was gibt es denn? Haben Sie irgendwas rausgefunden?«

»Wir würden uns gerne mit Ihrem Mann unterhalten«, sagte Villa. »Ist er da?«

»Nein«, Frau Fuhrbacher hüstelte dezent, »mein Mann ist in

Hamburg. Er kommt gegen Abend zurück. Was ... was wollen Sie denn von ihm?«

»Wir haben noch einige Fragen. Routine.«

»Vielleicht können wir Ihnen ja helfen«, mischte sich Karl Fuhrbacher ein, der, die Hände in die Hüften gestemmt, hinter seiner Mutter stand.

»Was macht Ihr Mann in Hamburg?«, fragte Villa, ohne die Frage zu beantworten.

»Er trifft sich mit einem Investor, warum wollen Sie das wissen?«

»Aha«, antwortete Villa, »worin soll denn investiert werden? Nur so aus Interesse. Ist eine schöne Gegend hier.«

Das schien Karl zu freuen. Er lächelte.

»Ja, wir haben vor, einen Golfplatz anzulegen mit dazugehörigem Hotel, damit die Touristen auch außerhalb der Heideblüte einen Grund haben, herzukommen. Das Ponyreiten kommt schon sehr gut an, wissen Sie?« Karl geriet ins Schwärmen. »Wir haben schon drei Apartments gebaut. Zu jedem gehört ein Pony. Die sind fast immer ausgebucht, nur im Winter nicht. Und auf der alten Kornbühne ist noch Platz für mindestens vier weitere. Die kosten nicht viel, und die Gäste können sich selbst verpflegen. Das wäre für Linderwald eine echte Bereicherung.«

»Ich nehme an, für Sie auch«, erwiderte Villa.

»Das hoffen wir natürlich«, antwortete Fuhrbacher unumwunden. »Und bei dem Termin in Hamburg geht es um die Finanzierung des Projektes. Der Vertrag liegt bei den Anwälten und soll nächste Woche unterzeichnet werden.« Fuhrbacher zögerte. »Immer vorausgesetzt, Sie wirbeln nicht so viel Staub auf mit Ihren Mordermittlungen.«

Villa, der den – etwas zu prunkvollen – Kronleuchter begutachtete, der den Raum dominierte, nahm diese Aussage kommentarlos zur Kenntnis.

»Sagen Sie, damals, als die Tochter von Luise Schönbrock verschwunden war, wie war das eigentlich? Können Sie mir den Tag aus Ihrer Sicht schildern?«

»Wie bitte? Was hat denn das jetzt mit uns zu tun?« Karl Fuhrbacher musterte zuerst Villa, dann Wiebke, die eine altmodische Vase zur Hand genommen hatte und betrachtete. »Können Sie das wieder hinstellen, bitte? Ist ein altes Erbstück.« Das klang ein bisschen panisch. Wiebke stellte die Vase achtlos wieder hin.

»Wir ermitteln auch in diesem Fall«, erwiderte Villa.

»Aber was gibt's denn da noch zu ermitteln? Ist das nicht längst erledigt?«

»Natürlich.« Magda Fuhrbacher wischte sich mit dem Handballen über die Wange und schniefte leise. »Wahrscheinlich gibt es neue Erkenntnisse. Oder, Herr Kommissar?«

»Erzählen Sie doch einfach, damit wir uns ein Bild machen können.« Villa wollte sich von niemandem in die Karten gucken lassen.

»Na, also als die ... wie hieß sie noch? Lotte?«, Fuhrbacher wandte sich an seine Mutter.

»Lilly hieß sie. Soweit ich weiß.«

»... als die Kleine damals verschwunden ist, waren wir hier auf dem Hof. Dr. Alt war da und hat die Pferde geimpft. Das weiß ich noch, weil kurz darauf die Hölle losgebrochen ist. Das ganze Dorf war auf den Beinen, alles war voller Polizisten, die mit Hunden den Wald und die Heide durchkämmt haben. Bis in die Nacht sind die Hubschrauber gekreist. Sogar den Sühler Teich haben sie abgesucht, mit Tauchern. Und wir haben mitgeholfen, bei der Suche. Da können Sie die Leute im Dorf fragen. Alle haben mitgeholfen. Aber das Kind haben wir trotzdem nicht gefunden.«

»Und Jimmy, oder Schimmi, wie Sie ihn nennen, war auch hier?«

»Ja natürlich.« Fuhrbacher wurde ärgerlich. »Das hat mein Vater damals mehr als deutlich gesagt, aber die Beamten haben ihn trotzdem nicht in Ruhe gelassen. Als ob Schimmi irgendwas damit zu tun gehabt hätte. Der tut nur, was man ihm sagt.«

Villa warf Wiebke einen Blick zu. »Ich denke, das war vorerst alles. Bitte schicken Sie Ihren Mann, sobald er da ist, in der Schenke vorbei.«

»Aber warum denn? Mein Mann kann Ihnen doch nichts anderes erzählen als wir«, wandte Magda Fuhrbacher ein.

»Das weiß man nie«, antwortete Villa, und die beiden verabschiedeten sich.

Auf dem Weg zurück zur Schenke telefonierte er kurz mit Brinkmann, dem er aufgetragen hatte, sich die anderen Internet-Sexkunden aus Linderwald und Waldhof mal genauer anzusehen.

Doberan ermittelte immer noch unter der reitenden Bevölkerung und versuchte, die Mordwaffe zu finden. Um zwei Uhr sollten sich alle im Clubzimmer in der Schenke treffen. Und danach musste er sich endlich bei der Staatsanwältin melden. Villa war heilfroh, dass Frau Dr. Steinwedel eine geduldige Frau war und ihn in Ruhe seine Arbeit tun ließ, ohne ihn ständig damit zu nerven, ihr Bericht zu erstatten. Er beauftragte Wiebke, sich noch einmal genauer mit Fuhrbachers Vergangenheit zu beschäftigen, und er selbst wollte sich vor dem Mittagessen noch mal etwas intensiver mit Anita Senner unterhalten. Heute Morgen beim Frühstück hatte sie ihm die kalte Schulter gezeigt. Aber das würde sich ändern.

Er betrat die Gaststube und blickte sich um. Anita war nirgends zu sehen. Am Stammtisch saßen der Bürgermeister, seine Frau, Helga Landmeier und eine jüngere, hübsche Frau, die er nicht kannte. Bilfert winkte ihm zu.

»Hallo, könnten Sie einen Moment zu uns kommen, bitte?«

Villa ging zum Stammtisch, wo Bilfert ihn überschwänglich zum Sitzen aufforderte. »Darf ich Ihnen unsere Heidekönigin vorstellen? Das ist Verena Spiekermann.«

Die junge Frau strahlte ihn an. Villa begrüßte sie und setzte sich.

»Können wir uns kurz über unser Heidefest unterhalten? Darf ich Sie zu einem Kaffee einladen?«

Villa fand, eine Einladung zum Kaffee konnte er annehmen, ohne dass ihm ein Disziplinarverfahren wegen Bestechlichkeit drohte.

Bilfert winkte Anita heran, die eben hereingekommen war. Sie trug ein enges schwarzes T-Shirt und einen geblümten Glockenrock, der gerade ihr Hinterteil bedeckte, wodurch ihre Beine noch länger und schlanker wirkten, als sie ohnehin waren. Die Gesichter der drei Frauen am Tisch verfinsterten sich. Anita kam heran und verzog keine Miene.

»Könnten wir noch einen Kaffee bekommen, bitte?«, sagte Bilfert.

»Natürlich.« Anita warf Bilfert einen freundlichen und Villa einen mürrischen Blick zu. Die Frauen beachtete sie nicht.

»Sagen Sie«, begann Bilfert nun an Villa gewandt, »wie sieht's denn aus mit den Ermittlungen? Sind Sie irgendwie weitergekommen? Ich meine, morgen Mittag beginnt unser Heidefest mit einem kleinen Umzug. Da wird unsere Frau Spiekermann …«, er lächelte der jungen Frau, die sich in ihrer Königinnenrolle sonnte, zu, »… mit einer Kutsche durch die Straßen ziehen und Heidesträußchen verteilen. Und abends ist Tanz. Es wäre natürlich schön, wenn wir der Presse schon mal einen kleinen Erfolg mitteilen könnten. Haben Sie denn mittlerweile etwas herausgefunden? Wie ich höre, haben Sie Lutz Dressler … äh, festgenommen.«

»Weil er sich der Befragung entzogen hatte. Er ist wieder frei.«

»Natürlich«, sagte Bilfert, »ist er's denn gewesen?«

»Dazu kann ich keine Auskunft geben. Das wissen Sie.«

»Ja, jammerschade, dass das Ganze noch nicht abgeschlossen werden konnte, aber …«, der Bürgermeister wand sich, »wir haben uns trotz allem entschlossen, das Fest nicht ausfallen zu lassen. Es würde ja auch niemandem nützen, nicht wahr?«

Im Blick des Bürgermeisters lag etwas Lauerndes.

»Ich sehe keinen Grund, warum Sie auf Ihr Fest verzichten sollten«, sagte Villa und nickte Anita, die ihm gerade seinen Kaffee hinstellte, freundlich zu. »Außer vielleicht aus Pietät den Hinterbliebenen gegenüber.«

»Ja … ja, das hatten wir natürlich überlegt«, dem Bürgermeister war anzusehen, dass er sich darüber Gedanken gemacht hatte, aber die wirtschaftlichen Interessen hatten offensichtlich den Sieg über die Pietät davongetragen.

Villa trank einen Schluck Kaffee und wandte sich an Helga Landmeier. »Wie geht es Frau Schönbrock?«

Helga zuckte mit den Schultern. »Ich weiß nicht, sie hockt in ihrem Apartment und will mit niemandem reden.«

Das konnte Villa sich denken. Er beschloss, nach ihr zu sehen. Man konnte nie wissen. Die anderen wandten sich wieder dem unterbrochenen Gespräch zu, und die junge Frau ließ Villa keinen Moment aus den Augen. Er trank seinen Kaffee aus, bedankte sich und verließ die Runde, um bei Luise anzuklopfen, aber sie kam ihm auf der Treppe entgegen. Sie wollte wortlos an ihm vorbeigehen, aber er stellte sich ihr in den Weg.

»Zu Ihnen wollte ich.«

»Wieso, haben Sie Neuigkeiten? Aber …«, Luise zögerte, »interessiert mich eigentlich gar nicht mehr«, sagte sie ruhig. »Ich … ich muss nachdenken.«

Sie drängte an ihm vorbei, ging durch die Gaststube, grüßte den Bürgermeister, der sie aufforderte, sich zu ihnen zu gesellen, was sie ablehnte. Einen Augenblick später war sie verschwunden.

»So langsam hat der Urlaub ein Ende, würde ich sagen«, knurrte es hinter ihm. »Lange geht das so jedenfalls nicht weiter. Wir brauchen hier Unterstützung.« Anita stand am Tresen und spülte Gläser.

Villa setzte sich auf einen Barhocker. »Mit Ihnen wollte ich reden.«

»Aber ich nicht mit Ihnen«, sagte Anita. Sie trocknete sich die Hände ab, kam hinter dem Tresen hervor und wollte an Villa vorbeigehen. Aber der ergriff ihren Arm und hielt sie zurück.

»Doch«, sagte er leise. »Oder muss ich Sie festnehmen?«

Dagegen schien Anita nichts einzuwenden zu haben, denn sie lächelte.

»So richtig mit Handschellen?«, flüsterte sie.

Villa hatte eigentlich vorgehabt, mit ihr ins Clubzimmer zu gehen, aber es schien ihm vernünftiger, diese Frau in der Öffentlichkeit zu befragen.

»Wenn Sie wollen«, antwortete er. »Aber vorher erzählen Sie mir, wieso Sie dem Lutz zweihundert Euro bezahlt haben, damit er den Seidel verhaut.«

Anitas Blick verfinsterte sich. »Dieser Idiot«, zischte sie.

Doch sie besann sich schnell und zauberte wieder ein Lächeln auf ihr Gesicht. »Das stimmt doch gar nicht, hat er so was gesagt?«

»Allerdings.«

»Dann hat er gelogen.«

»Ah ja?«

»Warum sollte ich so was tun?«

»Das war meine Frage.«

Anita zwängte ihre Hüften zwischen Villas Knie, legte ihre Hände auf seine Oberschenkel und flüsterte ihm ins Ohr. »Ich komme heute Nacht zu dir und erzähl dir alles, was du willst.« Bevor sie im Flur verschwand, drehte sie sich noch mal um. »Und denk an die Handschellen.« Dann warf sie den Kopf in den Nacken und lachte.

Verdammt, dachte Villa, als sie weg war. Eins zu null für sie. Er war keinen Deut schlauer als vorher. Selbst wenn es stimmte, was Lutz Dressler sagte – und Villa war überzeugt davon, dass es stimmte –, wie sollte er das jemals beweisen? Da stand Aussage gegen Aussage, und dieses Teufelsweib wusste das ganz genau.

Er war überzeugt davon, dass Anita Senner einen bestimmten Grund gehabt hatte, Seidel einen Denkzettel zu verpassen. Und dieser Grund sollte nicht an die Öffentlichkeit gelangen, sonst hätte sie ja einfach die Polizei verständigen können, was sie aber nicht getan hatte.

Villa stand auf, um ins Clubzimmer zu gehen und auf die anderen zu warten. Dann sah er Luise. Sie stand abwartend in der offenen Tür, die Mundwinkel missbilligend verzogen. Hatte sie die Szene am Tresen etwa mitbekommen? Das wäre ihm äußerst unangenehm. Villa wusste nicht, warum. Luise ging an ihm vorbei, ohne ihn eines Blickes zu würdigen.

***

Wieso war sie zurückgekommen? Was hatte sie denn erwartet? Dass ein Mann Anita die Stirn bieten würde? Luise warf die Wohnungstür hinter sich zu. Nun stand sie wieder in ihrem Apartment. Und? Was wollte sie hier? Sie war doch eben erst geflohen. Wollte weg, allein sein. Oder auch nicht. Sie hatte überlegt, einfach ihre Koffer zu packen und dieses Dorf zu verlassen. Aber sie wusste nicht, wohin sie gehen sollte. Und außerdem konnte sie Lorenz nicht so einfach im Stich lassen, wo doch morgen das Heidefest anfing. Dieses verflixte Fest. Als ob ihr zum Feiern zumute wäre.

Aber sie hatte das Fest in den letzten Jahren über sich ergehen lassen und würde es auch dieses Jahr wieder tun. Und dann, wenn es vorbei war, würde sie ihre Koffer packen und einfach erst mal nach Lüneburg in ein Hotel ziehen. Nein, das war unklug, das konnte sie sich nicht leisten. Es wäre vernünftiger, sich zuerst eine Wohnung zu suchen. Ein paar Monate konnte sie schon überbrücken. Aber dann … musste sie sich Arbeit suchen.

Davor graute ihr. Sie war nicht mal sicher, ob sie noch jemand als Lehrerin einstellen würde, nachdem sie fast acht Jahre lang nicht mehr vor einer Klasse gestanden hatte. Ihr Herz klopfte bei dem Gedanken. Ob sie das überhaupt schaffen würde? Egal. Sie musste es eben versuchen. Hier musste sie jedenfalls weg.

Vielleicht sollte sie mit Kerstin darüber sprechen. Sie hatte viele Bekannte in Lüneburg und konnte ihr bestimmt helfen. Aber wenn Luise an Kerstin dachte, folgten die Gedanken an ihren Vater auf dem Fuß, und das konnte sie schlecht ertragen.

Außerdem fragte sie sich, wieso die alte Frau Seidel sich so merkwürdig über den Fuhrbacher geäußert hatte. Der war doch der Dorfheilige. Ein Gutsherr aus alteingesessener Familie – das war den Dörflern hier wichtig. Investierte kräftig in die touristische Anziehungskraft des Ortes und sponserte den heimischen Tischtennisverein, der sogar schon überregionale Erfolge vorweisen konnte. Und bei allem Altruismus gab er sich zurückhaltend und volksnah. Der Fuhrbacher war im Gegensatz zum Seidel bei allen beliebt.

Und nun nannte die alte Frau ihn so einfach ein Arschloch. Das war schon seltsam. Aber was ging das sie an? Luise hatte selbst genug Probleme. Sie hatte gerade ihr altes Leben begraben und musste sich ein neues aufbauen.

Nächste Woche würde sie damit anfangen und das alles hier hinter sich lassen. Auch diesen verdammten Polizisten.

***

Villa hatte schlechte Laune. Er konnte sich nicht erinnern, dass eine Frau ihn jemals derart überrumpelt hatte. Als seine Mitarbeiter sich in ihrem improvisierten Besprechungsraum einfanden, stand er wie üblich am Fenster und sah hinaus. Draußen schien die Sonne, die Wanderer marschierten im Gänsemarsch über die schmalen Pfade, als wäre nichts geschehen. Das machte Villa noch wütender.

Er drehte sich um, riss einen Stuhl heran und setzte sich. Wiebke und Doberan blickten ihn verwirrt an. Brinkmann grinste.

»Was ist so lustig?«, fuhr ihn Villa an.

Brinkmanns Lächeln erstarb. »Lustig ist gar nichts«, erwiderte er beleidigt, »aber ich habe gute Nachrichten.«

»Tatsächlich, das wurde auch Zeit.«

Was war nur mit ihm los? Villa konnte sich selbst nicht ausstehen, und Wiebke schien ihm beizupflichten. Sie starrte ihn böse an.

Brinkmann räusperte sich. »Also, ich habe mich mal in die Vergangenheit von dem Schönbrock reingehängt, und da ist mir was aufgefallen.« Brinkmann ruckte mit dem Stuhl nach vorn. »Also, etwa drei Monate vor dem Verschwinden seiner Tochter hat er angefangen, sich eine Sozietät in Hamburg aufzubauen.«

»Ja und?« Doberan verschränkte die Arme. »Das ist ja nicht strafbar.«

Brinkmann warf seinem Kollegen einen giftigen Blick zu »Nein, aber woher er das Geld hatte, das ist die Frage.« Er lehnte sich triumphierend zurück.

»Wie bist du an seine Konten gekommen?«, wollte Wiebke wissen.

Villa wollte das nicht wissen und wischte ihren Einwand beiseite. »Und? Was hast du gefunden?«

»Tja, entweder hat der Mann im Lotto gewonnen oder sonst

wo. Seine Arbeit als Rechtsanwalt hat ihm jedenfalls nicht annähernd genug eingebracht, um die sechzigtausend hinzulegen, die er für den Ankauf der Praxis bezahlt hat.«

»Er hatte das Haus, das konnte er doch beleihen«, wandte Doberan ein.

»Das Haus hatte schon eine Hypothek, und außerdem hab ich das natürlich geprüft«, antwortete Brinkmann und schnitt eine Grimasse in Richtung seines Kollegen.

Villa schlug die Beine übereinander. »Das ist auf jeden Fall interessant. Gute Arbeit«, sagte er, und Brinkmann strahlte.

Doberan verdrehte die Augen. »Ja und was hat das jetzt mit unserem Fall hier zu tun? Das ist acht Jahre her. Wollen wir wirklich wissen, wo der Mann das Geld herhatte?« Er zögerte einen Moment, schien zu überlegen. »Oder glaubt ihr, der hat seine eigene Tochter …?«

Villa hob die Hand. »Wir wissen nicht, ob und, wenn ja, was das Ganze mit unserem Fall zu tun hat, aber wir werden der Sache nachgehen. Hast du den Pornokunden auf den Zahn gefühlt?«

Brinkmann grinste. »Die haben ziemlich panisch reagiert. Sind ja nur drei bisher. Zwei davon wohnen erst seit fünf beziehungsweise zwei Jahren hier, und der Dritte ist unser verehrter Doktor. Alt. Das war ihm zwar ziemlich peinlich, aber verboten wäre es ja auch nicht, womit er natürlich recht hat. Außerdem hat er ja ein Alibi. War auf dem Fuhrbacher-Hof.«

Villa rieb sich über die Wange. Nein, verboten war es nicht, aber aufschlussreich. Dieser Dr. Alt interessierte sich für die Mutter des Kindes. Das musste nichts bedeuten, für Luise Schönbrock schienen sich viele Männer zu interessieren.

»Egal, wir werden den Mann im Auge behalten«, sagte er und wandte sich an Wiebke. »Wie weit bist du mit den Telefonlisten?«

»Bisher nichts Verdächtiges. Der Seidel hatte nur Festnetz und scheint überhaupt nicht telefoniert zu haben. Jedenfalls hab ich nur Anschlüsse gefunden, die die Tochter oder die Mutter betreffen. Meistens Kunden, die Tochter ist ja Friseuse und macht Hausbesuche, und sonst gibt's Gespräche mit dem

Pflegedienst für die alte Frau Seidel, mit der Physiotherapeutin und der Nachbarin. Die Tochter ruft von ihrem Handy aus oft an, wegen der Mutter. Ja, dann gab's noch ein paar Anrufe von Luise Schönbrock und von den Landmeiers, aber die sind ja auch befreundet. Also, da hab ich bisher nichts Auffälliges gefunden. Und bei dem Handy vom Dressler hab ich die Liste gerade erst bekommen. Da arbeite ich dran.«

»Okay, was ist mit den Reitern?«

»Da bin ich dran«, sagte Doberan, »aber … das sind nicht wenige, und bisher haben alle ein Alibi, weil sie nicht allein ausreiten und um die Zeit schon gar nicht. Und außerdem fehlt uns immer noch die Mordwaffe. Ich hab zwar alle Nudelhölzer und was ich sonst bei meinen Hausbesuchen gefunden hab und was auch nur annähernd in Frage kommt, ins Labor geschickt, doch bislang ohne Ergebnis. Und mit den Spaten, die ich eingesammelt habe, ist es das Gleiche. Aber … der Mörder wäre ja dämlich, wenn er sein Werkzeug nicht gut verstecken würde.«

»Wem sagst du das?« Villa erhob sich. »Wir werden so lange suchen, bis wir etwas gefunden haben. Der Täter wohnt in diesem Dorf, und wir gehen hier nicht weg, bevor wir ihn gefunden haben. Noch was?«

Kollektives Kopfschütteln.

»Na gut«, Villa wandte sich an Brinkmann. »Du redest mal ein paar Takte mit dem Schönbrock. Und du, Wiebke, kommst jetzt mit mir zum Fuhrbacher. Und wenn er nicht da ist, warten wir, bis er kommt.«

»Okay.«

»Sonst noch was?«, fragte Villa in die Runde.

»Nö.«

»Also dann.«

Als Villa eine halbe Stunde später mit seiner Assistentin am Fuhrbacher-Gut ankam, kam ihnen der Hausherr bereits entgegen. Fast als hätte er auf die Polizisten gewartet.

»Kommen Sie, wir gehen in unsere Reiterbar, da ist um diese Zeit niemand. Meine Frau hat Gäste.«

»Aha«, sagte Villa und nickte Wiebke vielsagend zu.

Die drei gingen über den Hof zur Reithalle und betraten einen kleinen, rustikal eingerichteten Aufenthaltsraum. An der Wand hing eine Art Schlüsselbrett mit zwei Reihen kleiner Häkchen, an denen Flaschenöffner hingen. Jedes Häkchen hatte einen Namen. Die Öffner für Hartmut und Kathrin fehlten. Die eine Wand schmückte ein brauner Kachelofen, an der gegenüberliegenden Seite war eine moderne Bar eingerichtet. Ein Kühlschrank surrte. Die Fenster umrandeten braun-weiße Karogardinen.

»Bauernstadel«, murmelte Wiebke, nachdem sie sich umgesehen hatte.

Villa warf ihr einen warnenden Blick zu, er wollte sich Fuhrbachers Kommunikationsbereitschaft nicht schon im Vorfeld verscherzen. Aber der Gutsherr schien Wiebkes Gemurmel nicht mitbekommen zu haben. Er war mit seinen Gedanken woanders.

Sie setzten sich auf die Eckbank.

»Kann ich Ihnen etwas anbieten? Wasser?«

Die beiden Beamten lehnten dankend ab.

»Dann sollten wir das hier vielleicht schnell hinter uns bringen.« Fuhrbacher konsultierte seine Armbanduhr. »Wie Sie vielleicht wissen, ist morgen um ein Uhr die Eröffnung des Heidefestes. Ich bin eingeladen und muss noch an meiner Rede arbeiten. Was wollen Sie denn eigentlich noch von mir?«

»Herr Fuhrbacher, Sie haben bestimmte sexuelle Vorlieben«, begann Villa ohne Umschweife. »Und diese Vorlieben haben uns neugierig gemacht.«

Fuhrbacher war feuerrot geworden, schien aber auch nicht sonderlich überrascht zu sein. »Das ist nicht strafbar und außerdem … Woher wissen Sie davon?«

»Was uns dabei interessiert«, fuhr Villa fort, »ist, ob Sie Ihre Vorlieben für Mädchen in Schuluniformen immer im Rahmen des Gesetzes ausleben.«

Fuhrbacher sprang auf. »Was wollen Sie damit sagen? Sie können mir nichts vorwerfen!« Er verstummte und blickte misstrauisch von Villa zu Wiebke. »Oder doch?«

»Erzählen Sie uns bitte noch mal ganz genau, was Sie am Tag des Verschwindens von Lilly Schönbrock gemacht haben.«

Fuhrbachers Gesicht wurde noch röter. Seine Unterlippe zitterte. Wiebke fürchtete fast, den Mann würde der Schlag treffen.

»Alles, was zu dieser Angelegenheit zu sagen ist, habe ich vor acht Jahren Ihren Kollegen bereits gesagt. Sie verlassen jetzt sofort meinen Hof.« Fuhrbacher flüsterte nur noch. »Ich werde einen Anwalt einschalten. Eine Unverschämtheit ist das.«

Villa stand auf. »Tun Sie das. Sie erhalten dann eine Vorladung.«

»Wieso Vorladung?« Fuhrbacher wurde laut. »Was ist das für eine Hetze gegen einen unbescholtenen Bürger?«

Villa tippte sich an die Stirn und gab Wiebke, die sitzen geblieben war und Fuhrbacher böse ansah, ein Zeichen. Sie erhob sich langsam und folgte Villa hinaus.

»Ein kurzer Besuch«, sagte Villa, nachdem er die Tür geschlossen hatte.

»Wie geht's jetzt weiter?«

»Wie ich schon sagte, wir laden ihn vor.«

»Meinst du, er wird dann mehr sagen?«

»Keine Ahnung. Was sagst du zu seiner Reaktion?«

»Wieso? War das nicht zu erwarten?« Wiebke guckte ihren Chef verwundert an.

»Kommt drauf an, ob einer sich schuldig fühlt oder nicht. Keiner brüllt ohne Grund.«

Als sie um die Scheune herumgegangen waren, kam ihnen Dr. Alt entgegen. Als er die beiden Polizisten erblickte, blieb er einen Moment stehen und ging dann auf sie zu. »Ich wollte nach dem Pferd sehen.«

»Warum tun Sie's dann nicht?«, fragte Wiebke.

»Hab ich doch schon«, antwortete der Arzt. »Muss noch etwas mit Friedhelm besprechen. Im Haus ist er nicht. Haben Sie ihn gesehen?«

Villa wies mit dem Daumen über seine Schulter in Richtung Bar.

»Aha, na denn«, sagte Dr. Alt und wollte an den beiden Beamten vorbeigehen.

»Sie besuchen regelmäßig ein Bordell in Hamburg, richtig?«

Dr. Alt blieb stehen und seufzte gelangweilt. »Na und? Ich bin erwachsen und Witwer. Was gibt's dagegen einzuwenden?«

»Gar nichts«, sagte Villa. »Viel Spaß noch.«

Der Tierarzt drehte sich um und ließ die beiden stehen.

»Siehst du, der fühlt sich nicht schuldig.«

»Was heißt das schon?«, wandte Wiebke ein. »Erstens ist er nicht verheiratet, und zweitens, wenn sich einer nicht schuldig fühlt, heißt das noch lange nicht, dass er auch unschuldig ist.«

»Das stimmt allerdings.«

»Ob er gelauscht hat?«

»Gut möglich.«

# sieben

Die Dorfstraße glich einer Prachtallee. Girlanden und Lichterketten hangelten sich von Baum zu Baum. Auf dem Bürgersteig reihten sich aus Tapeziertischen improvisierte Verkaufsstände, die Bedachung hatten sich die Dorfbewohner angesichts der guten Wetteraussichten gespart. Das Heidefest schien trotz aller Vorkommnisse unter einem wohlwollenden Stern zu stehen.

Alle Pferde und Kutschen waren mit Heidekraut und Kornblumen geschmückt und zogen stolz über die lebhafte Partymeile. Die Sonne schien – vielleicht würde es ein wenig zu warm werden –, aber gegen Durst konnte man kühles Bier trinken, und einige Dorfbewohner, die erwartungsvoll am Straßenrand standen und auf den Wagen mit der Heidekönigin warteten, hatten zum Schutz gegen die Sonne ihre Regenschirme aufgespannt.

Dem Wagen der Heidekönigin ging eine kleine Blaskapelle voraus und der Shanty-Chor, der vom Heideröslein sang. Lutz Dressler war auch dabei, worüber Villa, der das Treiben von der Terrasse der Schnucken-Schenke aus beobachtete, mehr als erstaunt war.

»Der traut sich was«, sagte er zu Wiebke, die neben ihm stand und leise vor sich hin summte.

»Der Chor kriegt Freibier«, erwiderte Wiebke, »hat mir der Dorfbulle erzählt.«

»Ja dann.«

Die Kutsche der Heidekönigin war wie zu erwarten die prächtigste von allen. Die zwei mächtigen Schimmel, die sie zogen, hatten violette Bänder in die Mähnen geflochten. Eine aus Wacholdergrün geflochtene Krone, mit kunstvoll eingearbeitetem Heidekraut und Getreidesträußchen, überspannte die Kutschbank der Königin, die, ein goldenes Krönchen auf dem Haupt, in ihren Purpurmantel gehüllt, der Menge huldvoll zulächelte und kleine Honigtöpfchen verteilte.

»Hat ein bisschen was vom Kölner Karneval, oder?«

Villa grinste Wiebke an. »Das machst du gerne, oder?«

»Was meinst du?«

»Alles in Schubladen packen.«

Wiebke stutzte. »Ja und? Man wird doch wohl noch Vergleiche anstellen dürfen.«

»Klar. Wenn du dich dann besser fühlst.«

Wiebke zuckte mit den Schultern. »Was hat das denn mit Besserfühlen zu tun?«

»Wenn man etwas Neues etwas Bekanntem zuordnen kann, hat man zumindest das Gefühl, die Dinge unter Kontrolle zu haben. Es kann einem aber auch den Blick vernebeln.«

Wiebke verdrehte die Augen. »Wie viele Lektionen kommen heute noch?«

Villa grinste. »Die sollte für heute reichen.« Er tippte ihr auf die Schulter. »Sieh mal an, wer da kommt.«

Wiebke folgte seinem Blick und erblickte einen Mann im hellen Sommeranzug, der sich seinen Weg durch die Mengen am Straßenrand bahnte und dabei immer wieder freundlich grüßte. Friedhelm Fuhrbacher hielt Hof. Er bemerkte die beiden Beamten erst, als er bereits vor ihnen stand. Er wurde schlagartig ernst und schluckte. Villa sah ihn herausfordernd an.

»Ich denke, wir sehen uns am Montag. Was meinen Sie?«

Der Gutsherr fixierte Villa, der ihm den Weg versperrte, einige Sekunden lang von oben herab, machte dann einen Bogen um ihn und Wiebke und ging weiter. Die Umstehenden starrten ihm neugierig nach.

»Wieso ist der bloß so eingebildet? So schön ist er auch nicht«, murmelte Wiebke.

Villa warf ihr einen Blick zu, kam aber nicht mehr dazu, etwas zu sagen, denn Anita hatte sich bei ihm eingehakt.

»Wo waren Sie denn gestern Abend? Ich hab auf Sie gewartet. Und auf die Handschellen.«

Wiebke schnappte nach Luft. Anita hatte – natürlich – nicht besonders leise gesprochen. Villa schüttelte ärgerlich ihre Hand ab.

»Ich hab noch einen wichtigen Termin«, sagte er und verschwand in Richtung Schenke.

Villa ging in die Gaststube. Natürlich hatte er keinen wichtigen Termin. Es war Wochenende, die Befragungen liefen. Brinkmann war bei seiner Familie, er kam erst Montag zurück, und Doberan, auf den zu Hause niemand wartete, hatte sich bereit erklärt, in Linderwald zu bleiben und die Augen offen zu halten, was immer er darunter verstand. Wiebke würde in die Stadt fahren und ihrem Bruder Christian einen Besuch abstatten.

Er selbst hätte seine Eltern besuchen können, die seit Monaten darauf warteten, dass er sich mal wieder blicken ließ. Aber Villa wollte nicht weg. Er wollte hier in Linderwald bleiben. Einerseits, um die Bewohner zu studieren, andererseits … er wusste es selbst nicht so genau.

Luise trug gerade ein mit Gläsern, Wasserflaschen und Kaffeekännchen gefülltes Tablett zu einer großen Touristenrunde. Die Gäste stimmten sich offensichtlich auf den abendlichen Tanz ein. Einer der etwas älteren Männer tätschelte Luises Arm.

Villa wandte sich ab. Seit gestern ignorierte sie ihn völlig, oder bildete er sich das nur ein? Nein, eher nicht. Wahrscheinlich hielt sie ihn für einen dieser Typen, die ihr den Arm tätschelten und sich dann verabschiedeten und mit Frauen wie Anita anbandelten. Sie hatte das Tablett in die Küche getragen und machte sich jetzt an der monströsen Espressomaschine zu schaffen. Villa ging an die Bar. Seit wann hatte er Angst vor Frauen? Er setzte sich auf den Barhocker.

»Kann ich einen Kaffee haben? Einen ganz normalen deutschen?«

Sie drehte sich um. »Sie meinen gefilterten?«

»Von mir aus.«

Sie griff nach der gefüllten Kanne, die in der altmodischen Kaffeemaschine stand, goss wortlos ein und stellte ihm die Tasse, ein Milchkännchen und Zucker ebenso wortlos hin.

»Trinken Sie einen mit? Ich lade Sie ein.«

Sie drehte sich um und warf ihm einen bösen Blick zu. »Nein danke.«

»Nun seien Sie doch nicht so«, sagte er.

»Wie?«, fragte Luise. »Ich muss arbeiten.«

»Heute Abend auch?«

»Natürlich.«

Villa rührte in seinem Kaffee. »Wieso glaube ich Ihnen das nicht?«

»Weiß ich doch nicht.« Luise belud ihr Tablett und marschierte davon.

Villa lächelte amüsiert. Konnte es sein, dass sie … eifersüchtig war? Und wieso freute ihn der Gedanke? Er trank seinen Kaffee und wartete, dass sie wieder auftauchte. Es dauerte eine Weile, dann kam sie und knallte ihr Tablett auf den Tresen.

»Was halten Sie davon, wenn wir heute Abend gemeinsam das Fest besuchen? Sie könnten mir dabei etwas von den Dorfbewohnern erzählen.«

»Fragen Sie doch Anita.« Das Zischen der Espressomaschine unterstrich ihre Worte auf eindrucksvolle Weise.

»Sie meinen Frau Senner.« Villa schob seine Tasse weg. »Ich denke, Sie haben mehr zu erzählen als Frau Senner.«

Das war durchaus auch im übertragenen Sinn gemeint, und Villa fragte sich, ob sie es bemerkte. Wahrscheinlich, sie war ja Lehrerin. Da konnte man davon ausgehen, dass sie Doppeldeutigkeiten erkannte.

Er stützte sein Kinn in die Hand und sah sie erwartungsvoll an.

Die Espressomaschine schwieg, und Luise lächelte. »Wenn Sie meinen. Ich mache um sechs Uhr Feierabend.«

»Schön, dann können wir um sieben zusammen essen, und anschließend erzählen Sie mir etwas über die Dorfbewohner.«

»Kann ich Ihnen da wirklich noch was Neues erzählen?«

»Wer weiß?«

Villa schlenderte mit den Massen die Straße entlang. Das Dorf schien sich in einen einzigen großen Marktplatz verwandelt zu haben. Bei Frau Bilfert kaufte er ein Glas Heidehonig für seine Mutter und für den Vater eine Flasche Holunderblütenwein. Zu Mittag gönnte er sich Schnuckengulasch mit Dampfkartoffeln und Möhrengemüse, und danach bewunderte er die Gestecke aus Heidekraut und Wacholder, die Helga Landmeier und Kerstin Seidel gefertigt hatten. Dann ging er ins Festzelt, wo am Nachmittag die Landfrauen zu Kaffee und Kuchen geladen hatten.

Unter den misstrauischen Augen der Frauen, die das riesige Kuchenbüfett bewachten, ließ Villa sich von der Buchweizentorte geben und setzte sich an einen der langen Tische. Zwar grüßten ihn alle freundlich, aber er hatte trotzdem das Gefühl, gemieden zu werden. Hin und wieder trafen ihn verstohlene Blicke von den anderen, gut besetzten Tischen. Es waren hauptsächlich ältere Leute, die die glühende Nachmittagssonne auf dem Vorplatz mieden, obwohl die Linden, die den Platz säumten, genügend Schatten spendeten. Die Heidekönigin thronte in Gesellschaft des Bürgermeisters auf einem Podest nahe der Bühne für die Kapelle. Um sie herum gruppierte sich die Dorfprominenz, zu der unter anderem Dr. Alt zählte und eine junge Frau, die mit einer Kamera hantierte und offensichtlich den Dorftelegrafen repräsentierte, sowie ein älteres Ehepaar, das sich angeregt mit der Gattin des Bürgermeisters unterhielt.

Villa wunderte sich, warum die Fuhrbachers bei dieser illustren Gesellschaft fehlten. Dann entdeckte er Magda Fuhrbacher unter den Landfrauen an der Kuchenbar. Ihr Gatte schien anderweitig beschäftigt zu sein. Aber vielleicht erholte er sich auch nur von den Anstrengungen des Vormittags. Immerhin war er – wie jedes Jahr – neben dem Bürgermeister der Festredner gewesen. Die Kapelle amüsierte sich zusammen mit den Mitgliedern des Shanty-Chors lauthals an der Theke. Lutz Dressler war mit von der Partie und warf Villa finstere Blicke zu.

Es war erst später Nachmittag, aber das Bier floss bereits in Strömen, und Villa fragte sich, wie die Musiker und Sänger bis tief in die Nacht durchhalten wollten. Er beschloss, einen Spaziergang durch die Heide zu machen und sich ein wenig in der Gegend umzusehen, bevor er Luise zum Essen treffen sollte. Er lächelte bei dem Gedanken. Das war neu, der Gedanke an eine Frau hatte in den letzten Monaten nichts anderes als Leid und Angst in ihm ausgelöst.

Es war kurz vor sechs, als er von seinem kurzen Spaziergang zurückkam und die Gaststube betrat. Sie war erstaunlich leer. Die

Gäste waren wohl alle am Festplatz. Villa war auf dem Rückweg dort vorbeigekommen und war Anita, die sich in der Bewunderung mehrerer Männer sonnte, mit knapper Not entkommen.

Luise war nirgends zu sehen. Vielleicht hatte sie schon Feierabend gemacht. Er beschloss, an der Bar ein Bier zu trinken, und wartete auf Bedienung. Nach einigen Minuten sah er auf die Uhr. Wieso kam niemand? Na gut. Luise hatte wahrscheinlich Feierabend, und Anita amüsierte sich im Festzelt. Aber dann müsste doch Lorenz da sein oder diese nervöse Fritzi.

Er beschloss, im Büro nachzufragen. Auf sein Klopfen reagierte niemand. Er öffnete die Tür. Das Büro war leer. Er spürte, wie sein Herz zu klopfen begann. Nicht schon wieder, dachte er. Ruhig bleiben. Alles ist gut. Er atmete bewusst aus, zwang sich zur Ruhe und schloss die Tür wieder. Aber das dumpfe Gefühl, dass irgendwas nicht stimmte, ließ ihn nicht los.

Er hechtete die Treppe hinauf zu Luises Apartment und klopfte auch hier. Keine Antwort. Ein dumpfes Rumoren war zu hören, dann ein Klirren. Er klopfte heftig.

»Frau Schönbrock! Ist alles in Ordnung?« Wieder keine Antwort, aber jemand war dadrin. Villa überlegte nur kurz und versetzte der Tür einen heftigen Tritt. Holz splitterte, und die Tür sprang auf.

Alles war still. Reflexartig griff Villa nach seiner Waffe, aber die hatte er – leichtsinnigerweise – in seinem Zimmer gelassen.

»Frau Schönbrock! Sind Sie da?«

Aus dem Badezimmer drang unterdrücktes Stöhnen, dann wieder ein Klirren. Villa drückte auf die Klinke. Abgeschlossen. Kurzerhand trat er auch diese Tür ein.

In der Badewanne fand er sie. Luise und Lorenz Senner. Der Wirt hatte seine Arme um sie geschlungen und die Hand auf ihren Mund gedrückt. Luise strampelte heftig und versuchte, Lorenz die Ellbogen in den Leib zu rammen.

Villa packte Lorenz' Arme und befreite Luise, die nach Luft rang, zitternd aus der Badewanne kletterte und Lorenz einen heftigen Tritt versetzte. Der jaulte wie ein Hund und kniff die Knie zusammen, aber Villa hob ihn aus der Wanne und zerrte ihn durch das Apartment auf den Flur, was ziemlich merkwürdig aussah, weil Lorenz mit zusammengekniffenen Oberschenkeln trippelte und die Hände schützend vor seine Weichteile hielt.

»Nach allem, was ich für dich getan habe«, zeterte er in Luises Richtung.

»Wir sprechen uns noch!«, warnte Villa und versuchte, die Wohnungstür zuzuwerfen, was nicht funktionierte. Das Schloss war hinüber. Dann ging er zurück, um nach Luise zu sehen, die ihrerseits versuchte, die Badezimmertür zuzudrücken, was ebenfalls nicht funktionierte.

»Sind Sie okay?«

»Ja, kann man hier mal in Ruhe aufs Klo gehen?«, schrie Luise.

Villa zog sich vorerst auf den Flur zurück. Lorenz war verschwunden. Wahrscheinlich suchte er nach einem Eisbeutel. Er wartete, bis Luise wieder auftauchte. Ihr Gesicht war rot, und ihre Hände zitterten.

»So ein Arschloch!«, schrie sie in Richtung Flur.

Villa zuckte zusammen.

»Verzeihung, und … danke, ich … Sie haben mich gerettet. Ich weiß gar nicht, was in den gefahren ist.« Sie ließ sich aufs Sofa fallen. »Ich hab ihm gesagt, dass ich weggehe, und da … ist er durchgedreht.«

Sie fuhr sich über die Haare, versuchte, ihren derangierten Pferdeschwanz in Ordnung zu bringen, zerzauste ihn aber nur noch mehr.

»Sie können nicht hierbleiben. Die Türschlösser sind hin.«

Jetzt fing Luise an zu kichern. »Wenn das kein Grund ist, abzuhauen.« Sie stand auf. »Ich packe, könnten … könnten Sie warten?«

»Natürlich.«

Nach zehn Minuten verließen Luise und Villa mit einem Koffer – sie hatte nur den einen – und diversen vollgepackten Taschen das Apartment. In der Tür blieb Luise stehen und warf noch einen letzten Blick in den Raum, der viele Jahre ihr Zuhause gewesen war. Nein, sie ging nicht widerstrebend, sie ließ ihr altes Leben hinter sich, und sie fühlte Erleichterung.

Sie mieden die Gaststube, obwohl nur wenige Gäste darin saßen, gingen an der Küche vorbei, in der Fritzi mit Filippo stritt, über den Flur hinaus auf den Hof, nahmen den Weg hinter der Scheune, wo Luise einen Blick auf die kleine Sommerweide auf der anderen Seite des Hofes warf, auf der Sam und Feuerspiel im Schatten dösten.

»Was wird aus Sam?«, fragte sie Villa.

»Um den kümmern wir uns später.«

Als sie am Landmeier-Hof ankamen, war niemand zu Hause. Natürlich, alle waren auf dem Fest. Luise ging um das Wohnhaus herum zu den Pferdeboxen, wo sie einstweilen das Gepäck abstellten. Dann machten sie sich auf den Weg zum Festplatz.

Luise ging zielstrebig zu dem kleinen Stand, den ihre Freundinnen Kerstin und Helga liebevoll aufgebaut hatten. Sie erzählte den beiden kurz, was geschehen war, woraufhin beide Freundinnen ein paar saftige Flüche gegen den Schnuckenwirt in die Atmosphäre schickten. Helga gab Luise den Schlüssel und tätschelte ihr die Schulter.

»Du kennst dich ja aus, fühl dich wie zu Hause.«

Luise nickte dankbar und ging mit Villa zurück zum Landmeier-Hof. Die Passanten glotzten ihnen neugierig hinterher.

Villa half Luise, ihr Gepäck in das geräumige Gästezimmer hinaufzutragen.

»Am liebsten würde ich Sam gleich herholen, auf dem Paddock ist genug Platz.« Sie nagte an ihrer Unterlippe, denn andererseits konnte sie Feuerspiel auch nicht einfach allein auf der kleinen Sommerweide hinter der Scheune stehen lassen. Die Tiere waren aneinander gewöhnt.

»Dem passiert nichts«, sagte Villa. »Was ist mit Ihnen? Sie müssen hungrig sein.«

Luise ließ sich aufs Bett fallen und legte den Kopf in die Hände.

»Nein, ich kann unmöglich essen.«

»Wollen Sie Anzeige erstatten?«

»Nein, ach … ich weiß noch nicht.«

Sie sah erschöpft aus, und Villa hatte das Bedürfnis, sie in die Arme zu nehmen.

»Was haben Sie jetzt vor?«

»Keine Ahnung.« Luise schwieg einen Moment. »Ich werde mir wohl einen Job suchen müssen.«

»Sie sind Lehrerin, nicht wahr?« Villa setzte sich auf den kleinen Sechziger-Jahre-Sessel, der am Fenster stand.

»Ja, wenigstens war ich das mal.«

Villa musste lächeln. »So was verlernt man nicht.« Er schlug die Beine übereinander. »Sagen Sie, womit hat Ihr Mann sein Geld verdient?«

»Er war Anwalt. Was soll diese Frage?«, wollte Luise wissen.

»Ihr Mann hat sich vor einigen Jahren selbstständig gemacht, nicht wahr?«

»Ja, das war nach unserer Trennung.«

»Er hatte sich aber schon lange vorher ein Büro in der Stadt gekauft.«

Luise schwieg eine Weile. »Wie lange vorher?«, fragte sie dann tonlos.

»Vor etwas mehr als acht Jahren.«

»Aber … das kann nicht sein.«

»Es ist so.« Villa stand auf und sah aus dem Fenster auf die schmucken Einfamilienhäuser, die sich dort vor der Heidelandschaft an den Hang schmiegten. Von draußen drang leise Blasmusik ins Zimmer. Luise war ebenfalls aufgestanden und ging im Zimmer umher.

»Woher wissen Sie das?«

»Wir wissen es.« Villa drehte sich zu ihr um. »Was wir nicht wissen, ist, wo er das Geld herhatte. Wissen Sie's?«

Luise stemmte die Hände in die Hüften und ging weiter im Zimmer auf und ab. Sie war schön, ohne Zweifel. Villa konnte nicht begreifen, wie ein Mann sich von dieser Frau trennen konnte.

Sie blieb stehen. »Wie viel war es?«

»Er hat eine Anzahlung von sechzigtausend Euro geleistet. Die Hälfte davon ist … sagen wir mal obskurer Herkunft.«

Luise bekam große Augen. »Das … das muss er sich irgendwo geliehen haben.«

»Dann müssten wir doch die Herkunft eruieren können. Es sei denn, jemand hat ihm das Geld bar in die Hand gedrückt.«

»Soll das heißen, Sie glauben, er hat's geklaut? Und außerdem … wieso fragen Sie ihn nicht einfach?«

»Das haben wir. Er hat gesagt, es war ein Geschenk von einer verstorbenen Verwandten.«

Luise sank auf das Bett. »Tatsächlich? Von welcher denn?«

»Das frage ich Sie.«

»So ein Quatsch!« Luise war wieder aufgestanden.

»Das denken wir auch.« Villa grinste.

»Also hat er's doch geklaut. Aber …« Luise schüttelte energisch den Kopf. »Das glaube ich nicht, Klaus ist Anwalt …« Sie merkte selbst, dass das ein dummes Argument war. »Ich meine, Klaus war … ist ein ziemlicher Opportunist und … feige ist er auch, aber ich glaube nicht, dass er klaut. Und wie soll er das denn überhaupt bewerkstelligt haben?«

Villa hatte einen bestimmten Verdacht, aber es war zu früh, um ihn zu äußern. Außerdem hatte er nicht den Hauch eines Beweises.

»Wissen Sie was, ich habe jetzt doch Hunger. Im Neubaugebiet gibt es einen Pizza-Imbiss. Haben Sie Lust?«

Villa war einverstanden, und sie machten sich auf den Weg. Sie gingen durch den Holunderbusch, eine verkehrsberuhigte Straße, vorbei an Einfamilienhäusern mit viel Glas und Holz, betrachteten die noch recht kahlen, frisch angelegten Gärten. In fast jedem gab es eine Rutsche und eine Schaukel.

Luise wandte den Blick ab. »Sehen Sie, da sind wir schon.«

Sie betraten einen schmucklosen, etwa dreißig Quadratmeter großen Raum. Ein paar Jugendliche hatten zwei Tische zusammengestellt, aßen Pizza und Spaghetti und tranken Cola.

Es gab eine kleine Theke, an der eine junge, dunkelhaarige Frau am Telefon eine Bestellung aufnahm. Villa und Luise setzten sich an den einen der zwei freien Tische und studierten die Karte. Luise entschied sich für Pizza Margherita und Villa für Lasagne. Dazu bestellten sie Valpolicella. Sie tranken und aßen und redeten kaum.

Beide hingen ihren Gedanken nach. Die Jugendlichen brachen

lärmend zum Heidefest auf. Villa hätte ewig so sitzen bleiben können. Er fühlte sich wohl in Luises Gegenwart. Ihre Wangen waren vom Wein gerötet, und mittlerweile lächelte sie sogar.

»Verraten Sie's mir?«, sagte sie und trank einen Schluck.

»Was?«

»Was Sie traurig macht.«

Er wich ihrem Blick aus und drehte sein Glas.

»Vielleicht später.« Draußen wurde es langsam dunkel.

»Wir sollten gehen«, sagte er. Sie teilten sich die Rechnung und brachen auf.

Als Villa am nächsten Morgen in der Schenke am Frühstückstisch saß, ließ sich außer Fritzi, die ihm unverhohlen die kalte Schulter zeigte, niemand blicken. Aber das machte nichts, Villa war ohnehin schlecht gelaunt, da kam es auf ein paar böse Blicke mehr oder weniger auch nicht an. Wiebke und Brinkmann waren noch im Wochenende, und Doberan schlief offensichtlich den Schlaf des Gerechten.

Also blieb Villa nichts anderes übrig, als sich weiter mit den Vernehmungsprotokollen zu beschäftigen, während er auf den Montag wartete, der ihm dann hoffentlich die Anruferliste von Dressler, Schönbrock und Fuhrbacher brachte. Er hatte gerade den letzten Schluck Kaffee getrunken, als sein Handy sich meldete. Er kramte es aus seiner Hosentasche.

»Ja«, sagte er, ohne einen Blick auf das Display zu werfen. Es war Doberan. Villa hörte schweigend zu.

»Na dann los«, sagte er dann heiser und drückte das Gespräch weg.

Die Familie Fuhrbacher – zum ersten Mal begegnete Villa auch der Schwiegertochter und der Enkelin des Gutsherren – war im Wohnzimmer versammelt, als Villa mit dem übermüdeten Doberan, der noch mit den Nachwehen des Heidefestes kämpfte, eintraf. Helene Fuhrbacher kam ihnen mit ausgestreckter Hand entgegen und stellte sich vor. Magda saß am Tisch, den Kopf in die Hände gestützt, ihr Sohn saß neben ihr und hatte den Arm um sie gelegt.

Heininger, der Dorf-Null-Null-Sieben, hatte Doberan angerufen und den beiden Kripobeamten die Tür geöffnet. Nun stand er am Fenster und machte einen hilflosen Eindruck.

»Wir wissen nicht so recht, ob wir richtig gehandelt haben, aber mein Schwiegervater ist heute Nacht nicht nach Hause gekommen. Und auf seinem Handy ist er nicht zu erreichen. Wir können uns das nicht erklären, weil er heute Morgen um neun einen Termin mit dem Bürgermeister hatte. Es geht um die Tombola beim Heidefest. Mein Schwiegervater spendet dort immer einige Preise. Na ja, und um halb zehn hat der Bürgermeister angerufen und nachgefragt. Also hat ...«, Helene Fuhrbacher drehte sich um und zeigte auf Magda, »meine Schwiegermutter nachgesehen und festgestellt, dass er überhaupt nicht nach Hause gekommen ist.«

Villa sah auf die Uhr. Zwanzig vor elf. »Haben Sie seine Freunde und Bekannten angerufen?«

»Natürlich!«, mischte sich Karl Fuhrbacher ein. »Wir haben überall angerufen, wir sind schließlich nicht dämlich. Alle waren überrascht und haben ihn auch auf dem Fest gesehen, aber wo er jetzt ist, weiß keiner.«

»Ist das Auto noch da?«

»Ja, da haben wir ja zuerst nachgeguckt.« Karl Fuhrbacher verdrehte ärgerlich die Augen.

»Haben Sie seine Sachen untersucht? Sind alle Koffer da? Fehlt etwas?«

Karl blickte seine Mutter an, die winzig wirkte hinter dem großen Esstisch. Sie hatte die Hände an die bleichen Wangen gelegt und schluchzte trocken.

»Außer dem Anzug, den er gestern getragen hat, fehlt glaube ich nichts.«

»Wann haben Sie ihn zuletzt gesehen?«

»Na, auf dem Fest«, Karl antwortete als Erster. »Er saß am Tisch der Heidekönigin, zusammen mit dem Bürgermeister, und ich glaube, Dr. Alt war auch dabei.«

»Können Sie sich an die Uhrzeit erinnern?«

Karl zog die Lippen kraus und überlegte. »Also, könnte um zehn Uhr gewesen sein, aber sicher weiß ich das wirklich nicht.

Kann auch eine halbe Stunde später gewesen sein. Wir sind dann ja auch heim. Frau Schrandel wollte nur bis elf Uhr bei unserer Tochter bleiben.«

»Ja«, sagte Helene Fuhrbacher, »mehr kann ich Ihnen auch nicht sagen. Wir waren ja den ganzen Abend zusammen.«

»Und Sie?« Villa wandte sich an Magda, die den Kopf in die Hände gestützt auf die Tischplatte starrte. Der Zipfel eines Taschentuchs lugte aus ihrer Faust.

»Ich kann mir das nicht erklären«, sagte sie leise. »Er hätte doch was gesagt, wenn er weggeblieben wäre. Ich meine …«, sie zögerte. »Es ist ja schon mal vorgekommen, dass er über Nacht nicht da war, aber das hat er mir immer vorher gesagt. Hoffentlich … ist ihm nichts passiert.« Sie biss sich auf die Lippen, und Karl strich ihr beruhigend über den Rücken.

»Wann haben Sie zuletzt mit ihm gesprochen oder ihn gesehen?«, fragte Villa.

»Meine Güte, das weiß ich nicht mehr so genau. Wie das so ist auf einem Fest. Ich war ja auch die meiste Zeit mit den Landfrauen an der Kuchentheke und bin dann mit Veronika zurückgefahren.«

Sie wischte sich über die Augen. »Ich habe gar nicht mehr mit ihm gesprochen. Bin nur hin und hab ihm gesagt, dass ich heimfahre.«

»Wann war das genau?«

Magda zuckte mit den Schultern. »Vielleicht neun Uhr. Ich weiß es nicht genau. Fragen Sie Veronika. Veronika Frede. Sie wohnt in der Heinestraße.«

Villa rieb sich das Kinn. »Wir kümmern uns darum. Und Sie melden sich bitte, sobald Sie etwas hören«, sagte er und gab Doberan und Heininger ein Zeichen, ihm zu folgen. Niemand begleitete die drei hinaus.

»Du rufst Wiebke und Brinkmann an, sie sollen herkommen, es gibt Arbeit«, wies Villa Doberan an. »Dann lässt du Fuhrbachers Handy orten und kontaktest sein Lieblingsbordell. Vielleicht ist er da ja hingefahren. Wenn die nichts wissen, leitest du die Fahndung ein.«

»Ist das nicht ein bisschen … voreilig?«, wandte Doberan

ein. »Vielleicht ist er nur versackt oder hat sich für die Nacht was Nettes gesucht. Ist doch möglich.«

»Möglich, aber unwahrscheinlich. Ich glaube, er hat was zu verbergen und ist abgehauen.« Dann wandte er sich an Heininger, dem das Ganze Spaß zu machen schien. »Und Sie können schon mal anfangen, die Festbesucher zu befragen. Wer hat Fuhrbacher wann zuletzt gesehen, und fragen Sie auch, ob jemandem was Besonderes aufgefallen ist.«

Heininger guckte beleidigt. »Ich weiß schon, was ich fragen muss, bin ja nicht blöd.«

»Umso besser«, sagte Villa, obwohl er gewisse Zweifel an der Ernsthaftigkeit des jungen Mannes hegte. Manche Polizisten führten gerne ihre Uniform spazieren, weil sie glaubten, damit Eindruck schinden zu können. Vor allem bei Frauen. Villa argwöhnte, dass Heininger genau so ein Typ war. »Hatten Sie gestern Abend Dienst?«

»Nein, mein Kollege Friedrichsen. Ich war auf dem Fest, hab den Fuhrbacher aber leider gar nicht gesehen. Hab aber auch nicht auf den geachtet.«

»Haben Sie Ihren Kollegen gefragt? Gab es auf dem Fest besondere Vorkommnisse?«

»Äh«, Heininger drehte verlegen seine Mütze in den Händen, »mit dem wollte ich noch sprechen.«

Villa überlegte kurz. »Wir treffen uns um dreizehn dreißig im Clubzimmer. Bis dahin sind wir vielleicht schon schlauer. Wenn du alles in die Wege geleitet hast, Felix, befragst du Dr. Alt. Ich werde mich jetzt mal mit dem Bürgermeister unterhalten.«

Er traf den Bürgermeister im Festzelt, wo am Nachmittag eine Tombola veranstaltet wurde, deren Erlös dem Heimatmuseum zugutekommen sollte. Als er Villa bemerkte, kam er sofort auf ihn zu, reichte ihm die eine Hand und legte ihm die andere auf die Schulter, als wollte er ihn trösten.

»Ist er wieder aufgetaucht?«

»Nein«, antwortete Villa kurz angebunden und legte seinerseits dem Bürgermeister die Hand auf die Schulter. »Wie wär's, wenn Sie mir kurz schilderten, wann Sie Herrn Fuhrbacher zuletzt gesehen haben?«

»Na gestern Abend auf dem Fest. Wir waren ja fast den ganzen Abend zusammen.«

»Hat er irgendwas gesagt? Dass er noch etwas vorhatte oder noch irgendwohin wollte?«

Bilfert guckte erstaunt. »Nein, nicht dass ich wüsste. War alles ganz normal.« Bilfert schwieg und überlegte. »Aber wenn Sie mich so fragen«, begann er nachdenklich, »er war etwas ... wie soll ich sagen ... grüblerisch. Nicht ganz bei der Sache. So, als ob ihn etwas bedrückte.«

»Haben Sie eine Ahnung, was das gewesen sein könnte?«

»Also gesagt hat er nichts, aber ... angesichts dessen, was hier in den letzten Tagen passiert ist ... vielleicht hatte es damit was zu tun.«

»Wann haben Sie ihn zuletzt gesehen?«

Bilfert machte eine Geste, als habe Villa ihn um die Interpretation eines Bibelverses gebeten.

»Also, bei aller Liebe, das weiß ich wirklich nicht mehr. Bestimmt nach Mitternacht, aber wann und wohin er verschwunden ist, das kann ich Ihnen nicht sagen. Irgendwann war er halt weg. Ich bin ja bis zum Schluss geblieben.«

»Wann war das?«

»Schluss meinen Sie? Nicht so spät, halb zwei oder so. Die Anwohner hier sind 'n bisschen lärmempfindlich.« Bilfert verzog den Mund.

»Wer war um die Zeit noch da?«

»Also Fuhrbacher jedenfalls nicht, waren hauptsächlich junge Leute, aber nicht viele, vielleicht 'n Dutzend.«

»Könnten Sie mir von denen eine Liste machen?«

»Wie jetzt? Ich weiß doch nicht, wie die heißen.«

»Das macht nichts, schreiben Sie die auf, die Sie kannten.«

»Als ob ich nichts anderes zu tun hätte«, murmelte Bilfert vor sich hin. »War das dann alles? Ich hab nämlich noch zu tun.«

Villa entließ den Bürgermeister und machte sich auf zur Schenke, wo Felix Doberan bereits einen Tisch besetzt hatte. Mit der einen Hand löffelte er etwas, das stark nach Gulaschsuppe duftete, mit der anderen hielt er sein Handy ans Ohr.

Villa setzte sich zu ihm. Doberan drückte das Gespräch weg und kaute genussvoll weiter an seinem Gulasch.

»Schmeckt's?«

»Hervorragend. Wusste gar nicht, dass Heidschnucke so lecker ist.«

»Für mich bitte … eine Gulaschsuppe«, rief Villa Fritzi zu, die gerade an einem der Nebentische bediente und mürrisch zu ihm herübersah.

Villa grinste. Viele Freunde hatte er sich hier nicht gemacht. Hoffentlich spuckte sie ihm nicht in die Suppe. »Ist alles in die Wege geleitet?«

»Ja, Wiebke und Rudi sind unterwegs. Alles andere hab ich angeleiert. Und mit Dr. Alt hab ich auch gesprochen. Der hatte aber rein gar nichts zu sagen. Hat den Fuhrbacher zwar gesehen, hat sich aber dann mit einer Bekannten an der Theke aufgehalten und getanzt. Den Fuhrbacher hat er am frühen Abend zuletzt gesehen, und unterhalten haben sie sich über die Pferde und das Wetter und so weiter. Gesagt, ob er gestern Abend noch irgendwas vorhatte oder wohin er wollte, hat der Fuhrbacher nicht. Dr. Alt hat aber auch nicht nachgefragt. Wo hätte er schon hinwollen, außer nach Hause, hat er gefragt. Ist ein ziemlich arroganter Typ. Hat mich dann einfach stehen lassen, weil er zu einem kranken Hund musste. Du lieber Gott. Manchmal machen die Leute mehr Aufhebens um ihre Viecher als um die Menschen.«

»Die Viecher sind meistens auch netter.«

»Nett sind Toilettenschüsseln auch.«

Villa hatte keine Lust, sich mit Doberans abstrusen Vergleichen auseinanderzusetzen, winkte Fritzi herbei und bestellte ein Mineralwasser. In eine Flasche konnte sie ja wohl nicht reinspucken.

Das Wetter war wie geschaffen für ein Straßenfest, sonnig, aber nicht zu warm. Auf der Dorfstraße bummelten die Touristen, die Verkaufsstände machten gute Geschäfte.

Villa schob seinen Suppenteller weg und sah auf die Uhr.

Kurz nach eins. Die anderen mussten langsam eintreffen. Plötzlich schien etwas in Bewegung zu geraten. Die Menschen auf der Straße hörten auf zu reden und starrten alle in dieselbe Richtung. Aus der Ferne hörte man Geschrei, das näher kam. Villa und Doberan erhoben sich gleichzeitig und liefen auf die Straße. Vom Festplatz her bahnten sich der Bürgermeister und eine korpulente Frau mit Hund den Weg durch die Menge. Der Bürgermeister rang nach Luft, legte die Hand auf Villas Schulter und zeigte mit dem anderen Arm in die Richtung, aus der die beiden gekommen waren.

»Da … da liegt er, der Fuhrbacher«, japste er, während die Frau die Hand in die Seite legte und wimmerte.

»Wo?«

»Da drüben im Maisfeld. Er … er sieht schrecklich aus.«

Villa machte sich im Laufschritt auf den Weg und zog den Bürgermeister hinter sich her, während Doberan sein Handy zückte, um die Spurensicherung anzurufen. In diesem Moment tauchten auch Wiebke und Brinkmann auf und folgten ihrem Teamleiter, ohne Fragen zu stellen. Das Gleiche taten auch einige der Umstehenden. Villa wusste es nicht, aber er zog einen Pulk von Menschen hinter sich her. Sie liefen die Dorfstraße entlang, bogen in den Feldweg ein. Dem Bürgermeister lief der Schweiß die Schläfen hinab und er keuchte. Viele Menschen hatten sich der Schlange mittlerweile angeschlossen.

Doberan und Brinkmann zückten ihre Ausweise und stellten sich dem Pulk in den Weg.

»Gehen Sie bitte zurück und machen Sie den Weg frei!«, donnerte Doberan.

Die Neugierigen, auch Frauen mit Kindern, waren dabei, blieben erschrocken stehen und reckten die Hälse. In der Ferne hörte man die Polizeisirene.

Mittlerweile waren Villa, der Bürgermeister und Wiebke stehen geblieben. Der Bürgermeister wies auf eine Stelle im Maisfeld, die etwa fünfzehn Meter vom Feldweg entfernt war. Dort zwischen den Maisreihen lag jemand. Villa zog den Bürgermeister zurück.

»Wir warten auf die Spusi.« Er blickte zurück und beobachtete, wie Doberan und Brinkmann die Schaulustigen zurückdrängten. Glücklicherweise war der Feldweg mit Kopfstein gepflastert. Sonst hätte er sich jetzt über den Verlust etwaiger Fußspuren ärgern müssen.

Der Bürgermeister war langsam wieder zu Atem gekommen. »Der Hund hat die Frau hingezogen, sonst hätte sie ihn gar nicht gesehen.« Er wischte sich den Schweiß von der Stirn.

Villa wunderte sich über die mangelnde Kondition des Mannes. So alt war er doch noch gar nicht.

»War außer Ihnen und der Frau noch jemand bei der Leiche?«

»Na, der Mörder ja wohl, oder nicht?«, erwiderte Bilfert ungehalten.

»Eben«, sagte Villa, »hoffentlich finden wir noch Spuren. Sie gehen am besten zurück und beruhigen die Leute. Ich werde die Fuhrbachers benachrichtigen, und du, Wiebke, hältst hier die Stellung, bis die Spusi kommt.«

»Klar.« Wiebke stellte sich breitbeinig auf den Weg und verschränkte die Arme. »Hier kommt keiner durch.«

Karl und Helene Fuhrbacher erwarteten ihn in der Küche und wussten bereits Bescheid.

»Wer hat es Ihnen gesagt?«, fragte Villa ärgerlich. Er hatte nun keine Chance mehr, die Reaktion der Familienmitglieder zu beobachten.

»Czernau hat mich angerufen«, sagte Karl Fuhrbacher leise. Seine Frau saß neben ihm am Tisch und legte ihre Hand auf seine. »Wie … wie ist er denn …?«

»Wahrscheinlich ist er erschlagen worden, aber wir müssen abwarten, bis die Spurensicherung fertig ist.«

Fuhrbacher malte mit dem Finger Figuren auf den Tisch.

»Wie hat Ihre Mutter es aufgenommen?«, fragte Villa.

»Na, wie schon? Sie ist verzweifelt. Die beiden waren über dreißig Jahre verheiratet. Wie würden Sie den Verlust Ihres Partners aufnehmen, wenn Sie so lange zusammen waren?«

Villa hatte keine Lust, diese Frage mit dem Jungbauern und Erben zu diskutieren. Er wusste, was Trauer war.

»Wo ist Ihre Mutter jetzt?«

»In ihrem Zimmer, unsere Tochter ist bei ihr.«

»Kann ich mit ihr sprechen?«

»Muss das jetzt sein?«

»Ihr Vater ist ermordet worden. Je eher wir hilfreiche Informationen zusammentragen, umso besser.«

Helene sah ihren Mann an und stand auf. »Ich werde sie fragen, ob Sie mit Ihnen reden will.«

»Tun Sie das. Könnte ich mir inzwischen das Zimmer Ihres Vaters ansehen?«

»Kommen Sie, ich zeig Ihnen seine Zimmer. Er hatte ein Büro und ein Schlafzimmer. Meine Eltern schlafen getrennt, meine Mutter ist extrem lärmempfindlich, und mein Vater schnarcht … hat geschnarcht.«

Villa betrat das geräumige Büro und sah sich um. Seit seinem ersten Besuch schien sich nichts verändert zu haben. Nur der Platz des Hausherrn hinter seinem Schreibtisch war leer.

»Hatte Ihr Vater Feinde? Können Sie sich vorstellen, wer ihn hätte umbringen wollen?«

»Dann … dann ist ein Unfall wohl ausgeschlossen?« Fuhrbacher war in der offenen Tür stehen geblieben und sah Villa mit gesenktem Kopf an.

»Davon gehe ich aus.«

Der junge Mann atmete schwer aus. »Nein, mein Vater war sehr beliebt. Kein Mensch hat ihm nach dem Leben getrachtet. Jedenfalls kann ich es mir nicht vorstellen. Vielleicht … vielleicht war es ja ein Raubmord.«

»Das ist möglich. In einer Stunde wissen wir mehr, dann ist die Spurensicherung fertig. Kann ich den Computer mitnehmen?«

Fuhrbacher winkte ab. »Machen Sie, was Sie wollen, aber finden Sie den Kerl, der meinem Vater das angetan hat.«

Villa nahm das Notebook und einige Papiere vom Schreibtisch und klemmte sich alles unter den Arm. Dann folgte er dem jungen Mann in das angrenzende Schlafzimmer. Das Bett war unberührt. Villa warf einen Blick in die Kleiderschränke, aber da schien nichts zu fehlen. Jedenfalls gab es keine leeren Bügel. Dann rief er Brinkmann an und bat ihn herzukommen.

Als er in die Küche zurückging, saß Magda Fuhrbacher am Tisch. Ein etwa siebenjähriges Mädchen mit blondem Pferdeschwanz saß neben ihr und hatte die Arme um den Leib ihrer Großmutter geschlungen.

Villa warf der Mutter des Mädchens einen Blick zu. Die stand auf und führte das Kind hinaus.

Magda Fuhrbacher wirkte zerbrechlich wie ein Fohlen. Sie zitterte.

Villa setzte sich zu ihr an den Tisch.

»Es tut mir sehr leid«, sagte er, und das tat es wirklich. Er hatte oft mit der Trauer Hinterbliebener zu tun, und es war für ihn jedes Mal eine Qual, sie mit Fragen belästigen zu müssen.

»Frau Fuhrbacher, können Sie sich vorstellen, wer Ihren Mann getötet haben könnte?«

Sie schluchzte leise. »Alle haben Friedhelm gemocht. Wer hätte ihn töten sollen?« Sie blickte ihren Sohn an, der neben ihr saß und den Arm um sie legte. Magda nestelte an ihrem Taschentuch herum. »Vielleicht hätte ich nicht mit Veronika fahren sollen. Ich hätte bei ihm bleiben sollen. Aber es war so ein langer Tag gewesen, und ich war so müde. Musste ja auch die Kuchenplatten und das ganze Geschirr mitnehmen, sonst hätte ich ja auch mit ihm heimgehen können …« Sie legte die Hände vor das Gesicht.

»Niemand macht dir einen Vorwurf, Mutter. Und außerdem, was hättest du schon ausrichten können. Wer weiß, vielleicht …« Fuhrbacher vollendete den Satz nicht, drückte seine Mutter nur fest an sich.

»Ging Ihr Mann immer auf diesem Weg ins Dorf?«, wollte Villa wissen.

Magda fuhr sich mit der Hand durch die Haare und nickte dann. »Ja, der Weg ist ja eine Abkürzung. Er hätte auch über die Dorfstraße gehen können, aber die macht einen ziemlich großen Bogen.«

»Gab es in der letzten Zeit irgendwelche Vorkommnisse? Hatte Ihr Mann Besuch?«

Alle schüttelten den Kopf.

Villa stand auf. Vorerst konnte er nichts weiter tun. Er musste sich den Tatort ansehen. Wo blieb Brinkmann?

In diesem Moment schepperte es. Der Türklopfer. Villa hatte keine Ahnung gehabt, wie effektiv so ein Ding war. Nicht zu überhören.

Das wird er sein, dachte Villa und erhob sich. Er nahm den Computer und die Papiere, ging zur Tür, übergab alles Brinkmann und schärfte ihm ein, Fuhrbachers Zimmer nicht aus den Augen zu lassen, bis die Spurensicherung da war.

Eine halbe Stunde später stand er im Maisfeld vor Fuhrbachers Leiche. Er lag auf dem Rücken. Das Gesicht war zertrümmert. Der Mais um den Fundort herum wies deutliche Kampfspuren auf. Viele der etwa zwei Meter langen Halme waren abgebrochen, als hätte hier jemand eine Machete geschwungen.

»Ich gehe davon aus, dass dies hier auch der Tatort ist.«

»Allerdings«, sagte Möhring, »die Blutspuren und die abgebrochenen Halme weisen darauf hin.«

»Die Mordwaffe?«

»Könnte dieselbe gewesen sein wie bei der vorigen Leiche. Zumindest sehr ähnlich. Irgendeine Stange. Eisen wahrscheinlich.«

Villa sah sich ratlos um. »Aber wieso hier im Maisfeld? Was hat er hier zu suchen gehabt?«

»Ja, interessante Frage. Vielleicht war er verabredet. Im Maisfeld kann man ja so einiges unbeobachtet veranstalten.« Möhring zwinkerte Villa zu.

»Glauben Sie wirklich, dass er deshalb hier drin war?«, fragte der zweifelnd.

»Eigentlich nicht, glaube eher, dass er sich mit jemandem getroffen hat, mit dem er nicht gesehen werden wollte.«

»Mann oder Frau?«

»Schwer zu sagen.« Möhring strich sich über den Schnurrbart. »Wenn ich mir den Mais hier so ansehe, würde ich auf einen Berserker tippen, der eine Eisenstange geschwungen hat. Also eher ein Mann.«

»Ja, sieht ganz so aus«, sagte Villa mehr zu sich selbst. »Fußspuren?«

»Ja, wir haben welche sichergestellt. Wahrscheinlich von Gummistiefeln.«

»Größe?«

»Vierzig, einundvierzig.«

»Hm«, sagte Villa und rieb sich das Kinn, »nicht besonders groß. Muss ein kleiner Mann sein.«

»Das heißt gar nichts«, meinte Möhring. »Ich kenne einen Mann, der ist eins fünfundachtzig groß und hat Schuhgröße neununddreißig.«

»Wie niedlich«, sagte Wiebke, die bis jetzt schweigend neben Villa gestanden hatte.

»Ich nehme an, die Fußspuren führen auf den Weg«, mutmaßte Villa.

»Genau. Wer immer hier rumgefuhrwerkt hat, hat sich das alles genau überlegt.«

»Hat Schrader eine Äußerung zum Todeszeitpunkt gemacht?«

Möhring kicherte. »Schrader und sich äußern. Ts. Er hat gesagt, irgendwann letzte Nacht, wahrscheinlich nach zwölf Uhr.«

»Na, das ist ja eine Überraschung.«

»Nicht wahr?«

Villa verabschiedete sich und machte sich auf den Weg zurück zur Schenke, wo er um vier Uhr eine Besprechung angesetzt hatte. Unterwegs telefonierte er mit der Staatsanwältin, die ihm, wie gewohnt, freie Hand ließ. Dann schaltete er das Handy aus, um nachzudenken.

Alle waren pünktlich um vier Uhr zur Stelle. Auf dem Tisch im Clubzimmer standen einige Mineralwasserflaschen und zwei Kannen Kaffee, die Wiebke bestellt hatte. Von den Wirtsleuten ließ sich niemand blicken.

»So, Leute«, begann Villa, »es wird Zeit, dass wir Licht ins Dunkel bringen. Ich hoffe, ihr bringt Neuigkeiten.«

»Ich hab was.« Brinkmann hob eifrig die Hand wie ein Primus. »Und zwar bin ich bei den Telefonlisten auf ein paar Merkwürdigkeiten gestoßen. Ich bin zwar noch nicht ganz durch damit, aber den Dressler hab ich mir schon mal etwas ausführlicher vorgenommen. Der hatte anscheinend regen

Telefonverkehr mit unserer lieben Wirtin, und zwar merkwürdigerweise erst in den letzten Wochen, was ja nahelegt, dass es mit dem Prügelauftrag gegen den Seidel was zu tun hat. Aber das weitaus Interessantere kommt erst noch. Der Dressler hatte nämlich auch Kontakt zu unserem sauberen Herrn Schönbrock. Vor sechs Wochen hat er ihn drei Mal innerhalb einer Woche in seiner Kanzlei angerufen. Die Gespräche waren immer recht kurz. Davor hatten sie keinerlei Kontakt, jedenfalls nicht über Dresslers Handy.«

»Okay, bevor du mit den Listen weitermachst, befragst du unseren Herrn Dressler dazu. Und du, Wiebke, kümmerst dich zeitgleich um Schönbrock. Mal sehen, was die Herren dazu zu sagen haben. Habt ihr Fuhrbachers Handy geortet?«

»Allerdings«, schnaubte Doberan. »Die Spusi hat's in seinem Schreibtisch zu Hause gefunden. Abgeschaltet. Die Anruferliste ist in Arbeit.«

»Ach«, wunderte sich Villa. »Dann war er ohne Handy unterwegs? Ziemlich ungewöhnlich. Hatte er zwei?«

»Seine Familie weiß nur von dem einen Handy. Und wir haben ja auch keins bei der Leiche gefunden«, sagte Brinkmann.

»Na gut. Hast du irgendwas Neues von den Festbesuchern erfahren, Felix?«

Doberan stöhnte. »Nein, nichts, was uns weiterhelfen würde. Ist ziemlich mühselig, sich da durchzuarbeiten.«

»Es wird noch schlimmer«, sagte Villa. »Wir suchen Gummistiefel Größe vierzig/einundvierzig. Dabei können euch Heininger und Friedrich helfen. Ich rede mit denen. Aus der Stadt kommen noch Willebach und Horvat. Dann müsste es ja wohl zu schaffen sein.« Er warf Doberan, der bei dem Namen Willebach große Augen bekam, einen warnenden Blick zu. »Und du behältst deine Hormone unter Kontrolle«, sagte er.

Heike Willebach – ehemalige Miss Niedersachsen und ehrgeizige Kripobeamtin – war Doberans Augapfel, obwohl sie keinen Zweifel daran gelassen hatte, dass sie nicht im Geringsten an ihrem Kollegen interessiert war.

Wiebke kicherte. Die beiden Frauen – so verschieden sie waren – mochten sich. Peter Horvat war gebürtiger Ungar und einer der viel beschäftigten Computerspezialisten der Kripo Lüneburg. Leider war er häufig krank, was wohl daran lag, dass er kaum mit Frischluft in Berührung kam und ein stattliches Übergewicht vor sich hertrug.

Villa fuhr sich durch die Haare. »Haben wir sonst noch was Brauchbares? Irgendwelche Hinweise zur Mordwaffe?«

Alle verneinten.

»Aber wie denn auch?«, maulte Wiebke. »Wir wissen ja nicht genau, wonach wir suchen sollen. Eisenstangen mit Blutflecken haben wir jedenfalls noch nirgends rumliegen sehen.«

»Auf jeden Fall ist es sehr wahrscheinlich, dass wir es mit einem Mörder zu tun haben. Wir brauchen das Bindeglied«, sagte Villa. »Was hat Seidel und Fuhrbacher verbunden? Die Pferde fallen mir ein. Sonst noch was?«

Eine Weile herrschte Schweigen. »Na ja, sie sind zusammen zur Schule gegangen«, sagte Wiebke dann zögernd.

»Vielleicht hat es etwas mit dem toten Mädchen zu tun«, mutmaßte Brinkmann.

»Kann alles sein.« Villa stand auf und goss sich Kaffee ein. »Aber was haben Schönbrock, Dressler und unsere liebe Frau Wirtin für Geheimnisse miteinander?«

»Moment mal«, Doberan saß kerzengerade auf seinem Stuhl, »wir sollten Frau Schönbrock nicht vergessen. Womöglich hängt das auch alles mit ihr zusammen. Schließlich ist es ziemlich wahrscheinlich, dass der Seidel was mit dem Tod des Kindes zu tun hatte. Immerhin haben wir seine DNA auf dem Sack gefunden.«

»Wir wissen aber nicht genau, wie sie darauf gekommen ist«, wandte Wiebke ein.

»Jedenfalls«, beharrte Doberan, »glaube ich, dass das alles was mit dem Kind zu tun hat. Immerhin besteht eine Verbindung zwischen Seidel, Dressler und dem Vater des Mädchens. Wieso passiert das denn jetzt alles zur gleichen Zeit? Und wenn der Fuhrbacher jetzt von demselben Täter erschlagen wurde wie Seidel ...«

Villa stand auf. »Alles Mutmaßungen«, sagte er ungehalten. »Ihr beiden findet jetzt sofort raus, was Dressler mit Schönbrock zu tun hatte«, sagte er an Wiebke und Brinkmann gewandt. »Du machst ein bisschen Druck mit der Telefonliste vom Fuhrbacher, Felix, und stell fest, wann er zuletzt in diesem Bordell in Laubenheim war. Ich werde mich mal mit seinem Computer beschäftigen, bis Horvat kommt.«

# acht

Luise hatte ihr Pferd abgeholt und bei Landmeiers zu den anderen auf die Weide gestellt. Lorenz war in die Scheune gekommen und zuerst zu Kreuze gekrochen und hatte sie dann angefleht zu bleiben. Wo sollte er denn so schnell Ersatz für sie herbekommen? Das könne sie ihm doch nicht antun, nach all den Jahren, in denen er ihr ein Heim geboten habe. Luise hatte sich nicht erweichen lassen, worüber sie selbst sich wohl mehr wunderte als Lorenz.

Immerhin zeigte er sich erleichtert, dass sie keine Anzeige erstatten würde und den Vorfall vor allen Dingen Anita gegenüber nicht erwähnen würde, was Lorenz fast ebenso erleichterte. Luise hingegen verstand nicht, warum er es mit der Treue seiner Frau gegenüber so genau nahm, wo die ihrerseits keine Gelegenheit ausließ, ihm Hörner aufzusetzen. Und dass er davon nichts wissen sollte, glaubte sie keine Sekunde lang.

Jetzt lag sie auf ihrem Bett im Gästezimmer der Landmeiers und dachte nach. Der Fuhrbacher war tot. Zuerst ihr Kind, dann der Seidel und nun der Fuhrbacher. Was war nur los mit diesem Dorf? Es machte ihr Angst. Sie wollte weg.

Leider war ihr anfänglicher Aktionismus etwas abgekühlt. Sie hatte es verlernt, ihr Leben selbst in die Hand zu nehmen, und im Moment hatte die Furcht vor der ungewissen Zukunft die Oberhand. Wohin sollte sie gehen, und was sollte sie tun? Zurück in die Stadt und wieder als Lehrerin arbeiten? Davor hatte sie Angst.

Sie fühlte sich so klein und schwach und hatte keine Ahnung, ob sie der Energie und dem Selbstvertrauen Jugendlicher noch etwas entgegenzusetzen hatte. Andererseits, was blieb ihr übrig? Ein Leben als Kellnerin konnte sie sich nicht mehr vorstellen. Aber jetzt so einfach in die Welt hinausziehen? Eine Welt, die sie als feindselig empfand?

Sie warf sich auf die Seite und zog die Knie an. Dieser Polizist ging ihr nicht mehr aus dem Kopf. Sie fühlte sich wohl in seiner Nähe, obwohl oder vielleicht gerade weil ihn eine Trauer umgab, die sie nicht verstand. Noch nicht verstand. Sie hatte das Bedürfnis, ihn zu trösten und sich von ihm trösten zu lassen. Außerdem sah er gut aus. Sehr gut sogar. Sie schloss die Augen und seufzte.

Es war ja alles Quatsch. Was wusste sie denn von ihm? Er war nicht verheiratet, und Kinder hatte er auch keine, das immerhin hatte er gesagt. Sie hätte gern mehr erfahren, hatte aber nichts weiter aus ihm herausbekommen.

Ob er sie auch mochte? Er war ziemlich zurückhaltend. Aber das musste er ja wohl sein, immerhin war sie in seine Ermittlungen involviert. Und die Geschichte war noch nicht zu Ende. Was, wenn sie den Mörder nie finden würden?

Sie setzte sich auf. Nicht diese Gedanken, damit hatte sie sich all die Jahre genug herumgeschlagen. Was, wenn sie Lilly nicht finden würden? Nun, sie hatten sie gefunden, aber es hatte lange gedauert. Zu lange, und das Problem war nicht gelöst.

Wer hatte die beiden Männer erschlagen? Was war hier los? Luise hielt es nicht mehr aus in diesem Zimmer. Sie stand auf, schlüpfte in ihre Sandalen und ging die Treppe hinunter und zur Hintertür hinaus zur Weide, um Sam zu satteln. Helga war einkaufen gefahren, und Caspar war in der Viehküche dabei, Hafer zu quetschen. Die Maschine verursachte einen Höllenlärm.

Auf dem Reitplatz drehten zwei Reiterinnen ihre Runden und winkten zu ihr herüber. Luise winkte zurück, ging zu ihrem Sam auf die Weide und legte die Arme um seinen Hals. Das Tier wieherte leise und schüttelte dann ihre Arme ab, um weiterzufressen.

»Denkst auch nur ans Futter«, murmelte Luise zärtlich und beschloss, ihrem Freund seine Ruhe zu gönnen und lieber die alte Frau Seidel zu besuchen.

Sie ging die Dorfstraße hinab, die mittlerweile ziemlich trostlos dalag. Das Fest hatte aufgrund des Todesfalles ein jähes Ende gefunden. Die meisten Stände waren bereits abgebaut worden oder waren im Abbau begriffen. Einige Touristen standen tuschelnd herum, während sich der Großteil der Dorfbewohner im Festzelt zusammengefunden hatte, wo die Polizei Befragungen durchführte. Das zumindest hatte Luise im Vorbeigehen aufgeschnappt.

Ob Villa wohl auch dort war? Fast war sie versucht, zum Zelt zu gehen. Aber niemand hatte sie darum gebeten, und sie hatte ja auch nichts zu sagen. Konnte nichts zur Lösung des Rätsels beitragen. Sie beschleunigte ihre Schritte, ging am Festplatz vorbei und bog in den Schlehenbusch ein, wo das kleine Reihenhaus der Seidels friedlich in der Sonne lag.

Irmi Trebel leistete Frau Seidel vor dem Fernseher Gesellschaft, aus dem viel zu laut eine männliche Stimme über das Zusammenleben Tasmanischer Teufel dozierte.

»Das ist ja schön, dass du kommst«, begrüßte sie Irmi und stemmte sich aus dem Sessel. »Kerstin ist mit Matthis in die Stadt gefahren. Anscheinend hat Helga endlich Erfolg.« Sie zwinkerte Luise zu. »Trinkst du einen Kaffee mit? Ich hab auch ein bisschen Heidelbeerkuchen mitgebracht. Magst du?«

»Nein danke, aber Kaffee gerne«, sagte Luise und ging zu Frau Seidel, die ihr Kommen erst jetzt bemerkte und sie fröhlich anlachte. »Luise, das ist schön, mein Mädchen. Willst du mit Fernsehen gucken?«

»Nein«, sagte Luise, nahm die Fernbedienung und stellte den Ton leiser.

Immerhin schien heute ein guter Tag zu sein, denn Frieda hatte sie sofort erkannt. Irmi Trebel kam wieder herein, drückte Luise einen Becher Kaffee in die Hand und sank schwerfällig wieder in ihren Sessel.

»Nun sag mal, Mädchen«, keuchte sie, »was muss ich da hören? Schon wieder ein Toter in unserm kleinen Dorf? Das wird ja langsam zur schlechten Gewohnheit.« Dabei nahm sie sich ein Stück von dem Streusel-Heidelbeerkuchen, der neben ihr auf einem altmodischen Teewagen stand.

»Ja«, Luise nahm einen Schluck Kaffee, »jemand hat den Fuhrbacher erschlagen.«

»Das ist einfach nicht zu fassen. Wer macht bloß so was?«

»Ooch, der olle Friedhelm«, Frieda Seidel winkte verächtlich ab, »um den isses nich schade.«

Irmi grinste, aber Luise fragte sich langsam, was die alte Frau eigentlich gegen den Fuhrbacher hatte. Soweit sie wusste, hatte ihn jeder im Dorf gemocht.

»Was ist denn mit dem Fuhrbacher?«, hakte sie nach.

Frau Seidel lächelte verschmitzt, dabei verschwanden ihre schmalen Lippen fast völlig in ihren Pausbäckchen, und sie beugte sich zu Luise hinüber.

»Frag die Magda«, sagte sie und wedelte dabei mit dem rechten Zeigefinger vor ihrer Nase hin und her.

»Ach Frieda, was du da wieder redest«, sagte Irmi. »Wissen die denn nun schon irgendwas?«

»Keine Ahnung«, antwortete Luise und beobachtete Frau Seidel, die mit ihrem Finger jetzt begehrlich auf den Heidelbeerkuchen zeigte.

Irmi reichte Frieda einen Teller mit Kuchen. »Na, dann sollten die sich aber mal ein bisschen anstrengen. Kann doch nicht sein, dass hier alles drunter und drüber geht, und keiner sorgt für Ordnung.«

Ja, dachte Luise, da hatte Irmi recht. Alles ging drunter und drüber.

Sie sprachen noch eine Weile über die Geschehnisse der letzten Wochen, über die Unfähigkeit der Polizei und den Wolf, der seit geraumer Zeit durch die Heide streifte und schon mehrere Schnucken gerissen hatte. Luise trank ihren Kaffee, Irmi griff nach ihrem Häkelkissen, während Frieda sich einzelne Kuchenkrümel in den Mund steckte und sich dann wieder dem Fernseher zuwandte. Nach einer halben Stunde brach Luise auf.

Im Dorf war alles ruhig. Die Straße war wie leer gefegt, nur am Festplatz unter den Linden, in deren Blättern sachte der Sommerwind sang, stand immer noch das Zelt. Einige Männer standen in Grüppchen zusammen, rauchten und tuschelten. Über allem lag eine unheilvolle Schwere.

Wer war für diese Verbrechen verantwortlich? Und wie sollten sich die Menschen davon erholen? Vor allem dann, wenn der Mörder einer von ihnen war? Ein Mensch, mit dem sie womöglich all die Jahre gesprochen hatten, gelacht und gefeiert. Der in der Kirche neben ihnen gesessen und am Samstagmorgen mit ihnen beim Bäcker um Brötchen angestanden hatte. Und – die Schrecklichste aller Möglichkeiten – was würde aus dem Dorf werden, wenn man den Mörder niemals fand?

Luise hatte beschlossen, Magda Fuhrbacher zu besuchen. Immerhin waren sie so etwas wie Leidensgenossinnen. Außerdem gingen ihr Friedas Worte nicht aus dem Kopf. Irgendwas stimmte nicht mit Friedhelm Fuhrbacher. Immerhin waren Magda und Frieda früher Freundinnen gewesen. Das hatte ihr Kerstin erzählt, aber als Magda den Fuhrbacher geheiratet hatte, war die Freundschaft eingeschlafen. Warum auch immer.

Luise ließ den Festplatz hinter sich und machte sich auf den Weg zum Gut. Der Weg am Maisfeld war noch gesperrt, deshalb ging sie die Dorfstraße entlang, aber Luise hätten sowieso keine zehn Pferde dazu gebracht, den Feldweg zu nehmen.

***

Es war Villa nicht gelungen, das Passwort von Fuhrbachers Computer zu knacken. Er war deshalb froh, als der IT-Experte der Lüneburger Kripo endlich das Clubzimmer betrat. Der schwergewichtige Horvat sank keuchend auf einen der Stühle im Clubzimmer und hatte dann einige Minuten mit einem Hustenanfall zu kämpfen. Villa beobachtete ihn zweifelnd.

»Kannst du überhaupt schon wieder arbeiten?«

Horvat räusperte sich ausgiebig und winkte ab.

»Hab mich nur verschluckt«, krächzte er. »Lass mich mal ran ans Büfett.«

»Wie du meinst.« Villa, der ihm kein Wort glaubte, wusste, dass Horvat sein Hobby zum Beruf gemacht hatte. Er warf sich mit Leidenschaft auf jede Tastatur, deren er habhaft werden konnte. Villa fragte sich allerdings auch, wie lange Horvats Fähigkeiten bei seinem desolaten körperlichen Zustand der Kripo noch erhalten bleiben würden.

Sein Handy klingelte. Brinkmann hatte Neuigkeiten. Villa hörte sich an, was er zu sagen hatte, und grinste dann.

»Bleibt, wo ihr seid, ich bringe die Frau Wirtin mit.« Er warf Horvat einen Blick zu. »Ich bin im örtlichen Polizeirevier, falls mich jemand sucht.«

Horvat nickte nur und klapperte mit seinen Wurstfingern in solch rasantem Tempo auf der Tastatur herum, dass einem schwindlig werden konnte.

Villa begab sich auf die Suche nach Anita. Er fand sie im Büro, wo sie am Telefon flirtete. Villa schloss das aus der dramatischen Veränderung ihres Gesichtsausdrucks, nachdem er das Büro betreten hatte. Sie verabschiedete sich hastig und legte auf.

»Was wollen Sie?«, blaffte sie ihn an und stand auf.

»Würden Sie mich bitte zum Polizeirevier begleiten? Wir hätten gern eine Aussage von Ihnen.«

Anita wurde blass. »Was? Wieso Aussage? Ich habe Ihnen nichts zu sagen.«

»Ich glaube doch. Herr Schönbrock und Herr Dressler warten dort auf uns. Ich kann Ihren Mann natürlich auch gleich mitnehmen.«

Anita ließ sich schweigend auf den Stuhl sinken. Es hatte ihr wohl die Sprache verschlagen.

Villa steckte die Hände in die Hosentaschen. »Soll ich ihn holen?«

Anita sprang auf. »Ich komme mit.«

Sie griff nach ihrer Handtasche und ging an ihm vorbei zur Tür. Villa folgte. Auf dem Weg zum Revier sprachen sie nicht. Anita stöckelte voran, ohne sich nach dem Hauptkommissar umzudrehen.

Das kleine Büro im Linderwalder Revier war ziemlich bevölkert. Schönbrock und Dressler saßen vor Brinkmann an dem einen Schreibtisch. Am anderen saß Heininger mit wichtiger Miene und spielte mit seinem Schlüsselbund. Wiebke lehnte am Aktenschrank. Als Villa und Anita eintraten, zog Schönbrock den Kopf ein.

Villa warf Brinkmann einen fragenden Blick zu, und der nickte.

»Na wunderbar, dann fehlt uns ja nur noch Ihre Aussage.« Er stellte ein Aufnahmegerät auf den Tisch und sah Anita an.

»Dann erzählen Sie mal, wie Sie das mit dem Auto Ihres Mannes gedeichselt haben.«

Anita warf einen Blick in die Runde. »Welcher von euch Volldeppen hat gequatscht?«

»Na wer wohl?«, fragte Dressler und ruckte mit dem Kopf in Schönbrocks Richtung. Der starrte auf seine Fingernägel.

»Ich hab's gewusst«, stöhnte Anita.

Villa gab Brinkmann ein Zeichen. Der erhob sich und führte die beiden Männer in den Nebenraum.

»Also«, Villa setzte sich und wartete.

Anita straffte die Schultern. »Ich hab Ihnen gar nichts zu sagen. Außerdem will ich meinen Anwalt sprechen.«

»Wozu brauchen Sie denn einen Anwalt, wenn Sie nichts zu sagen haben? Außerdem können Sie allenfalls noch eine Strafminderung erwarten, wenn Sie kooperieren, denn die beiden Herren haben alle Schuld von sich gewiesen. Sie waren der Drahtzieher und haben die beiden angestiftet.«

Anitas Augen funkelten. »Wer hat das gesagt?«

»Stimmt es etwa nicht?«

»Nein!«

Villa lehnte sich zurück. »Dann erzählen Sie doch einfach, wie's war. Sie können natürlich auch schweigen, dann halten wir uns an die Version der beiden Herren.«

Anita schlug die Beine übereinander. »Sie bluffen doch.«

Villa wandte sich an Wiebke. »Würdest du …?«

Die schien nur darauf gewartet zu haben und spielte Anita Schönbrocks Aussage vor. Sie habe die Idee gehabt, ihrem Mann das Auto zu klauen und es im Ausland zu verkaufen. Sie habe heimlich eine Kopie der Schlüssel anfertigen lassen, und Dressler und er hatten den Wagen nachts aus der Garage gestohlen, waren noch in derselben Nacht ins Ausland gefahren und hatten den Wagen verkauft. Für hundertzwanzigtausend Euro.

»Ja, verkauft haben sie ihn allerdings, diese Volldeppen, allerdings weit unter Preis«, Anita schien ihrem Ärger darüber Luft machen zu wollen.

»Für Sie ist das Geschäft doch gut gelaufen«, sagte Villa. »Immerhin haben Sie doppelt abkassiert. Einerseits die vierzigtausend Euro aus dem Verkauf, und da Ihr Mann ja nichts von Ihren dubiosen Geschäften wusste, mussten sie auch nicht mit ihm teilen. Andererseits von der Versicherungssumme, die Ihr Mann bekommen hat. Davon haben Sie dann noch mal profitiert.«

Anita spielte mit ihren Haaren. Langsam schien ihr das Ganze Spaß zu machen.

»Meine Güte, Männer sind so unfähig«, sagte sie mehr zu sich selbst. »Klaus, dieser Loser, hat mir damals jeden Abend die Ohren vollgeheult, dass seine Herzallerliebste sich nur noch um das Kind kümmert, anstatt Geld zu verdienen, und wie schlecht es ihm geht und dass er finanziell nicht rumkommt und blablabla.« Sie warf ihre Haare zurück. »Und Lorenz hockt auf einem Auto, das über hundertfünfzigtausend Euro wert ist, und lamentiert darüber, dass die Schenke nicht genug abwirft. Und dann kassiert er die Versicherungssumme, und was macht er? Er investiert das Geld in diese Kaschemme.« Sie schlug sich mit der flachen Hand vor die Stirn.

»Und Dressler?«

»Den hat Klaus mit ins Boot geholt, als Lutz bei ihm irgendwas renoviert hat.« Sie lachte leise. »Hat sich selbst nicht getraut, diese Memme. Und Lutz macht für Geld fast alles.«

»Auch Leute verprügeln?«

Anita lachte Villa ins Gesicht, wurde dann ernst und beugte sich zu ihm hinüber.

»Wie war das noch mit den Handschellen?«, raunte sie ihm zu.

»Seidel hat Sie erpresst, nicht wahr?«

»Ja«, Anita lehnte sich wieder zurück. »Diese kleine Ratte hatte es damals mitbekommen.« Sie lachte wieder. »Manchmal wird man belohnt, wenn man betrunken vor Hotelküchen herumliegt.«

»Aber er ist unverschämt geworden.«

»Allerdings«, Anitas Stimme wurde hart. »Ich bin keine Kuh, die sich endlos melken lässt.«

»Und dann haben Sie gedacht, der Seidel muss weg, und haben die beiden Herren beauftragt, das für Sie zu erledigen.« Das war ein Schuss ins Blaue, aber es war den Versuch wert.

Anita stierte ihn an, stand dann auf und stützte die Hände auf dem Tisch ab. »Ich habe Lutz dafür bezahlt, den blöden Seidel zu verdreschen, aber mit seinem Tod habe ich nichts zu tun! Merken Sie sich das!« Sie setzte sich wieder. »Was diese Volldeppen angeht, das weiß ich natürlich nicht. Vielleicht sind die ja auch von ganz allein drauf gekommen, sich den Seidel ein für alle Mal vom Hals zu schaffen.« Sie zögerte einen Moment. »Klaus hat jedenfalls auch bezahlt.«

»Das wissen wir«, sagte Villa. »Lutz Dressler auch.«

Das schien Anita neu zu sein. »Tatsächlich? War bei dem auch was zu holen? Dann hätt ich ihn ja gar nicht bezahlen müssen.« Sie spielte wieder mit ihren Haaren.

Eines interessierte Villa noch. »An dem Tag, bevor die kleine Lilly Schönbrock verschwand, waren Sie da mit Klaus Schönbrock zusammen in Hamburg?«

Anitas Augen glänzten, ihre Mundwinkel verzogen sich zu einem Grinsen. »Jetzt sagen Sie bloß noch, dieser kleine Feigling hat es nicht zugegeben? Hat immer noch Angst vor seinem Frauchen. Obwohl es ja längst das Exfrauchen ist.« Sie lehnte sich vor und legte die Unterarme auf den Tisch. »Wir mussten doch die Beute aufteilen.« Sie zwinkerte Villa zu, ließ sich wieder zurückfallen.

Villa musterte die Frau und fragte sich, was die Natur sich dabei dachte, solch verworfenen Charakter in so einer schönen Hülle zu verpacken.

»Was machen wir jetzt?«, fragte sie.

»Das müssen Sie den Staatsanwalt fragen. Oder besser Ihren Anwaltskomplizen. Vielleicht kennt er ja das Strafmaß für Versicherungsbetrug.«

Anita stand wieder auf. »Kann ich jetzt gehen?«

»Ja, wenn Sie Ihre Aussage unterschrieben haben«, sagte Villa und gab Wiebke ein Zeichen.

Die setzte sich an den Computer. »Na, dann fangen wir mal an.«

***

Auf dem Gut war alles still. Natürlich, dachte Luise, nach einem Todesfall steht für die Familie die Welt still. Sie blieb vor dem Gutshaus stehen und war sich plötzlich nicht mehr sicher, ob sie wirklich hineingehen sollte. Vielleicht störte sie ja auch nur. Sie war schon versucht umzudrehen, als sie Schimmi jenseits des Hofplatzes an der Koppel stehen sah. Er beobachtete eine Stute mit ihrem Fohlen.

Luise beschloss, ihm ein bisschen Gesellschaft zu leisten, bevor sie ihren Kondolenzbesuch antrat. Schimmi zuckte zusammen, als Luise neben ihn trat.

»Hallo, Schimmi«, sagte sie freundlich, »was für ein schönes Fohlen.«

Schimmi, der sie eben noch erschreckt angestarrt hatte, strahlte sofort. »Oh ja, hab noch nie so ein schönes gesehen.«

Sie standen eine Weile da und beobachteten das junge Pferd, das mit seinen dünnen, staksigen Beinen ausgelassen umhertollte und übermütig ausschlug. Luise bemerkte zuerst nicht, dass Schimmi sie unverwandt ansah und nervös das Halfter knetete, das er die ganze Zeit in den Händen hielt. Sie lächelte ihn freundlich an. Er schien irgendetwas sagen zu wollen. Plötzlich stupste er sie mit dem Zeigefinger am Oberarm.

»Armes kleines Mädchen«, flüsterte er und blickte betrübt zu Boden. »Aber ich war das nicht. Ganz bestimmt.« Er biss auf seiner Unterlippe herum.

Luise nahm vorsichtig seine Hand. »Natürlich nicht, Schimmi«, sagte sie sanft.

Er knetete das Halfter jetzt noch heftiger. »Er … er hat immer gesagt, sie sperren mich ein, und er wird sagen, dass ich es war. Aber ich war's nicht. Wirklich nicht!«

Luise stutzte. »Wer, Schimmi, wer hat gesagt, dass du eingesperrt wirst?«

Der junge Mann schluckte verkrampft und trat von einem Fuß auf den anderen.

»Er … er hat das immer gesagt. Aber jetzt ist er tot.«

Luises Herz fing an zu klopfen. »Schimmi, du musst mir alles erzählen. Wer hat was genau zu dir gesagt?«

»Suchst du was Bestimmtes?«

Die beiden schraken zusammen und wichen auseinander. Karl Fuhrbacher stand hinter ihnen und musterte sie mit zusammengekniffenen Augen. Schimmi zog den Kopf ein und lief davon. Luise musste sich einen Moment sammeln.

»Äh, ich wollte eigentlich deine Mutter besuchen. Wie geht es ihr denn?«

Karl Fuhrbacher steckte die Hände in die Jackentaschen und zuckte mit den Schultern. »Wie soll's ihr schon gehen? Schlecht. Am besten, du gehst rein, sie ist mit Helene in der Küche.«

»Und wie geht's dir?«, wollte Luise wissen.

Wieder ein Schulterzucken. Dann drehte sich der junge Gutsherr um und stapfte zu den Pferdeställen hinüber.

Luise ging gedankenverloren zur Haustür und betätigte den Türklopfer. Helene öffnete und bat sie herein.

»Luise, gut, dass du kommst, du bist die Einzige, die sich hergetraut hat. Dann kann ich ein bisschen arbeiten, und Magda ist nicht allein.«

»Sie werden wohl alle in den nächsten Tagen hier auflaufen. War bei mir damals genauso«, sagte Luise.

Helene nickte schweigend und bat den Gast in die Küche, wo Magda, erschreckend bleich, fand Luise, am Tisch saß und vor sich hin starrte. Als sie Luise sah, lächelte sie matt. Luise setzte sich zu ihr, sagte zunächst nichts, ergriff nur ihre Hand und streichelte sie.

»Wenn ich irgendwas tun kann, sag es mir einfach.«

»Ja, danke«, antwortete Magda leise.

»Hast du eine Ahnung, was da passiert ist?«

Magda schluckte. »Nein, ich kann mir das alles nicht erklären.«

Luise war unsicher. Es war nicht der richtige Zeitpunkt, danach zu fragen, aber sie musste das jetzt loswerden. Vor allem nach Schimmis merkwürdigen Äußerungen.

»Sag mal, kann es sein, dass Schimmi irgendwas weiß? Der hat so seltsam geredet.«

Magda starrte Luise an. »Schimmi redet immer seltsam«, sagte sie ruhig. »Was hat er denn gesagt?«

»Ach, eigentlich nur, dass jemand gesagt hat, dass er eingesperrt wird. Entweder der Seidel oder … der Friedhelm.«

Magda verzog den Mund. »Ja, Friedhelm hat ihm damit öfter gedroht. Damit er keinen Blödsinn macht.«

»Na ja«, meinte Luise, »ich werd dem Kommissar mal sagen, er soll mit ihm reden. Vielleicht weiß er ja was, das der Polizei weiterhilft.«

»Ja, tu das«, sagte Magda und wischte sich mit dem Taschentuch über die Augen. Dann stand sie auf. »Ich mach uns einen Tee. Ich muss irgendwas tun, sonst werd ich noch verrückt.«

»Ja«, das verstand Luise.

Magda nahm den Wasserkocher, blieb dann unschlüssig vor dem Geschirrschrank stehen und brach in Tränen aus.

In diesem Moment betrat Karl die Küche. »Mutter, lass das doch, ich mach das für dich.« Er nahm ihr den Wasserkocher aus der Hand und führte sie zum Tisch.

Luise stand auf. »Vielleicht sollte ich gehen.«

»Nein, es ist gut, dass du hier bist. Du verstehst mich wenigstens«, schluchzte Magda.

Auch Karl bat sie zu bleiben, und Luise setzte sich wieder hin, obwohl sie am liebsten das Weite gesucht hätte. Vor allem wollte sie sich noch mal mit Schimmi unterhalten, aber das musste warten.

***

Villa brauchte frische Luft. Er marschierte zielstrebig zur Schenke und hoffte, dass Horvat auf dem Computer einen Hinweis gefunden hatte, dem sie nachgehen konnten. Im Moment konnten sie nicht viel mehr tun, als auf das Ergebnis der Obduktion und die Laborberichte zu warten. Vielleicht ergab sich ja aus den Befragungen der Festbesucher noch eine Spur. Bisher hatte sich da leider nichts getan, zumindest hatte sich keiner von seinen Leuten gemeldet.

In der Schnucken-Schenke bediente Lorenz. Anscheinend hatte sich noch kein Ersatz für Luise gefunden, Fritzi war nirgends zu sehen, und Villa nahm an, dass sie irgendwo ihr schwaches Nervenkostüm pflegte. Dabei stand ihr die größte Überraschung ja noch bevor. Denn laut Aussage ihres großartigen Freundes hatte sie von seinen Machenschaften keine Ahnung. Immerhin, sie hatte die Chance, noch etwas zu machen aus ihrem Leben, vorausgesetzt, sie schaffte es, diesen Kerl abzuservieren. Aber daran glaubte Villa nicht.

Im Clubzimmer saß Horvat genau so vor dem Computer, wie Villa ihn eineinhalb Stunden vorher zurückgelassen hatte, und klapperte unverdrossen auf die Tastatur ein. Er blickte nur kurz auf, als Villa eintrat.

»Oh, hallo«, sagte er. »Gut, dass du kommst, ich hab was gefunden.«

Villa stellte sich neben Horvat, der ihm den Computer zudrehte. Die beiden betrachteten minutenlang schweigend den Bildschirm. Dann richtete Villa sich auf.

»Das muss nichts bedeuten. Kann aber. Ich glaube, wir müssen uns noch mal ausführlich mit den Fuhrbachern unterhalten.«

»Die werden sich freuen«, sagte Horvat, der sich schon wieder der Tastatur widmete.

»Das fürchte ich auch«, sagte Villa leise. »Druck mir das aus.«

Villa rief Wiebke an, die ihn begleiten sollte. Sie war nach wenigen Minuten zur Stelle, wahrscheinlich froh darüber, Heininger die weitere Aufnahme von Anita Senners Aussage überlassen zu können.

Zwanzig Minuten später drang das fast schmerzhafte Scheppern des Türklopfers über den stillen Fuhrbacher-Hof. Es dauerte eine Weile, bis Magda Fuhrbacher öffnete. Sie schien geschlafen zu haben. Ihr Haar war zerzaust und die schwarze Bluse zerknittert.

»Was wollen Sie denn um Gottes willen schon wieder? Warum lassen Sie uns nicht in Ruhe und machen einfach Ihre Arbeit?«

»Genau das tun wir«, erwiderte Villa. »Können wir mit Ihrem Sohn sprechen?«

Magda stand da, mit hängenden Schultern, und blickte von Villa zu Wiebke.

»Karl geht es schlecht. Er hat seinen Vater verloren. Können Sie ihn nicht in Ruhe lassen? Außerdem ist er gar nicht da.«

»Wo ist er denn?«

»Er hat einen Termin mit einem Bestatter, hat er gesagt. Sind Sie nicht ein bisschen unverschämt?«

»Wann kommt er zurück?«

»Das weiß ich nicht. Gehen Sie jetzt bitte!«

Die Frau war in denkbar schlechtem Gemütszustand. Villa hatte Skrupel, ihr das, was sie entdeckt hatten, zuzumuten.

»Gut, aber wir müssen ihn dringend sprechen. Richten Sie ihm das bitte aus. Er soll sich melden, sobald er zurück ist.« Aber Magda hatte die Tür schon geschlossen.

Die beiden Beamten traten den Rückzug an.

Gegen neunzehn Uhr am Abend rief Villa seine Mannschaft zusammen. Im Clubzimmer wurde es mittlerweile ziemlich eng. Es gab weder Kaffee noch kalte Getränke, aber das hatte Villa auch nicht erwartet. Wahrscheinlich wünschte der Wirt sie alle zur Hölle. Alle hatten Hunger und wollten die Besprechung schnell hinter sich bringen. Es gab keine Neuigkeiten. Die Befragungen der Festteilnehmer hatte nichts Interessantes ergeben. Einer der Besucher hatte einen Streit zwischen Fuhrbacher und einem jungen Mann beobachtet, der die Zeltwand mit Edding bemalt hatte. Aber die Befragung des Siebzehnjährigen hatte ergeben, dass der Junge am Abend vor dem Mord von seinen Eltern stockbetrunken nach Hause verfrachtet worden war, wo er zur Freude seiner Mutter seinen Mageninhalt auf dem Wohnzimmerteppich verteilt hatte.

Die Beamten hatten weiterhin sechsundzwanzig Paar Gummistiefel der Größen neununddreißig bis einundvierzig eingesammelt und ins Labor gegeben. Die Telefonliste des Mordopfers wurde kontrolliert, aber auch dort gab es bisher nichts Auffälliges zu berichten.

Villa informierte das Team über die Bilder, die er auf Fuhrbachers Computer gefunden hatte. Es waren Bilder von Fuhrbachers Enkelin. Bilder, die das Mädchen im Badeanzug oder nackt beim Schwimmen zeigten. Sie waren im Grunde harmlos, aber im Zusammenhang mit Fuhrbachers ominösen Bordellbesuchen zumindest verdächtig, und Villa wollte der Sache auf jeden Fall nachgehen.

Um halb acht beendete Villa die Besprechung, und das Team beschloss, in der Gaststube des »Lustigen Keilers«, wo Horvat und Willebach untergebracht waren, zu Abend zu essen. In der Schnucken-Schenke hatte der Wirt offensichtlich nicht genug Personal, denn die Gäste murrten vernehmlich über die langen Wartezeiten.

Der »Lustige Keiler« ähnelte vom Ambiente her der Schnucken-Schenke, aber die Gaststube war kleiner, und das Haus war wohl schon länger nicht renoviert worden, denn an den Möbeln zeigten sich deutliche Abnutzungserscheinungen. Dafür war die Wirtin zwar nicht annähernd so hübsch wie Anita, aber aufgrund ihrer Leibesfülle äußerst gemütlich und bester Laune.

Die Beamten fanden Platz an einem großen Ecktisch und ließen sich die Karte bringen. Es gab Wildschweingulasch mit Kohlrabigemüse und Salzkartoffeln, Schnuckenkotelett mit Salat und Pommes frites und natürlich Schnitzel. Die Beamten aßen mit Appetit, tranken Bier und Wein, und Doberan konnte seine Augen nicht von Heike Willebach lassen.

Nur Villa war still und nicht besonders hungrig. Er hatte sich für Forelle Müllerin entschieden und musste feststellen, dass die Küche des Keilers der der Schnucken-Schenke weit unterlegen war. Er beschloss, dem Koch das noch mitzuteilen, bevor sie alle Linderwald verließen. Aber wann würde das sein?

Er selbst hatte sich vorgenommen, dieses Dorf erst zu verlassen, wenn alle Rätsel gelöst waren. Koste es, was es wolle. Er ertappte sich bei dem Gedanken, was Luise Schönbrock wohl im Moment tat. Aber er schob das beiseite. Was ging es ihn an? Er hatte eine Aufgabe. Die musste erledigt werden, und was danach …

Dann stutzte er. Soeben hatte Helga Landmeier das Lokal betreten und sah sich suchend um. Villa wusste nicht, warum er plötzlich unruhig war. Als Helga Landmeier ihn erblickte, kam sie sofort zum Tisch.

»Kann ich Sie kurz sprechen?«

»Natürlich«, Villa stellte sein Bierglas weg und stand auf. Er nahm ihren Arm und führte sie aus der Gaststube, damit sie nicht schreien mussten, um sich verständlich zu machen.

Die Stille, die sich draußen förmlich über sie stülpte, beunruhigte Villa. Er hatte keine Ahnung, wieso. Helga rang nervös die Hände.

»Ich weiß ja nicht, ob ich das überhaupt richtig mache«, begann sie, »aber …«, sie blickte Villa zweifelnd an.

Der lächelte beruhigend. »Erzählen Sie einfach.«

»Na ja, also … Luise ist verschwunden.«

Da war es wieder, dieses Rauschen, das die Panik ankündigte und das er besiegt zu haben glaubte. Nicht jetzt!, rief Villa sich selbst zur Ordnung. Später! Jetzt musst du funktionieren! Reiß dich zusammen! Er kniff sich selbst in den Unterarm und fragte, so ruhig es ihm möglich war.

»Was meinen Sie?«

Helga Landmeier schien nichts von seinen inneren Kämpfen zu bemerken.

»Also, ich hab sie seit heute Nachmittag nicht mehr gesehen. Und … wo sollte sie denn sein? Ich habe bei Kerstin angerufen und bei Lorenz, die haben sie nicht gesehen. Bei Fuhrbachers ist sie auch nicht. Ich … weiß nicht. Das passt nicht zu Luise.«

»Haben Sie sie auf dem Handy angerufen?«

Helga guckte erstaunt. »Luise hat kein Handy.«

»Kein Handy?«, wiederholte Villa verblüfft. Er hätte nicht gedacht, dass es immer noch Menschen gab, die ohne Handy auskamen.

»Was … was soll ich denn jetzt machen?«

»Wann haben Sie sie zuletzt gesehen?«

»Heute Nachmittag, bevor ich zum Einkaufen gefahren bin.«

»Hat sie etwas gesagt, ob sie wegwollte oder sonst etwas vorhatte?«

»Nein, und ihre Sachen sind auch alle noch da. Ich … verstehe das nicht. Sie hätte uns doch Bescheid gesagt, wenn sie zum Abendessen nicht kommen würde. So ist Luise nicht.«

Villa überlegte. »Haben Sie alle Bekannten gefragt?«

»Ja, ich hab sogar ihren Exmann angerufen, diesen Blödmann.« Helga verzog den Mund. »Aber der hat sie seit Lillys Beerdigung nicht gesehen.«

»Hm.« Villa war unschlüssig.

Was sollte er tun? Wenn eine erwachsene Frau nicht zum Abendessen bei ihren Freunden auftauchte, war das kein Grund, eine Suchaktion einzuleiten. Er musste sich etwas anderes einfallen lassen. Aber was? Er wusste nur eines. Er durfte nicht zu spät kommen. Dieses Mal nicht!

»Zeigen Sie mir ihr Zimmer.«

Doch Luises Zimmer bot ihnen keine Lösung. Sie hatte ihre wenigen Habseligkeiten in den Schrank geräumt. Der kleine Rucksack, den sie als Handtasche benutzte, war fort. Sie konnte überall im Dorf sein. Doch Villa hatte Herzklopfen. Da stimmte etwas nicht, und er hatte keine Ahnung, was es war. Da war nur dieses diffuse Gefühl, dass Gefahr drohte. Aber vielleicht wurde er auch einfach nicht mit seiner Paranoia fertig.

»Sie telefonieren jetzt einfach das ganze Dorf ab, ob sie jemand gesehen hat. Ich geh mal zu ihrer Freundin, Frau Seidel. Vielleicht bringt uns das weiter.«

»Aber Kerstin hab ich schon gefragt, die hat sie nicht gesehen«, sagte Helga.

»Trotzdem. Vielleicht hat sie eine Idee.«

Als Villa eine Viertelstunde später das Wohnzimmer der Seidels betrat, wollte Kerstin gerade ihre Mutter ins Bett bringen. Die alte Frau kam mit ihrem Rollstuhl aus dem Badezimmer gefahren und strahlte Villa mit zahnlosem Mund an.

»Nein«, sagte Kerstin gerade bedauernd, »ich hab Luise heut gar nicht gesehen. Ist sie denn nicht bei Helga?«

»Luiiise, Luiiise«, sang die alte Frau.

»Mutter«, sagte Kerstin erstaunt, »hast du Luise gesehen?«

Frieda Seidel bewegte mit ihren knotigen Händen den Rollstuhl auf Villa zu. Sie hob warnend die rechte Hand wie eine Lehrerin.

»Luise wollte Magda besuchen, und der Friedhelm ist ein Arschloch.« Dabei strahlte sie wie eine Supernova.

Villa wandte sich der alten Frau zu. »Wieso ist Friedhelm ein Arschloch?«, fragte er leise.

»Frag Magda.« Frieda Seidel kicherte.

Villa wusste plötzlich, was er zu tun hatte. Alle Spuren, alle Intuition, so er denn über solche verfügte, wiesen in eine Richtung: Fuhrbacher.

Dort und nirgendwo anders würde er seine Rätsel lösen. Er hatte keinerlei Beweise oder Befugnisse, aber er hatte sich selbst und seine Überzeugung. Das hatte er schon einmal gehabt, und er hatte gezweifelt. Das sollte ihm nicht noch einmal passieren. Er verabschiedete sich von den Seidels. Kerstin gab ihm noch die Warnung mit auf den Weg, nicht zu viel auf die Worte ihrer Mutter zu geben, aber das interessierte ihn nicht wirklich. Es dämmerte bereits, als er sich zum dritten Mal am heutigen Tag auf den Weg zum Fuhrbacher-Gut machte.

***

Sie war so müde. Wie schön wäre es, ewig so weiterzuschlafen. Verschwommen sah sie eine hellgrüne Steppdecke, aber sie schloss gleich wieder die Augen. Die Lider waren so schwer. Was war denn eigentlich geschehen? Sie fühlte sich so unendlich schwer, als würde sie durch alles hindurchsinken, was sich unter ihr befand.

Ein Geräusch. Es klang wie das Zuziehen von Vorhängen. Wo war sie eigentlich? Sie hatte doch gar keine Vorhänge in ihrer Wohnung. Aber … sie erinnerte sich dunkel … sie war ja umgezogen. Sie wohnte jetzt woanders, wo war das noch …?

Jemand setzte sich auf den Bettrand. Wer war das? Das Gesicht war verschwommen. Etwas berührte ihre Lippen. Sie hörte eine Stimme.

»Trink«, sagte die Stimme.

Und sie trank. Es war kalt und bitter.

***

Villa bearbeitete energisch den Türklopfer. Wehe dem, der sich ihm in den Weg stellte. Er ermittelte. Es dauerte eine Weile, bis

Magda Fuhrbacher öffnete. Sie trug dieselbe zerknitterte Bluse wie Stunden zuvor.

»Was wollen Sie schon wieder?«

»Darf ich reinkommen?«, fragte Villa und schob Frau Fuhrbacher sanft zur Seite.

»Was fällt Ihnen ein?«

»Ist Ihr Sohn inzwischen zu Hause?«

Magda Fuhrbacher kniff die Augen zusammen. »Sie sind alle beim Pfarrer.«

»Sie nicht?«

»Nein.«

»Wann kommen sie zurück?«

»Das weiß ich nicht.«

»Dann warte ich.« Villa schob Magda zur Seite und ging in die Küche.

Magda starrte dem Kommissar mit offenem Mund nach, dann folgte sie ihm in die Küche.

»Hat Frau Schönbrock Sie heute besucht?«, fragte Villa.

»Luise? Ja, die war heute Nachmittag da. Wieso?«

»Wann ist sie gegangen?«

Magda legte den Kopf schief. »Warum wollen Sie das wissen?«

»Also, wann?«, wiederholte Villa.

»Meine Güte, das weiß ich nicht so genau. Sie kam, wir haben Tee getrunken, und dann ist sie gegangen.«

»Hat sie gesagt, wo sie hinwollte?«

»Nein, wieso auch?« Magda stieß einen Seufzer aus. »Ich mach mir jetzt Tee. Möchten Sie auch welchen?«

»Warum nicht?«, sagte Villa und ging im selben Moment zu Boden.

Ein unsäglicher Schmerz jagte durch seinen Schädel wie eine Feuersbrunst. Du hast dich geirrt, schoss es ihm durch den Kopf, bevor er das Bewusstsein verlor.

***

Luise wachte auf. Wieder diese grüne Steppdecke, die sie nicht kannte. Sie griff danach und rieb den Stoff zwischen den Fingern. Dann erhob sie sich langsam und sah sich um. Sie befand sich in einem ihr unbekannten Zimmer. Antike Möbel, schwere dunkelgrüne Samtvorhänge und Gemälde von Heidelandschaften zeugten von einem teuren Geschmack. Sie schluckte, ihre Kehle war trocken, und ihr Kopf schmerzte. Sie wollte aufstehen, aber ihre Beine gehorchten ihr nicht. Sie fühlte sich schwach und schwindelig.

Was war nur los? Vielleicht sollte sie noch etwas schlafen. Aber irgendetwas klingelte in ihrem Unterbewusstsein und gab beständig Warnsignale von sich. Was war das? Lauerte irgendwo Gefahr? Wo? Es gab keine wilden Tiere, die sie zerreißen wollten, kein Feuer, das sie zu verschlingen drohte und auch keinen Menschen, der ihr etwas Böses wollte.

Also wieso schrillte ohne Unterlass ihre innere Alarmglocke? Gab ihr ständig den Befehl, wegzulaufen? Aber im Grunde war das sowieso egal.

Sie war viel zu müde, um sich darüber Gedanken zu machen. Schlafen, das wollte sie und das würde sie.

***

Er fühlte, wie er fortgezogen wurde. Und er fühlte seinen Kopf. Oder vielmehr sein Kopf fühlte sich an wie ein Amboss, auf den jemand mit einem Schmiedehammer eindrosch. Er widerstand dem Impuls, sich an die Stirn zu fassen, zog es vor, sich bewusstlos zu stellen. Er registrierte, dass es um ihn herum dunkler wurde. Die Räume veränderten sich.

Ruhig bleiben, ermahnte er sein klopfendes Herz. Ruhig bleiben und auf der Hut sein. Seine Beine wurden fallen gelassen. Es schmerzte, als sie auf den Steinboden aufschlugen, aber er ließ sich nichts anmerken.

Er wollte leben. Er würde leben. Das Licht ging aus. Eine Tür schlug zu.

Er war allein. Und es war dunkel.

***

Sie spürte, dass jemand sie beobachtete, und schlug die Augen auf. Wieder alles so verschwommen. Was war nur mit ihr los? Sie kniff die Augen zusammen und versuchte es erneut. Da saß jemand, den sie kannte.

Und das war Magda.

»Magda«, murmelte sie. »Was ist denn passiert?«

»Nichts, meine Liebe«, sagte Magda und streichelte ihre Wange. »Trink noch einen Schluck Tee, dann wird alles gut.«

Luise erhob sich langsam. »Aber ich will keinen Tee. Was ist denn eigentlich los?« Sie rieb sich über die Augen. »Wie spät ist es überhaupt? Ich muss zu Helga, sie werden sich Sorgen machen.«

Magda drückte sie wieder in die Kissen.

»Nicht doch, Kindchen, alles ist gut. Warum trinkst du nicht einen Schluck Tee?«

Sie hielt ihr die Tasse hin.

Langsam wurde Luise wütend. »Nein, ich will keinen Tee, ich will jetzt nach Hause.« Sie versuchte aufzustehen, fühlte sich aber zu schwach und legte sich wieder hin. Die Alarmglocke. Sie schrillte immer lauter.

Etwas stimmte nicht.

»Magda, bring mich nach Hause«, bat sie.

»Das kann ich nicht, Kindchen.«

»Aber warum denn nicht?«, fragte Luise müde.

»Weil …«, Magda lachte. Und dieses Lachen befeuerte die Alarmglocken in Luises Kopf.

»Weil?«, wiederholte sie ruhig, denn irgendetwas sagte ihr, dass es am besten war, Ruhe zu bewahren.

»Weil jetzt alles vorbei ist.«

»Was denn, was ist vorbei?«

»Na … Seidel ist tot, Friedhelm ist tot und … Lilly ist tot.«

Luise war plötzlich hellwach. »Was meinst du?«, murmelte sie.

Magda malte mit dem Finger Muster auf die grüne Steppdecke, »Alle sind … tot.« Sie kicherte wieder.

»Ja«, sagte Luise, »alle sind tot.« Für einen Moment herrschte Schweigen. »Was ist mit Lilly passiert?«, fragte Luise. »Sag es mir, wenn du es weißt. Dann ist alles gut.«

Magda kicherte wieder. »Ach Lilly«, sagte sie und seufzte. »Das war so ein Jammer. Aber Schimmi hat sie mit hergebracht auf seinem Pony und dann … dann hat Friedhelm …«

»Was hat Friedhelm?«

Magda sprang auf. »Na, dann hat Friedhelm sich mit ihr beschäftigt. Verstehst du? Friedhelm, der kleine Mädchen so liebte!«

»Ich verstehe«, sagte Luise kraftlos.

Magda schleuderte die Tasse, die sie die ganze Zeit in der Hand gehalten hatte, auf den Boden.

»Du glaubst, du verstehst? Nichts verstehst du! Was glaubst du, wie ich schwanger geworden bin? Bestimmt nicht freiwillig! Das war er! Er hat mich vergewaltigt. Dieses Schwein! Und der Seidel hat's gewusst.«

Sie schleuderte eine Vase gegen die Wand, die in tausend Stücke zerbarst. »Aber er sollte bezahlen. Und das hat er! Er hat mich geheiratet, und ich habe dafür gesorgt, dass er mich nie wieder anfasst. Nie wieder!«

Ihr Atem ging schwer.

»Und was war mit Lilly? Sag es mir.«

»Ach Lilly«, Magda setzte sich in einen der Ohrensessel, die am Bücherregal standen. »Lilly ist einfach gestorben, weil es nicht anders ging. Weißt du? Sie … sie war mit Schimmi auf dem Pferd hergekommen. Sie waren durch den Mais geritten und Friedhelm … Friedhelm hatte sie mit in sein Büro genommen. Leider … bin ich zu spät gekommen.« Sie schwieg.

»Wie ist sie gestorben?«, fragte Luise.

Magda sprang auf. »Mein Gott. Sie ist halt gestorben. Hat hier die ganze Zeit in meinem Bett gelegen, während die da draußen nach ihr gesucht haben.«

Magda malte Muster in die Luft.

»Ich musste es tun, verstehst du das nicht?«, schrie sie. »Sie hätte doch alles kaputt gemacht. Alles, was ich mir so hart erarbeitet hatte. Karl, der sich immer so gut um mich gekümmert hat. Er hätte das nicht verwunden. Niemals. Kannst du das nicht verstehen?«

»Wie ist sie gestorben?«

»Mein Gott«, Magda zuckte mit den Schultern, »sie hat die ganze Zeit geschlafen. Und dann … dann hab ich ihr einfach das Kissen aufs Gesicht gedrückt. Es war ganz einfach.« Sie sah Luise an. »Jetzt guck nicht so empört. Sie hat nicht gelitten, ist einfach … gestorben.«

Luise schloss die Augen, versuchte, ruhig liegen zu bleiben und ihre Kräfte zu sammeln. Sie würde sie noch brauchen. Die Frau war verrückt. Verrückt!

»Und …«, es fiel ihr schwer zu sprechen, »wer hat sie … meine Tochter begraben?«

Wieder ein schwerer Seufzer. »Ja, das war auch so ein Ding. Mein lieber Gatte hat es nicht geschafft und den Seidel angestiftet. Mein Gott, wie blöd muss man sein?« Sie legte die Hand auf die Stirn und starrte zur Zimmerdecke. »Und dann kamen diese Bebauungspläne, und mein genialer Mann hat dem genialen Seidel gesagt, er soll die Leiche an einen sicheren Ort schaffen. Und was macht der Seidel, der ja manchmal gar nicht so blöd war? Er nimmt sich meine Stute, die ruhig ist und gut zu lenken, macht sich nachts auf den Weg, gräbt das Kind wieder aus, packt es in einen Sack und reitet damit in den Wald.« Sie lachte. »Ich hab natürlich gehört, wie sie das ausgeheckt haben, die beiden. Ich hab immer alles gehört, was mein lieber Friedhelm so angestellt hat. Und er hat den Seidel gut bezahlt. Den Vater deiner Freundin. Er hat alles gewusst, aber für Geld hat der alles gemacht.«

Magda, die zierliche, mädchenhafte Magda, saß da, in ihrem Sessel, die Beine übereinandergeschlagen, und blickte versonnen an die Stuckdecke ihres Zimmers.

»Ich bin ihm selbstverständlich nachgeritten. Hab gewartet, bis alles erledigt war. Er hat natürlich versucht zu fliehen, aber mir reitet niemand davon. Und dann hab ich ihn erledigt – mit meinem kleinen Nunchacu.«

Sie stand auf, ging zu einer Kommode, zog die oberste Schublade auf und nahm ein Instrument heraus, das Luise aus japanischen Actionfilmen kannte. Es bestand aus zwei Stäben, die mit einer Kette verbunden waren.

Magda hantierte damit wie ein Kung-Fu-Kämpfer. Ein

einziger Schlag mit diesem Instrument würde ihren Schädel zerschmettern. Luise hielt die Luft an.

»Es ist eine Spezialanfertigung. Die Stäbe sind aus Eisen, nicht aus Holz, zwar etwas schwerer, aber überaus wirkungsvoll.«

Magda wirbelte mit dem Ding herum, als hätte sie in ihrem Leben nichts anderes getan. Und sie schien Luises Bewunderung zu genießen.

»Da staunst du, nicht wahr? Das hab ich mir zugelegt, nachdem mein Angetrauter meinte, er könnte sich wieder an mir vergreifen. So wie damals, nach dem Heidefest.«

»Dann hast du … den Seidel …?«

»Natürlich«, erwiderte Magda ruhig, »und Friedhelm auch.«

»Aber … warum?«

Luise konnte es nicht verstehen. Drei Menschen waren gestorben. Ihre Tochter war das erste Opfer gewesen. Dann Seidel, weil er zu viel wusste, aber warum Friedhelm auch noch?

»Friedhelm war ein Schwächling. Schon immer. Er konnte das Problem Seidel nicht lösen, der hat ihn all die Jahre erpresst, und er hatte seinen Schwanz einfach nicht unter Kontrolle. Ich hab seinen Computer gehackt, weißt du?«

»Ah ja.« Luise fand keine Worte.

»Da hatte er Bilder von Kindern drauf gespeichert.« Sie schwieg eine Weile. »Unter anderem Bilder von meiner Enkelin. Im Badeanzug. Und mir macht der nichts vor, verstehst du?«

Ja, Luise verstand.

Magdas Lächeln wurde breiter. »Männer haben sowieso nur eins im Kopf. Immer auf der Suche nach etwas, wo sie ihren Schwanz reinstecken können.«

Luise schluckte. Das war nicht die Magda, die sie gekannt hatte. Gekannt zu haben glaubte. Die zierliche, freundliche, angesehene Gutsherrin, die sich so aufopferungsvoll um ihren Sohn und das Gut kümmerte. Und um ihre Enkelin. Das hier war eine andere Frau. Sie musste vollkommen den Verstand verloren haben. Aber wann war das passiert?

»Wusstest du eigentlich«, fuhr Magda fort und strich liebevoll mit den Fingern über die Waffe, »dass dein Mann was mit Anita hatte?«

Luise kniff die Augen zusammen. Wundern würde es sie nicht. Klaus hatte einen schwachen Charakter, das hatte er nach Lillys Verschwinden bewiesen. Vielleicht auch schon vorher, und sie hatte es nur nicht bemerkt. Nicht bemerken wollen. Und nach Lilly war ihr sowieso alles egal gewesen.

»Woher willst du das wissen?«, fragte sie, um Magda am Reden zu halten.

»Woher ich das weiß? Mein Gott, das war doch so offensichtlich! Aber du warst ja blind wie ein Maulwurf. Außerdem ...«, sie ließ wieder den Eisenstab kreisen, »hat sich dieses dumme Weib auch an meinen Karl herangemacht. Glaubte wohl, hier was erben zu können. Dabei war Helene schwanger. Mit *meinem* Enkelkind, das hier bei mir aufwachsen sollte. Ich habe versucht, ihm die Augen zu öffnen, über dieses Weib.« Sie kicherte wieder. »Ich hab damals sogar bei der Polizei angerufen und ihnen den Tipp gegeben, sich mal um die Affären deines Mannes zu kümmern. Das hat sie ganz gut abgelenkt, und Karl hat es endlich zur Vernunft gebracht.« Sie legte den Kopf schräg. »Davon hat dir wohl keiner was erzählt, was?«

»Nein«, sagte Luise.

Wie sollte es jetzt weitergehen?

***

Villa versuchte sich zu orientieren. Er befand sich in einer Art Abstellraum, so viel hatte er bisher ertasten können. Vielleicht auch ein Keller. Er dachte an die Hammerschläge. Vielleicht waren das Treppenstufen gewesen.

Sein Schädel dröhnte. Aber das war jetzt egal, er musste hier raus, und zwar schnell.

Er durchsuchte seine Taschen nach seinem Handy. Ohne Erfolg. Natürlich, das hatte sie ihm abgenommen. Und ebenso seine Waffe. Er musste sich etwas einfallen lassen. Am Boden erkannte er einen Streifen Licht. Dort musste die Tür sein. Er ignorierte den Schmerz in seinem Kopf und robbte vorwärts, hangelte sich an der Tür hoch bis zur Klinke.

Verschlossen. Klar. Immerhin, er hatte einen Orientierungspunkt. Er tastete die Wand ab. Regale, Gläser, Töpfe. Ein Glas fiel zu Boden und zersprang. Er suchte weiter, ertastete etwas Hölzernes, das an der Wand lehnte. Einen Spaten. Er nahm den Spaten, tastete sich zurück zur Tür, drückte das Regal zur Seite, das scheppernd umfiel, stemmte das Spatenblatt unter den Türspalt und versuchte, sie auszuhebeln.

Er brauchte einige Versuche, bis es gelang und die Tür krachend in den Raum fiel. Er verharrte einen Moment. Aber nichts rührte sich. Dann machte er sich daran, sein Gefängnis zu verlassen.

Er war tatsächlich im Keller. Ein schmaler Gang, die Wände weiß getüncht, eine nackte Glühbirne an der Decke. Langsam ging er die Stufen hinauf, bis er erneut vor einer Tür stand. Sein Schädel pochte, und er spürte, wie etwas Warmes langsam seine Schläfe hinabrann. Blut. Egal. Er musste funktionieren, dieses Mal würde er funktionieren!

Er befand sich im Erdgeschoss. Küche und Wohnzimmer lagen verlassen im Dunkel. Im Flur brannte Licht. Er blieb stehen und lauschte. Alles war still. Er drückte sich an der Wand entlang und ging leise die Treppe hinauf. Er hörte Stimmen. Weibliche Stimmen.

Dort musste sie sein.

***

»Luise«, säuselte Magda, »du musst das verstehen. Es geht um meine Familie. Alles wird auseinanderbrechen. Das kann ich doch nicht zulassen. Nicht wahr?«

Luise gab keine Antwort. Sie überlegte fieberhaft, wie sie hier herauskommen könnte. Wenn sie überhaupt Wert darauf legte, hier herauszukommen. Im Grunde war ihr auch alles egal.

Aber etwas regte sich in ihr. Das Gefühl, dass es sich lohnte zu leben. Und das sollte sie sich gleich wieder wegnehmen lassen? Nein. Sie versuchte sich mental zu stärken, versuchte abzuschätzen, inwieweit ihre Beine ihr gehorchen würden, wenn sie einfach aufstand und floh, während Magda ruhelos im Zimmer auf und ab marschierte und ihr komisches Gerät um ihre Hüften schwang.

Sie beschloss, alles auf eine Karte zu setzen, warf die Decke weg und sprang auf, aber darauf schien Magda nur gewartet zu haben.

»Nicht so schnell, junge Frau.«

Magda machte einen schnellen Schritt vor die Tür und schwang ihr Mordinstrument. Luise hoffte, dass sie ihren eigenen Schädel damit treffen würde, aber sie beherrschte das Ding anscheinend zu gut. Magda lächelte.

»Luise«, flüsterte sie, während die Eisenstäbe durch die Luft zischten. »Mach's uns doch nicht so schwer. Es ist viel angenehmer für uns beide, wenn du einfach deinen Tee trinkst.«

Jetzt sollte sie dieser Wahnsinnigen auch noch helfen, sie umzubringen! Luises Ungläubigkeit verwandelte sich langsam in Wut. Die beiden Frauen umkreisten sich, und dann besann sich Luise der alten Waffe der Frauen: Sie stieß einen Schrei aus. Einen Schrei, der durch das Zimmer gellte, die Stufen hinab und hinaus ins Freie bis in die Wipfel der Birken, die bis dahin friedlich draußen im lauen Wind der nächtlichen Stille der Heidelandschaft vor sich hin gedöst hatten.

Vielleicht kam ihr ja jemand zu Hilfe, und vielleicht würde das ihrer Gegnerin Angst einjagen. Letzteres zumindest war ein Trugschluss, denn Magda ging zum Angriff über, aber im selben Moment wurde die Tür aufgebrochen, und ein blutüberströmter Villa stürmte ins Zimmer.

Magda wandte sich dem neuen Gegner zu. Die beiden umkreisten einander wie zwei Ringer. Sie behielten sich im Auge, und dann schlug Magda zu. Villa konnte dem Schlag ausweichen, aber Magda setzte nach und traf Villas Unterarm. Es knackte, und Villa taumelte zurück. Luise zuckte bei dem Geräusch zusammen.

Villa stand noch, aber er war angeschlagen. Magda holte zum nächsten Schlag aus, als plötzlich Karl und hinter ihm Helene in der Tür standen.

»Mutter! Was ist denn hier los?«, schrie Karl und starrte Magda an.

Helene sperrte den Mund auf, ihr fehlten aber wohl die Worte. Magda war wenige Sekunden abgelenkt, und Luise nutzte diesen Moment. Sie riss einen antiken Krug von der Anrichte und donnerte ihn Magda über den Schädel. Einfach so. Villa hielt sich stöhnend den Arm und fiel gegen die Wand.

»Bist du wahnsinnig!« Karl Fuhrbacher schrie Luise an und stürzte zu seiner Mutter.

»Nein«, erwiderte Luise fest, »aber deine Mutter.«

»Kann ich mal telefonieren?«, keuchte Villa, der sich immer noch den Arm hielt und erschreckend blass war.

Es dauerte keine zehn Minuten, bis Villas Team eintraf. Gleich darauf war der Krankenwagen zur Stelle. Magda wurde abtransportiert und Villa zumindest notdürftig versorgt. Wiebke marschierte im Zimmer herum, zertrat Scherben und schüttelte unablässig den Kopf. Diese zierliche Frau hatte drei Menschen umgebracht. Es war einfach nicht zu fassen.

Luise saß draußen auf der Treppe und rauchte. Sie hatte seit zwanzig Jahren nicht geraucht, aber das war jetzt auch egal. Die Zigaretten hatte sie im Regal in der Küche gefunden und sich bedient. Karl Fuhrbacher hatte seine Mutter, unter wilden Flüchen gegen die Polizei im Allgemeinen und Luise im Besonderen, zum Krankenhaus begleitet.

Nachdem Villa letzte Anweisungen gegeben hatte, setzte er sich neben Luise. Sie nahm einen tiefen Zug und schloss die Augen.

»Sie haben mir das Leben gerettet.«

Er wies auf seinen Arm, der in einer Schlinge hing. »Sie mir auch.«

Luise lachte leise. Das stimmte zwar nicht ganz, aber sie ließ es gelten.

Sie saßen schweigend zusammen. Luise bot ihm ihre Zigarette an.

»Möchten Sie?«

»Nein danke«, sagte er. »Ich habe schon Kopfschmerzen.«

Ein Sanitäter kam und bestand darauf, dass Villa mit ins Krankenhaus fuhr. Er stand auf und verzog den Mund.

»Wir sehen uns morgen«, sagte er.

Luise nickte und rauchte.

Am folgenden Morgen nach dem Frühstück, das Luise gemeinsam mit den Landmeiers eingenommen hatte, holte Villa sie ab und geleitete sie zum Revier, wo sie ihre Aussage zu Protokoll gab und unterschrieb. Magda lag mit einem schweren Schädel-Hirn-Trauma in der Klinik im Koma. Ihr Sohn war bei ihr. Es war unklar, ob sie wieder aufwachen würde.

Als Luise an diesem Morgen an Villas Seite durchs Dorf ging, traf sie manch respektvoller Blick. Villa hatte einen Unterarmbruch und eine Gehirnerschütterung davongetragen. Außerdem musste seine Kopfwunde genäht werden. Er hatte großes Glück gehabt, denn Magda hatte ihr Mordinstrument nicht zur Hand gehabt und sich mit der Teekanne beholfen. Diesem Umstand hatte Villa sein Leben zu verdanken.

Man hatte ihm eindringlich geraten, einige Tage im Krankenhaus zu bleiben, aber er war gegangen. Er hasste Krankenhäuser, und heute hatte er sowieso Besseres zu tun, als sich ins Bett zu legen.

Am Nachmittag, nachdem das Team die Ermittlungsarbeit abgeschlossen und alles zusammengepackt hatte, betrat Luise den Gastraum der Schenke. Lorenz, der Wirt, stellte das Tablett ab, das er gerade balancierte, und führte sie zur Theke.

»Luise, wie schön dich zu sehen, wir hatten uns schon Sorgen gemacht.«

»Tatsächlich«, antwortete Luise und sah zu Anita hinüber, die hinter der Rezeption stand.

»Na, Luise«, sagte sie, »dann ist ja wohl alles klar, was?«

Luise antwortete nicht. Sie hatte nur Augen für Villa, der in der Tür zum Clubzimmer stand.

Der wunderte sich über die gute Stimmung der Wirtsleute. Immerhin hatte die Frau ihren Mann bestohlen, und die Staatsanwaltschaft würde Anklage wegen Versicherungsbetrugs erheben. Aber Anita und Lorenz schienen ein Herz und eine

Seele zu sein. Villa fragte sich, wie diese Frau das hingekriegt hatte. Er konnte es sich vorstellen. Doch er wollte sich nicht mit Anita beschäftigen, sondern ging auf Luise zu und nahm ihren Arm.

»Wie wär's mit einem Spaziergang?«, fragte er. »Ich konnte die Heidelandschaft bisher nicht so recht genießen.«

»Ich auch nicht«, antwortete Luise. »Gehen wir.«

Sie spazierten den Weg hinter der Schenke entlang, der direkt in eine weite heidebewachsene Ebene führte.

»Wie geht es Landmeiers?«, fragte Villa.

»Schlecht«, antwortete Luise, »aber das war ja wohl zu erwarten. Man erfährt nicht alle Tage, dass die eigene Schwester eine mehrfache Mörderin ist.«

»Ich nehme an, sie hat die Vergewaltigung damals nicht verkraftet. Immerhin war sie erst siebzehn.«

»Ja«, meinte Luise, »das ist ziemlich wahrscheinlich.« Sie ging schweigend ein paar Schritte. »Trotzdem.«

»Natürlich«, sagte Villa.

Luise bückte sich und ließ ihre Fingerspitzen über das Heidekraut gleiten. Es fühlte sich rau an. Rau, aber es tat gut. Wie das Leben.

»Was wird jetzt aus Magda?«

Luise beobachtete, wie Villa sein blaues Jackett auszog und es über seinen bandagierten Arm legte. Darunter trug er ein schwarzes T-Shirt. Sie versuchte, nicht auf seine muskulösen Oberarme und die breite Brust zu starren, deren Anblick ihre Herzfrequenz ein wenig in die Höhe trieben.

»Wir haben den Spaten, die Stiefel und die Mordwaffe. Wenn das Labor damit fertig ist, haben wir, denke ich, genug Beweise für den Mord an Seidel und ihrem Mann.«

»Das ist gut«, sagte Luise leise.

»Ich fürchte, den Mord an Ihrer Tochter werden wir ihr nicht mehr nachweisen können. Es sei denn, sie wacht wieder auf und legt ein Geständnis ab.«

»Das macht nichts.« Luise blinzelte in die Sonne. »Ich weiß ja jetzt, was damals geschehen ist. Aber … vielleicht kann Schimmi das aufklären.«

»Mit Schimmi haben wir schon geredet. Seit Fuhrbachers Tod ist er erheblich mitteilsamer. Er hat gesehen, wie Fuhrbacher Ihre Tochter mit ins Haus genommen hat. Dass Magda sie umgebracht hat, wusste er nicht. Und er selbst hatte einfach Angst, dass man ihn einsperrt. Er hatte Lilly damals auf seinen Haflinger gehoben und ist mit ihr durch das Maisfeld zum Gut geritten.«

Luise lächelte versonnen. »Ja, bestimmt hatte Lilly ihn darum gebeten. Sie war ganz verrückt nach Pferden, und Schimmi mochte sie auch.«

Die beiden wanderten schweigend weiter. Die Luft war schwül, und die Sonne schien aus einem milchig trüben Himmel.

»Erzählen Sie es mir jetzt?«, fragte Luise.

»Was?«

»Was Ihnen Angst macht.«

Villa hatte es fast vergessen, aber es musste wohl zur Sprache kommen.

»Meine Frau. Es war meine Frau, sie ist gestorben, weil ich zu spät gekommen war.«

»Wohin?«

Er schwieg eine Weile, sie gingen einen Hügel hinauf, und er setzte sich auf eine Bank, die einen wunderbaren Blick in die rötlich schimmernde Ferne bot. Sie setzte sich neben ihn und wartete.

»Es war Rache. Jemand, den ich vor Jahren hinter Gitter gebracht hatte. Er hatte es angekündigt, aber ich habe es nicht ernst genommen. Und dann hat er's getan. Er hat sie unter Drogen gesetzt und dann … das Haus angezündet.«

Sie nickte nur und schwieg.

»Ich habe versucht, sie zu retten, aber ich habe versagt. Rauchvergiftung. Sie ist gestorben.«

Luise legte den Kopf an seine Schulter, und er legte den Arm um sie.

Er hatte sie gerettet.

# Anhang

## *Warmer Kartoffelsalat*

1 kg Pellkartoffeln, gewürfelt
250 g Cherrytomaten in Hälften
200 g Salatgurke, gewürfelt
½ gelbe Paprikaschote, gewürfelt
1 EL Kapern
200 g gemischte Oliven
Olivenöl
Saft einer großen Zitrone
1 EL Senf
Salz, Pfeffer
1 Bund Dill

Das Olivenöl in einer großen Pfanne erhitzen und das Gemüse kurz darin anrösten, die Kartoffelwürfel dazugeben und in der Pfanne schwenken und erwärmen.
Senf und Zitronensaft verrühren und zu den Kartoffeln geben. Alles mit Salz und Pfeffer würzen. Dill hacken und dazugeben.

## *Heidschnuckenbraten*

1 Keule Heidschnucke
Butterschmalz
2 Knoblauchzehen
2 Zwiebeln
1 Bund Suppengemüse
Thymian und Rosmarin nach Geschmack
Salz
Pfeffer aus der Mühle
Gemüsebrühe
Sahne nach Geschmack
1 EL Preiselbeeren oder säuerliche Marmelade

Knoblauch klein schneiden und mit Salz im Mörser zerreiben, Pfeffer dazugeben. Den Knochen aus der Keule lösen und mit der Knoblauch-Gewürz-Mischung einreiben.
Butterschmalz im Bräter erhitzen und die Keule von allen Seiten gut anbraten. Das Suppengemüse und die Zwiebeln mit andünsten, mit Brühe angießen, Rosmarin und Thymian dazugeben und das Ganze im Backofen bei 180 Grad für circa 90 Minuten schmoren lassen, dabei ab und zu mit Sud oder zusätzlicher Brühe übergießen.
Danach das Fleisch warm stellen und den Sud durch ein Sieb in einen Topf gießen, die Soße andicken und mit Sahne verfeinern. Noch mal kurz aufkochen lassen. Abschmecken. Dazu schmecken Salzkartoffeln und grüne Bohnen.

## Haferflockenplätzchen

125 g Butter
110 g Zucker
1 Ei
100 g blütenzarte Haferflocken
80 g Mehl
80 g Mandeln
1 Prise Salz
1 TL Backpulver

Aus den Zutaten einen Teig herstellen und mit dem Teelöffel kleine Plätzchen auf ein mit Backpapier ausgelegtes Backblech geben. 20 Minuten bei 190 Grad backen.

## *Buchweizentorte mit Preiselbeeren*

5 Eier
175 g Zucker
1 Päckchen Vanillezucker
100 g Buchweizenmehl
100 g Stärkemehl
1 Prise Salz
2 TL Backpulver
750 g Preiselbeerkonfitüre
750 ml Schlagsahne
Schokoladenstreusel nach Geschmack

Die Eier trennen, das Eiweiß steif schlagen. Das Eigelb mit Zucker und Salz schaumig rühren. Mehl und Backpulver zufügen und alles gut verrühren.
Das geschlagene Eiweiß vorsichtig unter den Teig heben.
Den Teig in eine gefettete Springform füllen und bei 175 Grad 30 bis 35 Minuten backen. Aus der Form nehmen und erkalten lassen.
Den Biskuitboden zweimal durchschneiden und jede Schicht zuerst mit Preiselbeeren, dann mit geschlagener Sahne bestreichen. Mit Schokoraspeln verzieren.

# Danksagung

Wie immer danke ich meiner Lektorin Marion Heister und dem Team des Emons Verlags für die gute Zusammenarbeit und natürlich meiner Familie für den emotionalen Rückhalt.

Marion Griffiths-Karger
**DER TEUFEL VON HERRENHAUSEN**
Broschur, 256 Seiten
ISBN 978-3-89705-923-8

*»Teuflisch gut.«* Ciao! Magazin für individuelles Reisen

Marion Griffiths-Karger
**DAS GRAB IN DER EILENRIEDE**
Broschur, 256 Seiten
ISBN 978-3-89705-797-5

*»Spannender Krimi um einen packenden Fall, mit sehr menschlichen Ermittlern und mit ein bisschen Lokalkolorit.«* ekz

www.emons-verlag.de